Suspiros de fantasmas

Suspiros de fantasmas

Rosa María Britton

ALFAGUARA

© 2005, Rosa María Britton.
© De esta edición:
  Santillana S.A.
  Avenida Juan Pablo II, No. 15
  Urbanización Industrial La Locería,
  Panamá. Tel.: (507) 260-0945
  Fax: (507) 260-1397

- Santillana S.A.
  Del edifico de Aviación Civil, 200 metros al oeste.
  La Uruca. San José, Costa Rica.

- Editorial Santillana S.A.
  5 avenida, 8-96, zona 9,
  Ciudad de Guatemala. Guatemala

- Santillana Ediciones Generales S.A. de C.V.
  Av. Universidad 767, Col. del Valle
  México, 03100, D.F.

- Distribuidora y Editora Aguilar, Altea, Taurus, Alfaguara S.A.
  Calle 80, No. 10-23
  Santafé de Bogotá, Colombia.

- Santillana Ediciones Generales S.L.
  Torrelaguna 60.
  28043 Madrid, España

ISBN: 9962-650-40-2

Diseño:
  Proyecto de Enric Satué
Diseño de cubierta:
  Dublino arte y diseño
Cubierta:
© Pintura Chiquita
  Alicia Viteri

Impreso por Litografía e imprenta Lil
San José, Costa Rica

*A todas las mujeres que me confiaron
el cuidado de sus cuerpos y los
secretos de sus vidas.*

Rosa María Britton

I

Es una de las memorias eternas que tiene de Helena, su forma altiva de tratar a las domésticas como si fuesen nada. Don Fernando a veces reclamaba molesto cuando la sorprendía regañándolas con saña. Pagaba más de la cuenta para que aguantaran sus desplantes sin protestar y una que otra vez, a escondidas de ella, se humillaba a rogarle a alguna cocinera que no se marchara. Rosa fue la que más les duró. Era una morena de carnes blandas, olorosa a jabón perfumado, cosas sabrosas y una sonrisa eterna que adornaba sus gruesos labios. Rosa llegó cuando Fernandito nació prematuramente. A Helena le diagnosticaron una especie de psicosis post parto y encerrada en su habitación se negaba a saber de su hijo. Él padre contrató a Rosa, que llegó con los pechos henchidos de leche de un parto reciente, el cuarto, que dejó al cuidado de una hermana que andaba en la misma paridera y un niño más no hacía bulto. Fernandito creció pegado de Rosa, que lo llevaba colgado en la cadera como un monito cuando hacia los oficios y todavía le alcanzaba el día para dedicarle unos momentos a Daniela, que deambulaba por la casa en busca de compañía. Hasta ella se había extendido el rechazo de Helena que finalmente emergió de su recámara anunciando que no tendría más hijos y de paso criticando todo lo que hacia Rosa. Por esos años Helena parecía estar molesta todo el tiempo y después siguieron los peores que Daniela recordaba cuando su madre insistió en dirigir su educación. Primero fue el kinder en inglés y francés y las clases de ballet dos veces por semana, era lo apropiado para una niña.

Ese período incluyó acompañarla al teatro, a presenciar aburridas funciones como la de un lago poblado por cisnes que parecían estar agonizando todo el ballet y la otra en donde una demente Giselle, daba vueltas y más vueltas. Todas esas bailarinas de cuello largo, flacas como palillos que se dejaban manipular sin perder la sonrisa amarga congelada en los labios, le parecían marionetas. Pero Helena se negaba a escuchar sus débiles protestas y la seguía llevando a presenciar cuanta compañía de baile llegaba a la ciudad. A Daniela le dolían los pies todo el tiempo en las clases de ballet y no era muy agraciada que digamos, pero su madre sin darse por vencida, la matriculó en tap dancing. Los pies seguían obstinadamente atravesados, planos, doloridos igual que el francés enredado en su lengua aunque con el inglés se entendía mejor, quizás por las maravillosas películas que veía cada sábado de la mano de Rosa. Bandidos de rostro siniestro, vaqueros de sombrero blanco que al final se las arreglaban para ganar la pelea sin un rasguño siquiera, los musicales en donde todos bailaban con entusiasmo, las mujeres sonreían todo el tiempo y el amor siempre triunfaba con el gran beso al final. Las maravillas del cine la dejaban extasiada. Helena acabó por convencerse que su hija no tenía talento artístico y la sacó de la academia de baile.

Don Fernando muy pocas veces se inmiscuía en los asuntos de la casa, ocupado como estaba todo el día en el almacén y aceptaba sin protestar las ocurrencias de Helena, que de un día para otro redecoraba la casa y celebraba reuniones con nuevos amigos que lo hacían sentir algo incómodo en su propio hogar. A medida que Daniela iba creciendo, se hacía mas sensitiva a los disgustos que atormentaban a su padre. Notaba la mirada cargada de reproches cuando llegaba cansado del trabajo para encontrarse con una nueva tanda de visitas disfrutando cocktails en la terraza, las excitadas discusiones en voces demasiado altas, el penetrante olor a tabaco -todos parecían estar fumando a la vez- y sobre todo la presencia de Helena, radiante, ataviada como una reina, revoloteando de un huésped a otro, gente que no parecía tener preocupaciones ni oficio.

-Les presento a mi esposo Don Fernando Miralles Porta, el hombre que más trabaja en el país- anunciaba Helena con un gesto dramático cuando llegaba el marido como empeñada en avergonzarlo; le parecía a Daniela, que desde su escondite enredada entre las cortinas de brocado color verde musgo impregnadas del olor a tabaco, era testigo de lo que ocurría en su casa sin acabar de entender.

-Como te vuelva a agarrar metida detrás de las cortinas espiando a la gente te voy a calentar las nalguitas, señorita. A la cama ahora mismo...

-Pero Rosa...

-No hay pero que valga, a la cama.

Se hacía la dormida para espantar a Rosa, pero más tarde se las arreglaba para deslizarse por el corredor hasta la habitación de sus padres en donde noche tras noche arrimada a la puerta escuchaba los reclamos y las peleas, asustada al saber que Helena hacía tan infeliz a papá.

-¿De dónde sacas a esa gente, Helena? Estoy harto de llegar a la casa y encontrarla invadida de parásitos.

-Para tu información mis amigos son gente educada, culta, que trabajan como todo el mundo, ocho horas al día. Si hicieras un esfuerzo por conocerlos, en vez de estar metido en el almacén doce horas al día, siete días a la semana sobando la mercancía...

-¿Y de dónde crees que sale el dinero para entretener a tus amigos? Un almacén no es como una oficina necesita mucha más atención.

-Dinero, dinero, es de lo único que sabes hablar, jamás se te ocurre que hay otras cosas en la vida... estoy harta.

-No hables así, creo tengo derecho a reclamar, llego cansado y no hay paz en esta casa siempre invadida por un montón de vagos.

-Encontrarás la paz en el sepulcro y muy pronto si sigues trabajando tanto sin cuidarte como te han recomendado. Fernando yo no soy como tú, no aguanto más, necesito vivir y tú te has olvidado de la vida ¿No lo recuerdas? Me prometiste tantas cosas... tenemos que resolver nuestro problema.

Y después llegaba la parte que Daniela temía, el llanto –fingido, estaba segura- papá tratando de calmar a Helena, imaginaba que prácticamente arrastrándose a sus pies y después el silencio, el largo silencio interrumpido por suspiros y jadeos que la llenaban de una intensa desazón.

La situación se agravó mucho más cuando apareció en el panorama un hombre vestido de negro que venía casi todas las tardes a las reuniones. Helena lo presentó como un primo lejano, que había encontrado en una colectiva de pintura, un talentoso artista colombiano que muy pronto sería famoso, Carlos Antonio Alvear Jaramillo

-Por el lado de mi abuelo, tengo familia Alvear en Bogotá, así fue como nos percatamos que somos casi primos- anunció radiante a todas sus amistades que recibieron la noticia entre risitas y comentarios en voz baja.

-Vaya, vaya, Helena tiene un nuevo admirador... Me quito el sombrero, esa mujer es algo especial, se las arregla para hacer lo que le viene en gana.

-El marido le aguanta lo que sea, ella lo tiene dominado, es el cornudo del año, pobre hombre. ¿No se dará cuenta lo que está ocurriendo?

-No seas maligno, Eduardo, nada de lo que sugieres te consta, puede ser otro amigo más de Helena, de los tantos que la visitamos y cállate la boca que la hija está por ahí y puede escucharte, esa niña siempre anda espiando detrás de las cortinas.

Y observar todo era lo que hacía Daniela. De la escuela llegaba cerca de las cinco, hacía los deberes en la cocina bajo la mirada atenta de Rosa que le tenía prohibido acercarse a la terraza cuando Helena recibía a sus amigos.

-Rosa, ¿qué es un cornudo?- le preguntó cuando terminaba de cenar.

-Pero niña, cállate la boca ¿dónde escuchaste semejante cosa?

-Eso no es asunto tuyo, nada más dime qué significa esa palabra si es que sabes... tú no sabes nada.

-No seas atrevida, te voy a lavar los dientes con jabón para que respetes.

-Ese hombre, el flaco que viene a menudo, dijo esta tarde que papá era un cornudo y le daba lástima, yo quiero saber si papá está enfermo o algo así.

-Cornudo, cornudo, papá es un cornudo- chilló Fernandito dando golpes en el plato con la cuchara.

-Ahora mira lo que has hecho- la amonestó Rosa mientras trataba de acallar al chiquillo.

-No es culpa mía que este bobo repita todo lo que digo.

-No llames bobo a tu hermanito y te vas a la cama sin postre por andar husmeando entre las cortinas. No te creas que no sé de dónde sacaste esa palabra y olvídala, no es cosa de niños.

-Lo que pasa es que no sabes lo que es un cornudo y estás disimulando tu ignorancia. No sabes nada y por eso quieres que me olvide.

La mirada asustada de Rosa le hizo saber que alguien más en la cocina escuchaba la conversación. Era Don Fernando que llegaba algo temprano del almacén y Daniela notó la palidez del rostro, el temblor de las manos y se convenció que de verdad estaba enfermo.

-Papá, ¿qué le pasa, qué tiene? Atinó a preguntar antes que Rosa la arrastrara a su cuarto de donde no se atrevió a salir más.

Rosa le trajo una media hora después un vaso de leche y unas galletas, era hora de dormir. Trató de interrogarla sin obtener respuesta, algo terrible estaba ocurriendo entre sus padres, hasta su cuarto se colaba el sonido de voces airadas, el llanto de mujer y el portazo final que la dejó temblando. ¿Qué había pasado? Se revolvía en su cama de un lado a otro sin poder conciliar el sueño, atormentada por las cosas malas que presentía. Don Fernando regresó a la casa en la madrugada. Sus pasos alertaron a Daniela que corrió a su lado al verlo desplomado en el sofá del estudio en donde había quedado encendida la lámpara sobre el escritorio.

-Papá, papá ¿se siente mal?- preguntó llorosa.

El hombre abrió los ojos y acarició la mejilla de la niña.

-Estoy un poco cansado, hija, vete a dormir, son las tres de la mañana y tienes que ir a la escuela bien temprano.

Noté en su aliento fuertes rastros de alcohol. Así olían los amigos de mamá cuando se marchaban de la casa e intentaban darme un beso en la mejilla si se percataban de mi presencia. Odiaba esas despedidas y me restregaba el rostro furiosa sin importarme las miradas de reproche de Helena. Pero a papá nunca lo había visto así. A partir de esa noche se acabaron las visitas de los amigos de mamá y ella volvió a encerrarse en su habitación de donde salía de vez en cuando para quejarse de todo, pero papá no parecía conmoverse con sus reclamos. En

realidad, me daba la impresión que se veían muy poco. Yo vivía
temerosa que me fueran a acusar de haber hecho algo malo, de
alguna manera imaginaba que era por mi culpa que la casa se
hubiese tornado en un lugar de temores y espesos silencios. La
sala permanecía en penumbra, las cortinas verdes cerradas im-
pedían el paso de la luz del sol, nadie nos visitaba como antes.
Papá regresaba del almacén y de inmediato se encerraba en el
estudio sin pasar por el cuarto en donde ella yacía quejándose de
jaquecas y otras dolencias. Rosa nos sacaba a pasear al parque
aunque no quisiéramos ir y no cenábamos con nuestros padres
en el ornado comedor dos o tres veces por semana como antes.
La cocinera preparaba sendas bandejas que consumíamos en el
silencio de la cocina acompañados por una Rosa distinta que
había perdido la sonrisa de sus labios gruesos.

Fernandito era un niño introvertido. Pasaba las
horas enredado en juegos solitarios sin salir de su cuarto
y cuando lo llevaban al parque, sentado en una banca al
lado de Rosa se quedaba mirando de lejos a otros niños
que corrían de un lado para otro sin interesarse en participar en los juegos de pelota o ir a los trapecios. El año
que pasó en el kinder había sido una especie de fiasco.
Lloraba todos los días cuando lo dejaban en la escuela.
La maestra se comunicaba a menudo con Don Fernando
para darle las quejas, el niño no socializaba, era demasiado arisco, aunque le gustaba los libros y aprendía enseguida, pero se mostraba reacio a asociarse con los otros
niños.

-Quizás sería bueno que lo viera un psicólogo para
que lo evalúe antes de que se inicie en el primer grado- se
atrevió a insinuar la maestra.

-No veo la necesidad de someter a mi hijo a ese
tipo de examen. Yo era así cuando niño y ser poco socia-
ble no ha afectado mi vida para nada, al contrario- le había contestado fríamente el padre.

Para Daniela la escuela se convirtió en un refugio amable, ninguna de sus amigas tenía que soportar fiestas en sus hogares todos los días con gente extraña, y nadie había oído hablar de cornudos o escuchado peleas tras puertas cerradas. Con sus compañeras de aula se entretenía burlándose de las barbas del confesor: un padre agustino todo bondad, que gagueaba cuando se ofuscaba con alguna alumna. A la hora del recreo suspiraban imaginando novios muy parecidos a las fotos de los artistas de cine de moda, ensayaban maquillarse a escondidas de sus madres y una que otra había probado fumar. Entraban en los doce años cuando comenzaban a aflorar los senos, se iniciaba la menstruación, la coquetería, la feminidad, se sentían casi mujeres. Dos o tres veces intentó preguntarle al padre Juan qué significaba la palabra que parecía perseguirla como una maldición, pero no se atrevió.

Y después ocurrió lo de la enfermedad de Fernandito que afectó a todos en la casa. Comenzó con una fiebrecita, un desgano que la pobre Rosa en su ignorancia trataba de controlar forzando más comida y aspirinas, pero cuando la condición del niño empeoró días después, se atrevió a consultar con el padre que de inmediato llamó al médico de la familia. La sintomatología es alarmante, anunció el galeno, hay que hospitalizarlo enseguida para hacer un diagnóstico y otra palabra enigmática entró a formar parte del vocabulario de Daniela: leucemia, una enfermedad realmente seria. Helena emergió de su crisálida y de inmediato despidió a Rosa por haberle ocultado que el niño estaba enfermo, era por su culpa que se había agravado. Eres una incompetente, le gritó al borde de la histeria. Esa misma tarde Rosa abandonó la casa con la cabeza inclinada y los ojos rellenos de lágrimas, arrastrando sus bártulos como si fuera una pordiosera y Daniela aferrada a su cintura lloraba, convencida de que algo terrible le iba a ocurrir también a ella.

-Llévame contigo Rosa, te lo ruego, prometo portarme bien.

-Regresaré a visitarte, Daniela, no llores, no te voy a abandonar- le dijo para calmarla.

Todo se complicó cuando Fernandito se negaba a comer sin Rosa a su lado, la única madre de verdad que había conocido en sus cortos siete años y tragándose el orgullo, Helena tuvo que ir buscarla. Rosa se instaló al lado del niño en el hospital, lo cuidó a través de la quimioterapia que rechazaba asustado, limpió el vómito que estremecía su delgado cuerpo hasta hacerlo desfallecer, lo arrulló cada noche para que durmiera tranquilo, lo cuidó a través del vidrio que los separaba cuando tuvieron que aislarlo en un cuarto especial para evitar infecciones y fue su eterna compañera en los muchos meses que el niño pasó en un hospital en los Estados Unidos a donde lo llevaron para un tratamiento especial que lo curó. Pero cuando regresaron, nunca más quiso volver a trabajar en la casa. Nunca más.

Agarrada de la mano de papá visité a mi hermano en el hospital unas tres veces y su aspecto me dejó aterrada. Ese niño tan flaquito y pálido, con tres greñas prendidas del cráneo pelado, no podía ser mi hermano me costaba trabajo reconocerlo. Durante los meses que duró su ausencia, rezaba a diario con fervor prometiendo cumplir severas penitencias si Dios me lo devolvía curado de la temible leucemia. Rezaría el rosario de rodillas por un año entero, no volvería a hablar de muchachos con mis amigas, no iría nunca más al cine, no comería dulces el resto de mi vida, atormentada rebuscaba en mis gustos para ofrecerlos como penitencia a ese Dios que ahora tanto necesitaba, al que le rezaba en la escuela por disciplina pero que nunca había logrado entender y a veces me parecía medio sordo. Sobre todo el misterio de la Santísima Trinidad que me dejaba perpleja, cuando el Padre Juan desde el altar, exaltaba las virtudes, el poder de un dios dividido en tres deidades y a la vez era uno. *Todas las noches, angustiada frente al espejo, me miraba los ojos y me tocaba la frente, halaba mis cabellos con cuidado para asegurarme que seguían prendidos del cráneo no fuera a ser que también me diera la leucemia y quedara calva como mi hermano. Nadie me explicó si esa enfermedad se pegaba como la varicela que llenó mi cuerpo de ampollas o las paperas que me hincharon dolorosamente el rostro, dolencias que me hicieron sufrir bastante a la par de algunas compañeras del colegio.*

La casa se tornó aún más en un lugar de largos silencios y un palpitar de miedo que agobiaba a sus ocupantes. Poco se ocupaban de Daniela, excepto para asegurarse que comía, dormía, iba a la escuela a tiempo con el uniforme limpio y bien planchado. Quedaba la cocinera y una nueva empleada, que tomó el puesto de Rosa, para cuidarla en las frecuentes ausencias de sus padres. Juliana, una rígida mujer que desde el primer día le hizo saber que no tenía la menor intención de convertirse en su amiga. Olía a moho como las cosas muy viejas y la obligaba a rezar el rosario de rodillas para pedir por la salud de su hermano como si fuese culpable de lo que le estaba ocurriendo.

-Señor, ten piedad de esta pobre familia y por tu misericordia salva a ese pobre angelito de la enfermedad que amenaza su vida- declamaba Juliana cada noche al terminar de rezar el rosario, llenando a Daniela de terribles premoniciones.

Don Fernando iba y venía a Houston cada tres semanas, allá se habían instalado en un apartamento ubicado cerca del hospital mientras durara el tratamiento de Fernandito. Rosa vivía pegada a la cama del niño cuando se lo permitían, pero Helena exigía resultados inmediatos, peleaba con los médicos, lloraba, protestaba, no se encontraba a gusto, se negaba a aceptar explicaciones demasiado complicadas. Cuando el transplante de médula fue sugerido, recuperó la cordura y se ofreció de inmediato como donante al ser encontrada compatible. Regresaron de Houston a los seis meses, con el niño todavía algo delicado, pero en vías de recuperación. Rosa venía a diario a visitarlo y se cuidaba de no encontrarse con Helena, que volvía a ser la de antes con una variante: las reuniones con sus amigos eran fuera de la casa. No bien partía don Fernando para el almacén, a golpe de once de la mañana salía engalanada y no regresaba hasta tarde, justo a tiempo para recibir al marido con una sonrisa. Él sabía de las largas ausencias, de los nuevos amigos y las discusiones no se hicieron esperar, pero esta vez no hubo llanto ni súplicas, Helena lo desafiaba abiertamente.

-Esa mujer es una descarada, no sé cómo el señor la tolera, a veces ese hombre la viene a buscar y la trae de vuelta, una vergüenza, una verdadera vergüenza- Daniela oyó a Juliana desde su refugio detrás de las cortinas del comedor.

-Eso no es asunto tuyo ni mío, preocúpate que el niño coma todo lo que le sirves, está muy flaquito- le contestaba la cocinera.

-Lo que yo digo es que esos vientos pecaminosos traen otras tempestades, Dios siempre castiga. Mira lo que le pasó a Fernandito.

-¡Qué lengua tienes Juliana! Dios no tiene nada que ver con la enfermedad de un niño, vergüenza debería darte hablar así y que no te oiga la niña.

Daniela escuchaba asustada, entendiendo a medias que también era culpa de mamá la enfermedad de su hermano y de cierta manera comenzó a odiar a Helena.

Fernandito finalmente pudo regresar a la escuela aunque tuvo necesidad de maestros privados para ponerse al día por el año perdido. Helena volvió a interesarse en la educación de sus hijos esforzándose por estar presente en las clases que recibía el niño, llena de sugerencias. En cuanto a Daniela, la inició otra vez en la peregri-

nación a teatros y conciertos que debían acercarla a su
madre pero no fue así, aunque ya no le molestaban las largas presentaciones de ballet o teatro quizás porque Helena no la obligaba a ir. Le asombraba la cantidad de gente
que su madre conocía, por doquiera encontraba amigos
que la saludaban efusivamente y le dio una cierta tristeza
la soledad en que se encerraba su padre que jamás salía
con ellas de noche y no parecía tener amigos cercanos.
Crecía tratando de comprender lo que ocurría a su alrededor sin lograrlo. Nunca se atrevió a preguntarle a Ana
Cecilia si sus padres se comportaban así, cada cual por
su lado, a lo mejor todos los matrimonios terminaban en
la incomprensión. Cumplidos los catorce le preocupaban
otras cosas, sobre todo su físico que sin desagradarle demasiado estaba lejos de ser lo que hubiera querido, al ver
como se desarrollaban sus amigas. Ana Cecilia la conso-
laba asegurándole que ya le crecería el busto y si no, podía usar relleno y fue por eso que vio lo que no debería
haber visto. De vez en cuando, si terminaban un examen
temprano, las monjas las dejaban salir antes de tiempo y
se suponía que debían quedarse esperando el transporte
que las llevaría a casa, jugando en el patio de la escuela.
Pero Ana Cecilia la convenció que sería divertido ir a registrar el gran almacén que quedaba muy cerca de la escuela, tendrían tiempo de sobra para regresar y nadie se
daría cuenta de su ausencia. Allá fueron las dos, atacadas
de risa por su atrevimiento. Al llegar se dedicaron a revisar pantalones y camisas de moda y desde luego los sostenes con relleno. Cuando regresaban a la escuela, en el
cruce de la avenida mientras esperaban que cambiara la
luz del semáforo, vieron pasar a Helena en un coche desconocido, acompañada del hombre vestido de negro. La
mujer reía feliz, su brazo descansaba sobre el hombro de
su acompañante, parecía estar muy divertida y Daniela
creyó entender lo que significaba la palabra que la había

mortificado por tanto tiempo. Ana Cecilia asustada por lo que habían visto, le sujetó la mano con fuerza al notar las lágrimas que se deslizaban por el rostro de su amiga y siguieron caminando en silencio. Hasta mucho después de lo sucedido en la fiesta de quince, a Ana Cecilia no se le ocurrió hacer comentario alguno, parecía entender la gravedad del asunto, por lo que Daniela le estuvo eternamente agradecida.

II

A su regreso al apartamento Niki la recibe con un meneo de cola entusiasta, obviamente impaciente porque no ha salido desde la mañana y tiene que bajarlo a su paseo enseguida. El perro toma su tiempo olisqueando y vaciando la vejiga gota a gota de arbusto en arbusto. Delia brilla por su ausencia, quizás sea otra vez algún pariente enfermo, su excusa favorita para ausentarse del trabajo.

Llama a su oficina y la secretaria le informa que tiene tres pacientes citadas a partir de las cuatro y treinta. Le apremia comunicarse con Ignacio Vargas que el día anterior le anunció en un confuso mensaje en el contestador que quizás tengan que grabar el programa esa noche, sin especificar razones para el cambio de día. Trata de contactarlo por el celular, pero lo tiene apagado, seguramente empiernado con su última conquista, piensa algo irritada. Ignacio padece una debilidad extraordinaria en la bragueta y la consecuencia de sus actos son los vástagos que ha ido regando por toda la república. Tiene a su haber dos matrimonios fallidos y un hijo legítimo que no quiere saber de él. Ha tratado de hacerle ver el error de su sexualidad desbordada y se defiende aduciendo que las mujeres deben ser responsables de sus úteros y si ellas no se cuidan, a él le da lo mismo. Cuando alguna viene a reclamarle la paternidad, suelta una risotada anunciado que no solamente es estéril sino casi impotente y esa barriga no es asunto suyo. Pero últimamente algunas mujeres lo han amenazado con demandas basadas en exámenes científicos, hasta exigen muestras de su sangre. Se queja que es una vergüenza a lo que ha llegado la ciencia, en contra de la libertad de los hombres, una falta de solidaridad humana. Intenta llamarlo otra vez antes de salir para la oficina sin éxito. Niki instalado en su cojín la mira con desdén, como diciendo "me abandonas otra vez".

-Lo siento mucho amigo, pero alguien en esta familia tiene que trabajar… Te prometo un largo paseo esta noche.

Se ríe en voz alta, está segura que el animal entiende la explicación y le parece que le guiña un ojo. Cierra los ventanales dejando abierto un resquicio en el frente, no le gusta dejar encendido el aire acondicionado que le da una atmósfera artificial al apartamento. Lo mismo hace en todas las habitaciones, todo está limpio y bien ubicado, le gusta su condominio, no demasiado grande, pero con una hermosa vista al mar. Las plantas que adornan la sala y los parterres que adornan las ventanas, dan un ámbito de frescura, el verde de los helechos, las orquídeas y los lirios cubanos con sus exóticas flores que perfuman el ambiente, un verdadero jardín. A menudo se sienta en la oscuridad con los ventanales abiertos, o en la pequeña terraza, admirando el centelleo majestuoso de la ciudad a lo lejos, la dulzura de la noche, quizás una luna llena sobre el mar, mientras disfruta una copa de buen vino, acompañada por las voces aterciopeladas de Sarah Vaughan y la gran Ella Fitzgerald, tratando de ignorar la soledad que se empeña en halarle el codo y torcerle el corazón con la añoranza de otros tiempos cuando conocía el amor.

Al llegar a su oficina situada en el prestigioso Centro Médico Miramar, la detienen varias personas frente a los elevadores, con preguntas, comentarios, /nos gustó tanto su último programa doctora, la felicitamos, es un placer conocerla, soy su ferviente admiradora, mis hijos la respetan mucho/ a todos sonríe, un apretón de manos, a sus órdenes señor. Pero a veces le cansa la notoriedad y se le hace difícil saludar a tantos extraños, escuchar sus más íntimos secretos en un elevador, o en una fiesta sin poder dar una respuesta coherente a sus angustias. Su secretaria la recibe con un gesto de advertencia indicándole que algún problema la espera en su oficina y en silencio le señala el expediente. Se trata de Lilian Ariosto una adolescente que se escapa por horas, para después regresar anunciando que ha sido atacada o violada por extraños, la historia cambia con cada episodio. Regresa a casa sucia, con la ropa rasgada y hambrienta. Ana Cecilia la examina cada vez, para confirmar que la tal violación no ha tenido lugar. Todos los exámenes son negativos y lo interesante es que entre escapatorias, es una alumna con un comportamiento más o menos normal, sin necesidad de ingerir medicamentos, aunque el siquiatra que la evaluó insiste en señalar una personalidad bipolar, algo tan de moda y prescribió un tranquilizante que Lilian se niega a ingerir.

La madre entra a la oficina como una tromba. Una mujer algo entrada en carnes, el cabello teñido de un rojo brillante, el maquillaje excesivo le da un aspecto vistoso, ataviada con pantalones blancos de esos muy ajustados que terminan bajo las rodillas, un apretado jersey con rayas imitando la piel de cebra que deja al descubierto parte del abultado torso y para completar el atuendo, chancletas de tacones altos también con la pinta de cebra. Comienza a lloriquear antes de saludar, restregándose los ojos con cuidado de no dañar el maquillaje.

-Ay doctora, Lilian se escapó otra vez, se fue el domingo y no regresó hasta anoche muy tarde. Alega que la violaron unos hombres, ya no sé qué hacer. Yo había salido un rato con unas amigas, la empleada se descuidó y bueno... no tiene idea las horas de angustia que pasamos, venimos de la ginecóloga.

-Ya lo sé. La doctora Gálvez llamó y dice que a Lilian no le ha pasado nada, el examen es negativo, Señora Ariosto.

-Sí, pero ¿cómo explicar su ausencia? Estamos desesperados, algo terrible le puede ocurrir un día de estos.

-Estoy de acuerdo con usted, algo muy serio puede ocurrirle.

-Doctora, el Señor Ariosto acaba de llegar e insiste en hablar con usted también—le anuncia la secretaria en el intercomunicador.

No conoce al padre. Nunca ha asistido a la consulta y quizás sea la clave del conflicto que aqueja a la joven.

-Dile que pase.

El hombre entra despacio, abarcando con su mirada toda la oficina antes de estrechar la mano de Daniela y sentarse. Es un hombre delgado de mediana estatura, viste un conservador traje gris, camisa blanca y una corbata azul de rayas. Tiene un rostro fácilmente olvidable coronado por abundantes cabellos grises. Pero la mirada de sus ojos oscuros denota determinación y una intensa irritación, es obvio que está molesto. El contraste entre esos dos es intrigante.

-Doctora, de una vez por todas quiero saber qué le está pasando a mi hija. Ha venido a su oficina no sé ni cuantas veces y no veo resultados. Yo trabajo demasiado y no tengo tiempo para tonterías y cada vez que regreso de viaje encuentro una nueva queja relacionada con Lilian y hay que llevarla corriendo a todos los doctores.

-Lo que estamos confrontando no es tontería, Señor Ariosto, el problema de su hija es bastante serio.

- Mire Doctora, la culpa de todo esto la tiene mi mujer, que se pasa la vida de tienda en tienda, o paseando con sus amigas y no cuida a Lilian adecuadamente. Tuve que mandar al varón a una academia militar en Georgia. No podíamos controlarlo y quizás tenga que hacer lo mismo con ella.

-No le digas a la doctora que yo no me preocupo por Lilian y no voy a permitir que la mandes lejos como a mi hijo... No me puedo pasar la vida entera metida en la casa como pretendes mientras tú viajas constantemente y cuando regresas, no sales de la oficina –interrumpe indignada la mujer.

-¿Y quién costea tus muchos caprichos, de dónde sale el dinero que necesitamos para vivir como vivimos?- responde el hombre, la mirada relampagueante, haciendo un esfuerzo por controlarse.

Daniela desearía solicitarles que se marchen de inmediato. Esas discusiones inútiles entre parejas la agobian, no tienen sentido ni ofrecen solución alguna. Su paciente es la hija, no estos dos seres empeñados en acusarse mutuamente, pero logra frenar su impaciencia.

-Les agradezco que esperen afuera mientras entrevisto a Lilian, a ver si averiguo lo que realmente sucedió esta vez. Después les haré llegar un informe por escrito –la voz es fría, cortante.

Salen de su oficina con el disgusto reflejado en el rostro del hombre. Presiente que la discusión seguirá frente a la secretaria que ya está acostumbrada a los problemas de sus pacientes.

Lilian entra arrastrando los pies. Daniela nota el gesto de desagrado, el cabello enredado, obviamente no se ha peinado en varios días. Lo que queda de un grotesco maquillaje le da el aspecto de payaso trasnochado, la camisa rasgada por las mangas, el blujin demasiado largo, las sucias zapatillas con los cordones sueltos. Sin saludar se desploma en el asiento.

-Hola Lilian, no te voy a preguntar cómo te encuentras, puedo darme cuenta que no muy bien al ver tu aspecto. Cuéntame ¿en dónde has estado y cuántos fueron los que te violaron esta vez?

-Usted no me va a creer, nada más toma en cuenta lo que dice esa doctora.- refunfuña la joven.

-Estoy dispuesta a escuchar si quieres decirme la verdad.

Lilian titubea unos minutos, se rasca la cabeza, fija la mirada en la alfombra, inquieta cruza y descruza las piernas, mientras parece decidir cómo contestar la pregunta.

-Por si le interesa fueron unos diabólicos los que me violaron y también me cortaron aquí- le muestra la muñeca con un profundo rasguño- y me chuparon la sangre, ¿usted sabe quiénes son los diabólicos?

-No tengo idea, pero explícame.

-Son unos muchachos que se visten de negro de arriba a abajo, tienen tatuajes por todo el cuerpo, adoran al demonio y chupan sangre.

-¿Y dónde encontraste esos seres tan peculiares?

-Por ahí en la calle y me hicieron de todo. A lo mejor hasta me contagiaron con SIDA cuando me chuparon la sangre- añade con voz lúgubre.

Daniela la mira en silencio. El informe de Ana Cecilia asegura que la joven tiene el himen intacto, que no hay laceraciones en el recto, los cultivos de vagina y garganta llegarán en dos días, pero serán negativos como otras veces. Está casi segura que su conducta es una forma de llamar la atención pero ¿por qué? Es arriesgado permanecer fuera del hogar dos o tres días con sus noches, algo le puede ocurrir. Se acerca y le toma las manos con fuerza, mirándola a los ojos que evitan enfrentarse a los suyos.

-Lilian, basta ya de locuras, quiero que me digas toda la verdad. No has estado con diabólicos ni nadie te ha chupado la sangre o has sido violada. Si sigues con estos enredos vas a acabar hospitalizada en una institución de salud, como si estuvieras demente. Lo que me digas, quedará entre las dos, te lo prometo.

-No le creo, usted enseguida les dirá todo a mis padres, como esa doctora.

-La doctora Gálvez está obligada a dar el resultado de los exámenes, para eso te llevan con ella. Yo me propongo averiguar qué tienes en la mente cuando te escapas de tu casa. Acabo de conocer a tu padre y presiento que todo esto tiene que ver con él.

La mira muy cerca, con la determinación que tanto impresiona a sus pacientes sobre todo a los más jóvenes.

-No, por favor, usted se equivoca, no le eche la culpa a papá, él trabaja mucho para que tengamos de todo. El pobre, vive con una maleta en la mano. Es ella, se pasa la vida en la calle con sus amigas, quiere aparentar que tiene veinte años, me da vergüenza que la vean con la ropa que se pone, toda apretada, se ve tan ridícula. Solamente cuando me escapo se queda en casa dos o tres meses, atiende a papá cuando llega de viaje, dejan de pelear por unos días. A mi hermano lo mandaron fuera porque hacía cosas peores, llegaba del colegio borracho y una vez se robó el carro y lo estrelló, por poco se mata... Por eso lo mandaron a esa academia militar que detesta −explota en llanto, desplomada en el asiento.

La deja llorar sin decir nada, parece una niñita perdida, por el rostro se escurre el negro del rimel dándole un aspecto cómicamente triste. Le tiende un pañuelo para que restañe las lágrimas y espera a que se calme.

-¿Y me puedes decir en dónde te refugias cuando desapareces?

-Con una amiga que vive sola con las empleadas, sus padres siempre andan viajando. Ella me maquilla... es divertido. Me hace olvidar lo que pasa en mi casa. Tiene amigos a los que se les ocurre un montón de cosas, los del club de los diabólicos…

-¿Los diabólicos? Creí que no existían, que los habías inventado para asustarme,

-Bueno, no hacen nada malo, solo rarezas que sacan de las películas, nos divertimos mucho. La cocinera de mi amiga es dominicana y nos enseña otras cosas…

-No puedes seguir con esta locura de escaparte de la casa para unir tus padres, o guardar la paz entre ellos. Los adultos no responden así. ¿Cómo crees que se pueda resolver este asunto de otra manera más sensata?

El silencio acoge su interrogante. La joven parece no haberla escuchado y prosigue con el movimiento espasmódico de las piernas que cruza y descruza.

-Lilian, a veces hay que dejar las cosas como están y si no puedes remediarlas hay que escoger otro rumbo. Creo que te haría bien ir a otra escuela lejos de aquí. Quizás cuando regreses la situación entre tus padres haya mejorado, pero lo que no debes hacer es tratar de crear una crisis cada cierto tiempo. Un día la crisis se convertirá en una verdadera pesadilla y tú serás la única víctima.

-No quiero dejar solo a papá… No quiero ir a otra escuela.

-Piénsalo, hija, escoge bien el camino, no puedes seguir así.

-Usted no les dirá nada, ¿verdad? Todo lo que le he contado quedará entre las dos, me lo prometió.

-Sí, te lo prometo, pero tienes que reunirte conmigo para conversar cada mes por lo menos, asegúrame que no te escaparás otra vez y olvídate de los diabólicos, esas son tonterías de chiquillos.

En ese momento debí haber indagado mucho más.

¿Qué rarezas encuentran en las películas tus amigos para divertirse? ¿Qué cosas les enseña la cocinera dominicana? ¿En dónde te metes exactamente cuando desapareces?

¿Qué me pasó? No estaba prestando la debida atención, no estaba cumpliendo con mi obligación de investigar mucho más, era lo indicado en un caso tan difícil. De inmediato sin sopesarlo, decidí que todas esas historias eran invenciones y mentiras y no tomé en serio lo que me contaba. Esas preguntas no formuladas entonces, se me ocurren ahora, cuando es demasiado tarde. Ese fue mi error, tachar de tonterías a los diabólicos. ¿Cómo pude ser tan descuidada?¿Qué clase de profesional soy? ¿Cómo pude equivocar el verdadero diagnóstico de la situación por la que atravesaba Lilian? La respuesta es que no presté la debida atención al asunto.

-No quiero tomar esas pastillas que ordenó el siquiatra, me ponen como boba, a veces me dan ganas de echárselas a mamá en el café a ver si se aquieta…

-Hazme el favor, no se te ocurra semejante cosa. Si no toleras el sedante, no los tomes. Voy a hablar con el siquiatra que te vio, a ver si ordena algo distinto. Aquí está mi tarjeta con todos mis teléfonos. Me puedes llamar directamente a mi casa cuando tengas alguna pregunta. Ahora ve y dile a tus padres que quiero hablar con ellos.

La despide con la promesa que regresará a las citas, pero presiente que si las cosas siguen como van, algún día la tragedia se hará realidad. Los padres, exhaustos de discutir y achacarse culpas reales o imaginarias, la miran con recelo y Daniela decide ser escueta. Les informa que la joven necesita tratamiento, está muy confundida y no puede prometer resultados inmediatos. En los ojos del hombre capta una llamarada de impotencia, le parece que está al tanto de lo que realmente ocurre. Cuando los despide, se estremece al notar que del hombro de la mujer se balancea coquetamente una carterita decorada con las rayas de cebra.

Recuerdos de Helena y Fernando recrudecen en su memoria y las muchas veces que como Lilian, se sintió tentada de huir de la discordia en la casa y nunca tuvo el valor para hacerlo.

Los otros dos pacientes que restan son consultas de control para sobrellevar depresiones causadas por problemas familiares y termina antes de las seis. Trata de comunicarse una vez más con Ignacio sin éxito, le preocupa su silencio, no acostumbra a desaparecer tantas horas. En la televisora le informan que tentativamente ha separado un estudio para grabar esa noche a las diez sin público, aunque siempre hacen el programa los miércoles, es extraño. Ignacio sabe que los martes por la noche se dedica exclusivamente a lidiar con las quejas de Helena, a aguantar las protestas, acusaciones, lloriqueos, reclamos, buceos en el pasado, su penitencia semanal es Helena, con sus tres cirugías estéticas, su negación a aceptar el paso de los años, su eterno rencor personal que no le da tregua, Helena, siempre Helena. Mientras ordena los papeles en el escritorio, Mariana le indica que en la mañana tiene cuatro pacientes citados y que el productor acaba de avisar que se hará la grabación del programa al día siguiente, como acostumbran, no hay estudio disponible esa noche. Bueno, allá ellos que se entiendan con Ignacio. Llama a casa de su madre y contesta la empleada, que le informa que la señora está en el baño.

-Dígale a la señora Helena que a las siete y media la llevaré a comer fuera.

-Está bien, doctora, pero está muy molesta porque usted no la llamó anoche.

Está a punto de comentar ¡qué raro que Helena esté molesta! pero se contiene, no tiene ganas de escuchar el rosario de quejas de la empleada, la última en una larga lista de domésticas. Con Helena seis meses es el límite de aguante de la servidumbre y le cuesta un esfuerzo recordar las muchas que trabajaron en la casa cuando era niña. Las madres postizas a las que se aferraba es-

peranzada por unos pocos meses, para después llorar a
escondidas cuando se marchaban. Presiente que esos recuerdos de una infancia plagada de soledad y conflictos
no se borrarán jamás. Ya nada de lo ocurrido entonces
tiene importancia.

III

En la casa los inquietos silencios adornados por rostros alargados y tristes se convirtieron en rutina de duelo. Parecían estar envueltos en burbujas, desde donde podían verse sin poder comunicarse. Helena entraba y salía a su antojo. Don Fernando no parecía recriminarle nada y Daniela sospechaba que su padre estaba resignado a la triste soledad en la que se había enclaustrado. Era tan injusto lo que estaba ocurriendo, pero no se atrevía a expresar su zozobra en voz alta. No hubiera encontrado un interlocutor que esclareciera sus dudas. Las empleadas solo se concentraban en el cotorreo diario, las críticas acerbas de la conducta de Helena que poco disimulaban, estaba sola. Papá llegaba tarde del almacén con el ceño fruncido, comía solo en la cocina en donde le dejaban una bandeja preparada que apenas tocaba y acto seguido entraba en la habitación de la hija que siempre lo esperaba ansiosa por conversar unos minutos de cualquier tontería, darle un beso a Fernandito que ya dormía profundamente para después encerrarse en el estudio en donde instaló una cama, que permanecía plegada durante el día. Daniela lo había espiado cuando pasaba por la puerta cerrada de la habitación de Helena y a veces titubeaba por unos instantes, como decidiendo si debía entrar o no y ella le rogaba a la virgen que papá no se dejara vencer por la tentación. Mamá se merecía su enojo, de alguna manera estaba pagando por su conducta aunque no estaba muy segura de qué se trataba exactamente, pero no era nada bueno. Ya se lo había oído recalcar a Juliana unas cuantas

veces cuando conversaba con la cocinera sin percatarse
que la estaba oyendo escondida detrás de la puerta.

-El señor hace bien en no determinar a la señora,
ella no para en la casa, es una vergüenza como se com-
porta. No me explico cómo Don Fernando aguanta tanto…

-Cállate la boca, Juliana, no seas tan bochinchosa,
lo que los señores hacen no es asunto nuestro.

-No es bochinche lo que digo Tadea. Todo el vecindario está enterado de lo que está ocurriendo en esta casa
y si no me crees, pregúntale al chofer de los Vargas, él la
ha visto por ahí a todas horas muy bien acompañada de
gente bastante rara.

-No voy a preguntarle nada a nadie y guárdate la
lengua, no quiero que los niños te oigan...

*Pensaba que de alguna manera las cosas se arreglarían
si papá castigaba a Helena igual que cuando me amonestaban
por no obedecer, castigos que a veces me habían costado el cine
por un mes entero, o la televisión por una semana para motivar-
me a cambiar de conducta. Refunfuñaba, maldecía en silencio,
pero siempre acababa por obedecer, no me quedaba otra. Me
molestaba que a Fernandito -sin importar lo que hubiese he-
cho- jamás nadie lo regañaba, pobrecito niño sobreviviente de
un cáncer decían para excusar su conducta y el muy fresco se
aprovechaba de la situación. Nuestros padres salían juntos únicamente cuando mi hermano tenía cita médica lo que ocurría
cada mes. Entonces, papá llegaba temprano de la tienda, vestido como siempre, el traje oscuro, la camisa blanca la corbata
sobria de un color neutral. Helena lo esperaba ataviada a la última moda, la falda corta, el cabello suelto, los manicurados pies
enfundados en sandalias de alto tacón, una pareja muy disímil,
él parecía mucho más viejo que ella. Sin dirigirse la palabra, con
mi hermano lloriqueando porque sabía que lo iban a puyar, salían en el coche de papá, un enorme Buick gris con asientos de
cuero negro que me recordaba un sarcófago como en los que*

*duermen los vampiros en las películas a las que era tan adicta,
a pesar de las débiles protestas de Juliana. En contraste, el coche
de mamá era un cupé rojo descapotable, una verdadera monada
en el que nos encantaba pasear aunque fuésemos un poco api-
ñados en el único asiento de pasajeros. En esas ocasiones que a
Helena se le antojaba llevarnos a alguna parte, viajábamos sin
capota, con el viento de frente y nos parecía ir volando, reíamos,
aplaudíamos con mamá al volante, tan hermosa con sus largos
cabellos flotando en la brisa, atrayendo las miradas envidiosas
de conductores de otros carros, aburridos y tristes. En esos ra-
ros momentos de felicidad la amaba otra vez, olvidado todo lo
demás que tanto me mortificaba.*

Una de esas noches mientras Daniela hacía las tareas escolares en su pequeño escritorio, don Fernando entró directamente en la habitación y se sentó en la cama.
Le pareció que sonreía, se veía más animado, menos cansado que en días anteriores.

-¿Y cómo le fue hoy en el colegio, hijita?- preguntó
acariciando sus cabellos.

-Bien papá, el examen de Matemáticas no fue tan
difícil como creía. Mañana tenemos uno de ciencias natu-
rales, pero ya me lo sé.

-Ya estás hecha toda una señorita, Daniela y tu
madre se empeña en celebrarte los quince con una gran
fiesta. ¿Tú estás de acuerdo con eso?

Lo miró algo asustada. ¿Una gran fiesta organizada por su madre? De seguro vendría toda esa gente que
la rodeaba, los que decían cosas horribles de papá, ninguna de sus compañeras iba querer asistir, las había oído
quejándose de esos cumpleaños repletos de viejos.

-No papá, yo no quiero fiesta. Me gustaría ir con
mis amigas a una excursión por Europa que organiza una
agencia de viajes. Vinieron a la escuela y nos repartieron
panfletos, Ana Cecilia y Carmela ya están inscritas, va a
ser muy divertido, odio las fiestas y no sé bailar... Mira,

aquí está el mío, esa excursión está organizada muy bien. Trendrán una chaperona por cada diez niñas, viajarán por Inglaterra, Francia, Italia, España, por tres semanas, te lo iba a enseñar esta noche.

Rebuscó temblorosa entre sus cuadernos y le tendió el panfleto a su padre que lo revisó en silencio.

-Bueno, me parece interesante, veremos, ya sabes cómo es mamá cuando se le mete algo entre ceja y ceja, va ser difícil convencerla de que cambie de opinión.

Después los oyó discutir el asunto acaloradamente y le rogó a todos los santos que papá por una vez en la vida lograra imponer su voluntad, pero no fue así. Tenían obligaciones sociales que cumplir, toda jovencita de buena casa debía ser presentada en sociedad. Eso de los viajes era una moda nueva para ahorrar dinero, Daniela tendría oportunidad de viajar con ella y no en una acelerada excursión que la llevaría volando de un país a otro sin apreciar nada realmente. Ella había tenido una maravillosa fiesta de quince, su hija no iba a ser menos, insistió Helena. No había nada más que discutir, la fiesta se llevaría a cabo en los salones del hotel Versalles, ya lo tenía todo planeado. La niña iba a debutar bailando un pasillo de principios de siglo en vez de esos aburridos valses tan manoseados, siempre era lo mismo en cada fiesta. Además, con una música tan movida y elegante, se lucirían mejor los vuelos de encaje y muselina de seda del vestido que le iban a confeccionar. Daniela corrió desolada a quejarse con Ana Cecilia.

-Imagínate que tengo que practicar ese baile por tres meses seguidos, es un martirio bailar al son de una música de la que nadie se acuerda.

-No lo tomes tan a pecho, yo también voy a tener que aguantarme una gran fiesta con vals y todo porque mi madre insiste, pero convencí a papá que me dejara ir de todos modos al viaje de las quinceañeras. Así que trata de hacer lo mismo, todos los padres son iguales, les gusta figurar, impresionar a sus amistades y qué mejor excusa que una fiesta de quince…

-¿Tú crees? Yo estaba dispuesta a hacerme la enferma para que no me obligaran. No había decidido si comenzar a toser a todas horas, o vomitar cada vez que como, tiene que ser algo bien dramático para que mamá cambie de opinión.

- No seas pesimista, a lo mejor consigues un novio, aunque lo dudo, a esas fiestas solamente invitan a un montón de viejos. Quizás algunos muchachos del club que son mis amigos acepten ir, pero no será fácil convencerlos, depende de la música que tengas, porque eso de pasillos… te veo bien mal.- añadió Ana Cecilia con un tono tan lúgubre que acabó por convencerla que el asunto iba a ser un perfecto desastre.

El profesor de baile que contrató Helena, Don Ramón Quintanilla, un viejo arrugado con cara de ratón, el escaso cabello pegado al cráneo con gomina, flaco como una varilla enfundado en un vestido negro algo raído completo con corbata de lazo rojo, la esperaba puntual todas las tardes cuando llegaba de la escuela, acompañado del pianista, otro vejete como él. Sus dedos alargados como patas de araña que parecían tener vida propia cuando se deslizaban por el teclado, acariciando cada nota en un despliegue de virtuosidad que no dejó de asombrar a Daniela. La música se desbordaba por toda la casa hasta el jardín. El viejo tocaba con entusiasmo uno y otro pasillo, mientras Helena decidía cual sería el escogido, a veces dando vueltas por la sala en brazos del profesor, con los muebles arrimados a la pared para tener más espacio. Parecía ser ella la feliz quinceañera y a Daniela le impresionó la juvenil energía de su madre que reía alegre como si necesitara de todo aquel jolgorio para seguir respirando y en algo comprendió su descontento, papá no entendía mucho de esas cosas. A medida que pasaban las tardes la música se fue enroscando en su cuerpo y acabó disfrutando el alegre compás de los pasillos. A veces, mientras descansaba de dar vueltas casi en la punta de los pies como insistía don Ramón, conversaba con el pianista.

-Ese pasillo que tu mamá ha escogido se llama "El suspiro de una fea" y tiene una triste historia- le contó una tarde.

-¿El suspiro de una fea? No lo puedo creer, profesor, usted está inventando eso.

-No hijita, no es invento, así se titula el pasillo. El autor se lo dedicó a una joven poco agraciada que pasaba los bailes sentada en una esquina, nadie la sacaba. Y cuando veía bailar en brazos de otra al joven que amaba sin esperanzas, suspiraba agobiada por la tristeza. Dicen que después se metió a monja porque nadie la quiso nunca.

-Que historia tan triste… no debería ser tan importante la belleza física. El padre Juan dice que lo que importa es lo que tenemos por dentro.

-Eso dicen los curas, pero la triste realidad es otra, el mundo es de la gente bella- suspiró el viejo y Daniela intuyó que él también se había quedado sin pareja, sentado toda una vida frente a un piano, acariciando viejos pasillos.

Impresionada por lo que me había contado el maestro, esa noche me miré largamente en el espejo de frente y de perfil. No era fea pero lejos de ser tan atractiva como Ana Cecilia que para mí, era casi perfecta. Yo tenía el cabello demasiado rizado, la boca algo grande, la nariz recta y delicada, quizás lo mejor de mi cara eran los ojos como los de papá, oscuros rodeados de largas pestañas. Menos mal que no sufría de acné como algunas compañeras que vivían atormentadas por los granos en la cara. De senos ni hablar, una escuálida talla 32 A y por mucho que suplicara, mamá no me compraba los sostenes con relleno. ¿Y

el resto? Bueno, algo delgada, las piernas largas de buena esta-
tura para mi edad. ¿Me quedaría como la fea del pasillo sola,
entre suspiros toda una vida? ¿Y si mamá con ese asunto de
la fea estaba tratando de darme un mensaje sin decirlo en voz
alta? Me atormentaba pensando que a lo mejor después de bai-
lar el pasillo nadie me iba a sacar y la fiesta iba a ser una gran
desilusión y más que nunca deseé que Helena no hubiera deci-
dido organizar semejante tortura. Las notas del pasillo se cola-
ban brincoteando alegres en mis sueños y me veía sentada en un
rincón de cara a una pared de color verdoso como las cortinas
de la sala, sin poder ver a las parejas que detrás de mí giraban
con entusiasmo, torturada por la alegría de una música que pa-
recía estar burlándose de la situación. Despertaba ofuscada, te-
miendo el porvenir. Y lo peor era que papá se negaba a ensayar
el baile conmigo por mucho que Helena insistía, alegando estar
demasiado ocupado y que él sabía lo que tenía que hacer cuando
llegara el momento.

-No vayas a dejar a tu hija en ridículo, por favor
aunque sea unas dos veces, ensaya con ella- la escuchó
pedirle muy molesta.

El día antes de la fiesta para sorpresa de todos
Don Fernando llegó temprano del almacén. Daniela parada encima de una mesita, aguantaba a la costurera que
se entretenía haciéndole los últimos ajustes al vestido,
todo blanco de delicada muselina de seda con coquetas
ruchas en el escote que disimulaban el poco busto, el vuelo de la amplia falda adornado con un encaje tan liviano
como espuma. Helena no se encontraba en casa, andaba
ocupada con los preparativos en el hotel, supervisando
hasta el más mínimo detalle. Don Fernando le hizo una
seña al pianista que iniciara la música y sin prestar atención a las protestas de la costurera la tomó en brazos en
silencio, allá fueron girando como en una nube. Daniela
quedó asombrada de la ligereza de las piernas de su padre, la fuerza del brazo en su cintura, tan distinto el baile

un poco automático del profesor, que todo el tiempo parecía estar contando los pasos a medida que avanzaban. Nunca se hubiera imaginado que papá supiera bailar y tan bien.

-Relájate, hija, suelta el cuerpo y los pies, mírame a los ojos, no te preocupes por nada, deja que la música te lleve- le susurró al oído.

Ese no era el papá estirado y triste que conocía, era otra persona. Tadea y Juliana aplaudieron entusiasmadas al terminar la pieza que el pianista alargó lo más que pudo, hasta que una mirada de don Fernando lo obligó a dar los últimos floridos acordes. Ninguno de los presentes se había percatado que Helena los observaba en silencio hasta que comenzó a palmotear en forma rítmica, lenta, algo agresiva.

-Vaya, vaya, Fernando, así que todavía te acuerdas cómo se baila…

-Helena, no lo arruines.

-No voy a arruinar nada, querido, estoy sorprendida que te acuerdes, realmente sorprendida. ¿Sabes Daniela? Así bailaba tu padre conmigo todas las semanas al principio y poco después todo se le olvidó. El baile, la música, la vida, todo.

-Helena, por favor… basta ya. Después del cumpleaños de la niña haré lo que quieras. Iremos al lugar que escojas.

-Es un poco tarde, ¿no te parece Fernando? Demasiado tarde, creo que no hay remedio.

Presintiendo la tormenta que se avecinaba, el profesor y el pianista se apresuraron a recoger las partituras y salieron sin despedirse mientras que Juliana y la modista intentaban halar a Daniela hacia el dormitorio para que se quitara el vestido pero ella, fascinada por lo que estaba sucediendo se quedó en medio de esos dos seres que parecían estar tomando decisiones que de alguna manera

la afectaban. Los ojos de Helena relampagueaban desa-
fiantes, los de él apagados y tristes al retirarse vencido sin
decir otra palabra.

Al anochecer del día de la fiesta, la modista encar-
gada de vestirla y ajustar los últimos detalles con pequeñas puntadas, llegó muy temprano. Helena entró a su recámara para dar su aprobación y de paso adornarla con
un sencillo collar y aretes de perlas y algo de maquillaje.

-Estas son las prendas que recibí de mi padrino
cuando cumplí los quince y ahora son tuyas. Eres todavía
una niña y no quiero que parezcas una máscara de carnaval con demasiado maquillaje, como otras que he visto
por ahí - le advirtió mientras le aplicaba la base, empolva-
ba su rostro con cuidado, sombra celeste en los párpados,
lápiz labial y tinte rosado en las mejillas.

Se detuvo para admirar su obra y sonrió al vol-
tearla hacia el espejo que reflejaba sus imágenes de cuerpo entero, ella en su vaporoso vestido blanco, Helena ele-
gantísima en un escotado vestido de seda rojo ceñido al
cuerpo, el cuello desnudo, en las orejas aretes de rubíes
con brillantes, que hacían juego con el brazalete.

-Estás muy linda, hija, pero recuerda que lo que
importa es lo que tengas dentro de la cabeza, es lo que te
acompañará toda la vida, el resto no tiene importancia.

La voz tenía un dejo de tristeza e intuyó que una
vez más estaba tratando de decirle algo que no acababa
de entender, mamá bella como una reina, el cabello anu-
dado en la nuca en un elegante moño, el pronunciado escote que dejaba ver sus formas voluptuosas. Y ella con su
sostén 32a con relleno, gracias a la insistencia de la costurera, el cabello estirado por el esfuerzo de la peluque-
ra que no cejó secadora en mano hasta lograrlo, los pies
comenzaban a dolerle aprisionados en los tacones que
no había aprendido a manejar, la noche iba a ser una verdadera tortura. Se convenció durante esos instantes que

quedaría como la fea del pasillo, suspirando en un rincón de cara a la pared sin que nadie la sacara a bailar.
Pero la imagen en el espejo que prefería evadir, parecía
decirle otra cosa, te ves distinta Daniela, más alta, el vestido te entalla muy bien, el atractivo rostro no era ella,
la magia podía desaparecer en cualquier momento como
en los cuentos de hadas y cuando llegara la medianoche
se tornaría una vez más en la Daniela de pelo rebelde,
desgarbada y destetada, que tendría que correr a esconderse en algún rincón para que no la viera nadie. Don
Fernando entró después, ataviado en un tuxedo que lo
hacía parecer como un actor de cine y con un beso en la
frente y un estás preciosa hijita, le hizo saber que todo
saldría bien y no tenía porqué preocuparse. Su hija ya
era una mujer que conocía muy poco, pensó, enfrascado en los negocios y los problemas con Helena y se sintió algo culpable, desde la enfermedad del hijo sus vidas
habían sido un infierno sin alivio. No, no podía seguir
engañándose, sus problemas habían comenzado mucho
antes, el infierno en que vivía era de su propia hechura,
exactamente a su medida, se lo había buscado. Tendría
que encontrar una pronta solución con la misma decisión
con que atacaba los negocios. Se acercó a Helena que lo
miró asombrada cuando la besó con fuerza en los labios
comentando con voz suave lo hermosa que se veía. Todo
se iba a arreglar esta noche, rogó fervorosamente Daniela al verlos así de juntos, todo. Fernandito ataviado en
tuxedo brincaba por toda la casa asegurando que era un
pingüino, Juliana a su lado muy acicalada dispuesta a
domarlo durante toda la fiesta. Cuando llegaron al hotel, todo ocurrió como estaba previsto, el salón adornado
con ramos de rosas blancas y rosadas en enormes jarro-
nes estratégicamente colocados por toda el área de la recepción para simular un jardín primaveral, yardas de tul
colgaban de los candelabros, las mesas del buffet con las

más deliciosas viandas y el pastel de la quinceañera, una verdadera sinfonía en blanco y rosado como todo el resto. Mamá de verdad que se había esforzado para que la fiesta quedara perfecta, pensó Daniela admirando el decorado por una rendija. Esperaron en el salón adjunto hasta que llegaran los invitados y a golpe de diez de la noche cuando ya desfallecía nerviosa, papá la condujo al salón del brazo como si se tratara de una novia, mientras que todos aplaudían. La música comenzó de inmediato, esta vez el pianista estaba acompañado por un conjunto de violines y guitarras e inició el baile sostenida por el brazo fuerte de su padre, la sonrisa en su rostro le hizo saber que todo iba bien, los dos se deslizaban por la pista como en un sueño, mientras que los invitados nuevamente aplaudían entusiasmados y asombrados por la pieza que hacía tanto no escuchaban, "El suspiro de una fea". Algunos se acercaron insistiendo en bailar con ella, viejos amigos de la familia y pudo observar de reojo que sus padres bailaban muy juntos y deseó que como en las películas, tendrían un final feliz. El maestro se las arregló para prolongar el pasillo hasta marearlos. Terminó y de seguido comenzó a tocar una orquesta de moda, con tres cantantes frente a los micrófonos, un hombre y dos mujeres que se meneaban al ritmo de un merengue con un entusiasmo digno de admiración. Daniela suspiró aliviada al notar que habían llegado bastantes jóvenes a la fiesta, hijos de conocidos, algunos amigos de Ana Cecilia, que la invitaron a bailar animadamente por casi una hora mientras trataba de ignorar el dolor en sus atormentados pies hasta que la orquesta se tomó el primer descanso.

Después, de la mano de Helena tuvo que ir de mesa en mesa agradeciendo la presencia de los huéspedes, recibiendo besos de desconocidos, uno que otro pariente, las hermanas solteronas de papá: las tías Miren y Ángeles, que veía muy poco, nunca se habían llevado bien con Helena, la tía Elvira hermana de su madre que había venido expresamente de Bogotá con sus dos agraciadas hijas y sus parejas, los antipáticos amigos de su madre, una especie de vía crucis que le pareció interminable. En el fondo del salón fue gratamente sorprendida al encontrar a Rosa engalanada con un vestido amarillo brillante sentada con Juliana. Fernandito medio dormido descansaba contento en su regazo y notó la tensión en la mano de su madre.

-Buenas noches, señora, se ve usted muy hermosa y gracias por invitarme. Ven acá mi niña, ya toda una señorita, déjame abrazarte, te tengo un regalito- dijo la mujer con esa voz plácida que Daniela tanto extrañaba.

Por la expresión en el rostro de Helena, intuyó que había sido papá el que había invitado a Rosa y rogó en silencio que mamá no le saliera con alguna grosería. Pero Helena sin decir palabra, soltó su mano y se alejó con una expresión altanera en el rostro. Aliviada, se colgó del cuello de Rosa ignorando la mirada de disgusto que le dirigía Juliana. De la cartera, la mujer extrajo una cajita que Daniela se apresuró en abrir. Era el primer presente que recibía, ya que todos los invitados, siguiendo la sugerencia de Helena, habían traído certificados de regalo de una joyería. Ella no había tenido participación alguna en la selección del regalo y no quería ni pensar de qué se trataba, pero sospechaba que no le iba a gustar. El de Rosa era una pequeña cruz de plata de forma extraña colgada de una fina cadena.

-Es la cruz trebolada, te dará fuerza y suerte, la bendijo el cura de Santa Ana y el gran maestro de la casa antigua de los negros de Portobelo que es mi abuelo- le dijo dándole un beso en la frente.

-Pónmela, Rosa, no me la voy a quitar nunca, te lo prometo.

Ignorando la mirada crítica de Juliana, Rosa le colgó en el cuello la cadena, por detrás del collar de perlas en donde apenas se notaba que llevaba algo más. De inmediato la mujer le entregó el niño dormido a Juliana y se despidió alegando que era un poco tarde y vivía muy lejos y Daniela tuvo el presentimiento que no volvería a verla nunca más. Libre de la compañía de Helena buscó a Ana Cecilia, anhelaba quitarse los zapatos aunque fuera por unos minutos para reposar sus atormentados pies y qué mejor lugar que el baño. Allá fueron las dos llenas de comentarios de los detalles de la fiesta y los jóvenes asistentes, instalándose en un sofá en un rincón del amplio lugar en donde se acicalaban las mujeres frente a enormes espejos. Daniela se descalzó con un suspiro de alivio y al mirar a su alrededor se asombró que hasta el baño había sido decorado con los mismos motivos, las rosas blancas y rosa, una bandeja de perfumes, delicadas servilletas, peines, cepillos y laca para el cabello, desodorante, mamá no había olvidado detalle alguno.

-Lo del pasillo les salió muy bien, -le aseguró su amiga-, se lucieron ustedes dos, parecía que se deslizaban por la pista como en una nube, además un amigo de mi hermano quiere conocerte, está muy interesado

-Estás inventado cosas Ana Cecilia...

-No, es la verdad, se llama Jorge Armando y es compañero de mi hermano en la universidad en donde acaban de comenzar, tiene dieciocho años. Ahora que regresemos al salón te lo señalo. No se atrevió a sacarte a bailar pero me dijo...

-Deja que me vea con el cabello rizado y sin tetas, enseguida se le quita el entusiasmo. Esta que ves aquí no soy yo, Ana Cecilia.

-No seas tan negativa, las mujeres podemos cambiar a gusto, para eso están los maquillajes. Podemos ser como los camaleones.

-No tienes idea cómo me duelen los pies, no sé cómo voy a durar el resto de la noche y lo menos que me preocupa es ese Jorge Armando que mencionas. Y menos tus mujeres camaleones.

Las dos desconocidas hablaban animadamente cuando entraron a los baños sin percatarse de la presencia de las jóvenes acomodadas en el área de descanso.

-Helena se ha pasado de cursi, imagínate poner a la hija a bailar un pasillo en vez de un vals que es lo que se estila. Ella siempre trata de ser diferente para llamar la atención ¿y viste el vestido? ¡Dios mío! No deja nada a la imaginación- dijo una con voz demasiado alta mientras vaciaba la vejiga.

-No sé a quién estará tratando de seducir ahora, pero te aseguro que no es al marido, no puede disimular, ya es famosa por sus deslices, hasta que da risa...- comentó la otra riendo a carcajadas.

-La hija es más bien feucha, demasiados vuelos en el vestido, ¿no te parece?

-No exageres, no es tan fea, a mí me gustó el vestido, pero el decorado ¡válgame el cielo! No cabe una morisqueta más, demasiadas flores y tules, pero bueno, qué se puede esperar de Helena, siempre tratando de aparentar exquisitez y cae en la cursilería...

Salieron del excusado riendo y después de lavarse las manos, comenzaron a acicalarse frente al espejo sin notar la figura vestida de blanco que se colocó erguida detrás de ellas.

-¿Porqué no se largan ahora mismo de mi fiesta si tanto les molesta lo que hace mi madre?- la voz temblorosa, los ojos anegados en lágrimas.

Ana Cecilia la obligó a salir del baño mientras las mujeres azaradas no sabían qué hacer ni cómo disimular el desconcierto que las embargaba.

-Vámonos de aquí, no dejes que esas malditas bru-
jas echen a perder la fiesta con su envidia- le dijo en voz
lo suficientemente alta para que la oyeran.

La haló del brazo por el pasillo lejos del salón en
donde se llevaba a cabo la fiesta, Daniela atormentada
por el martillear en su cabeza no atinaba a pensar, hubiera querido salir huyendo, esconderse en donde nadie
pudiera martirizarla diciendo cosas horribles de mamá,
la palabra misteriosa resonando en su cerebro una y otra
vez.

-Estás hecha un desastre, tienes el maquillaje co-
rrido, hay que encontrar otro baño para lavarte la cara y
arreglarte un poco, yo tengo de todo en la cartera, ya sabes como es mi madre de necia.

-No puedo creer que alguien venga a una fiesta in-
vitada y diga semejantes cosas… y no me importa cómo
me veo.

-Olvídalo, esas viejas deben estar desmayadas del
susto y bien hecho, se merecían lo que dijiste, deben estar
ahora mismo huyendo con sus maridos. Busquemos otro
baño, todavía tienes que cortar el pastel aguantar los dis-
cursos y todo el resto.

-Quiero ir para mi casa, Ana Cecilia, me duele la
cabeza.

-No puedes, Daniela, no puedes.

Caminaron por un largo corredor alfombrado con
diseños geométricos de estridentes colores que mantea-
ban, las paredes decoradas con espejos y enormes pin-
turas, Daniela notó su rostro distorsionado por el llanto,
el cabello comenzaba a encresparse, ya poco quedaba de
esa otra que tres horas antes al enfrentarse al espejo al
lado de su madre parecía la princesa de un cuento de hadas. Encontraron otro baño cerca del lobby del hotel en
donde Ana Cecilia se dedico a maquillar el rostro de su
amiga a pesar de sus protestas.

-Perfecto, estás bella otra vez, sonríe, eres la dueña de la fiesta.

-Si tú lo dices...- evitaba mirarse en el espejo.

De regreso, se toparon de frente con Helena sentada en un discreto rincón del lobby acompañada del hombre vestido de negro que estrechaba sus manos mientras hablaban animadamente. Daniela no había notado que estuviera en la fiesta y con el corazón a punto de salirse del pecho, haló a su amiga en otra dirección antes de que su madre las viese ahogada por una vergüenza que la desgarraba por dentro. Regresaron corriendo al salón en donde la música nuevamente alegraba el ambiente. Don Fernando la buscaba y bailó el resto de la velada como una autómata con un montón de muchachos desconocidos, ignorando los adoloridos pies, apagó las velas, cortó el pastel con la orgullosa madre de la quinceañera radiante a su lado, aceptó sonrojada los aplausos con una larga sonrisa como si nada hubiera ocurrido tratando de no pensar y agradecida que Ana Cecilia no hubiese hecho comentario alguno.

Seis meses después, Helena se fue de casa y ocurrió lo del divorcio.

IV

La reputación de Daniela como conferencista se inició de forma gradual y sin proponérselo. Comenzó a dar charlas sobre el peligro de las drogas y educación sexual en algunas escuelas públicas. Primero, una maestra preocupada por el número de jovencitas en estado de embarazo que desaparecían de la escuela, solicitó su ayuda para educar al resto del alumnado. Después, muchas otras escuelas solicitaban su presencia. Escuchaba estremecida las confesiones de maltrato, abuso sexual, incesto, drogadicción, toda una serie de miserias humanas en las escuelas de los barrios de pobreza. Y para todos esos males, creyó haber encontrado la respuesta adecuada. A los pocos meses la invitaban a los colegios privados que no escapaban del problema, aunque muy disimulados, a participar en programas de radio y televisión y se fue convirtiendo en una especie de celebridad.

Uno de esos viernes reunida con sus amigos como siempre en el apartamento de Pedro Carlos, cuando intentaba analizar el desconcierto que sentía ante el fenomenal interés que despertaba en la juventud, Ana Cecilia le había espetado una andanada muerta de risa.

-Es tu voz de trueno, tienes voz de político iracundo que inspira respeto, nadie se atrevería a contradecirte, Dani.

-No seas criticona, yo creo que Dani controla a los muchachos con algo más que su voz. Los chiquillos de hoy se las traen, no respetan a nadie y menos a sus pobres maestras. Ella tiene algo más, ven a una persona

joven que habla un lenguaje que entienden- la defendía
Pedro Carlos.

-Yo estoy a punto de tirar la toalla con esas chiquillas, la mayoría parece estar dispuesta a regalar el
trasero a todas horas. Hay que ver cómo se visten, torso
casi al desnudo, pantalones apretadísimos, el ombligo al
aire, como en busca de sexo. No hay forma que entiendan
que deberían comportarse de otra manera. Por mi parte,
distribuiría anticonceptivos por todo el territorio nacional desde helicópteros, los pondría en el agua potable, en
la cerveza, en las hamburguesas, sobre todo en la Coca
Cola... Así nos ahorraríamos gran parte de la pobreza.
Dani pierde su tiempo con tanta charla y consejos que
caen en oídos sordos. Las cosas que me toca ver en la consulta del hospital... Chiquillas que todavía no han aprendido a limpiarse los mocos y ya han tenido dos o tres
novios –como los llaman ellas- de cama. Y cuando les
diagnostico una enfermedad de trasmisión sexual, me
miran horrorizadas como si fueran vírgenes recientemen-
te violadas.

-Entiendo que la mujer es la única mamífera que
puede tener sexo a todas horas del día y la noche. Aún
con la menstruación no rechazan al macho que las pro-
voque, todas las otras especies pasan por un período de
celo, es imposible combatir ese instinto, por mi parte me
parece admirable... Eso demuestra que somos seres superiores.

-No seas vulgar Pedro Carlos, lo que dices no tiene
nada de admirable ni superior, los animales no se comportan así, lo que demuestra que tienen un orden natu-
ral, un instinto de conservación del que carecemos.

-No discutan más, esas chiquillas están someti-
dos a toda clase de tentaciones, no hay programa de televisión, no hay película que no muestre la actividad sexual
en forma explícita, como si fuera algo común y corriente.

Lo que nunca muestran es las consecuencias, nadie se enferma o se embaraza. Solamente hay que ver esas películas del guapísimo James Bond del que clonan un similar
cada generación por los últimos 30 años. El tío se acuesta
con cuanta mujer encuentra en su camino, blancas, negras, rusas, chinas, en trenes, submarinos, aviones, bajo
el agua y jamás le da una picazón, ni tampoco ha emba-
razado a alguna de esas bellas mujeres. Creo que una
sola vez lo casaron con una chica despampanante y a la
pobre la mataron de un bombazo en los cinco minutos
siguientes. Y claro, el lloroso viudo necesitó ser consola-
do por otras tantas mujeres el resto de la película. Eso es
lo que los muchachos de hoy están acostumbrados a ver,
sexo desenfrenado sin consecuencias.

   -Pues a mí me encantaría encontrarme con una de
esas superhembras de Bond en una oscuridad y te aseguro que no les pediría carné de salud…

   -¡Ay Pedro Carlos! Eres de lo peor que conozco, a
veces no me explico como puedo ser tu amiga…- le reclamaba indignada Ana Cecilia.

   Las discusiones se prolongaban hasta la madrugada, cuando ella anunciando que estaba cansada se iba
primero. Pedro Carlos y Ana Cecilia vivían un febril ro-
mance - a pesar de las muy públicas desavenencias- una
de esas relaciones que florecen espontáneas después de
una larga amistad, como quien dice por cansancio de las
partes. De tanto verse, de tanto hablar y disentir sobre
las cosas de la vida, acabaron una de esas noches enros-
cados en la estrecha cama de Pedro Carlos, asombrados
del gozo que sentían, como golpeados por un rayo. No
era amor, le había confiado Ana Cecilia mortificada por
su debilidad, no podía ser amor, era solamente atracción
sexual, habían sido amigos desde la secundaria. Durante
los años de estudio en la universidad siguieron buscán-
dose, aunque nunca se ponían de acuerdo en nada. Pedro

Carlos se afilió a cuanta asociación de revoltosos florecía en la universidad, participaba en toda clase de marchas en contra de lo que estuviese de moda sobreviviendo con un apretado presupuesto. Mientras que Ana Cecilia se esforzaba en mantener el primer puesto de su clase, sin problemas monetarios; tenía un coche de lujo, su padre no le escatimaba capricho alguno. Quizás fue el desasosiego de la soledad, la necesidad de tener cerca un cuerpo, una presencia, pero amor definitivamente no era, afirmaban los dos. Sea lo que fuese, se buscaban a todas horas, con los ojos, con las manos, no podían disimularlo, daba risa verlos juntos en público pretendiendo indiferencia.

Pedro Carlos había tenido un montón de novias que soltaba de inmediato en cuanto insinuaban matrimonio. Ana Cecilia tuvo una corta relación con un colega cuando estaban en el primer año de residencia de la que salió, jurando jamás volver a involucrarse en serio con nadie. El marinovio la había traicionado con una enfermera, había sido muy humillante.

-A los hombres hay que usarlos, como han hecho con nosotras desde que el mundo es mundo, es la única manera de liberarse del yugo- afirmaba después de dos o tres copas de vino.

-Eso dices ahora, deja que te llegue un pretendiente con billete y te ofrezca seguridad, a ver si no caes otra vez- se burlaba Pedro Carlos, seductor, con esa sonrisa suya llena de dientes brillantes, nada más había que verlo asomar la puntita de la lengua y pasearla suavemente entre los labios que sabían besar cuando andaba en plan de conquista, un gesto que motivaba a la más recalcitrante.

-Ya soy médico y aunque no gano mucho dinero todavía, no necesito a nadie que me mantenga y no me interesa tener hijos- le contestaba indignada Ana Cecilia.

-¿Quién aguanta a una mujer con un turno cada otra noche? Te veo muy mal, los hijos son lo de menos, es la relación diaria lo que cuenta. Aunque te hagas la muy independiente, dudo que no te interese encontrar a alguien con quien compartir tu vida, por muy liberada que estés.

-No discutan más, los he de ver al pie del altar con alguien un día de estos, así es la vida. Es eso o la soledad de una vejez sin compañía, les aseguro que no es nada agradable- terciaba Daniela.

Eso había sido antes de que se enredaran en una relación cargada de culpabilidad al fallarle sus convicciones. A ninguno de los dos los ataba otros compromisos excepto el orgullo de decir que eran autosuficientes e indiferentes. Pero la realidad de su amor se obstinó en meterse por medio a pesar de las babosadas antimachistas de Ana Cecilia y las últimas bocanadas de independencia de las que alardeaba Pedro Carlos. A sus veintitantos comenzaba a sufrir los embates de una calvicie prematura, que de alguna manera desinflaba su ego de eterno playboy. Había contemplado hacerse injertos de cabello, pero ese aspecto de sembrado de maíz que adornaba la cabeza de algunos conocidos lo había disuadido.

Acabaron por rendirse ante el sentimiento que los unía y se mudaron juntos en el pequeño condominio con vista al mar que Ana Cecilia heredara de una tía. Al inicio, Pedro Carlos anunció que el arreglo no iba a durar demasiado tiempo, no estaba dispuesto a depender de nadie, su libertad era sagrada. Pero el amor terminó por vencerlos y cada cual por su lado buscaba la manera de introducir el tema de formalizar la relación sin quedar en ridículo.

-No es que me interese casarme, he jurado que jamás cometería otra vez el error de amarrarme con alguien, pero quizás deberíamos tener un hijo y no voy a traer al mundo a un bastardo. Además mi madre me tiene loca con el asunto- le confió Ana Cecilia, mordiéndose las uñas, nerviosa.

No se atrevió a confiarle que había llegado a la oficina de Pedro Carlos y le preocupó bastante la gran cantidad de mujeres jóvenes que circulaban a su alrededor, seductoras dispuestas a lo que fuese con tal de encontrar pareja. Algo muy cerca de los celos comenzó a socavar su autosuficiencia.

-Entonces díselo, yo creo que a Pedro Carlos le gustaría tener hijos, lo he visto jugar por horas con sus sobrinos y por mucho que lo niegues a ti también te gustaría tener descendencia. Ustedes son un caso clínico interesante, los dos quieren lo mismo y no se atreven a decirlo.

-Deja de analizarlo todo, Daniela, no te pongas pesada, no somos uno de tus muchachitos extraviados e ignorantes, sabemos lo que estamos haciendo, la situación que atravesamos es más complicada de lo que piensas.

Se quedaron meses en ese tira y jala con Daniela en el medio, divertida por los extremos a que puede llegar la tan cacareada independencia de los sexos, que de alguna manera limita la libertad de entregarse sin reservas al ser amado. Acabaron por rendirse y se casaron con todas las ceremonias, la novia engalanada en un vistoso traje de cola, el novio incómodo en el tuxedo alquilado. La recepción tuvo lugar en un hotel de lujo, con un montón de invitados, todo planeado y ejecutado por los padres de Ana Cecilia que no escatimaron gastos en la boda de su única hija.

Al pasar el tiempo se convirtieron en una pareja estable, hasta algo puritana, pensaba Daniela, al verlos ir a misa todos los domingos cogidos de la mano, cargando los dos hijos que tuvieron enseguida. Con lo mucho que

Pedro Carlos había alardeado de ser un agnóstico convencido y bastante anarquista en su juventud, daba risa
verlo tan piadoso.

-No es que los curas han acabado por convencer-
me, pero cuando uno tiene hijos, hay que darles una educación en valores morales, ya después podrán escoger.
Además las abuelas insisten y no quiero disgustarlas- se
disculpó Pedro Carlos como avergonzado al encontrarse con ella un domingo cuando Daniela se retiraba de la
iglesia después de depositar unas flores en la cripta en
donde reposaban las cenizas de su padre.

-¿Y Ana Cecilia dónde está?

-Está de turno y la llamaron del hospital, yo quisiera que renunciara y se dedique a la práctica privada
únicamente.

Lo único que les preocupaba eran los hijos y cada
vez que se encontraba con Ana Cecilia era el tema obligado de conversación.

-Estoy preocupada, no tengo idea a qué escuela puedo mandar a mis niños donde reciban una buena
educación. Tú sabes las cosas terribles que le pasan a los
chicos de hoy, los problemas que confrontan...

-Hazme el favor Ana Cecilia, no exageres la nota,
son unos infantes, todavía no están en edad escolar...

-Es mejor prevenir que después tener que lamen-
tar, con lo ocupada que estoy en el hospital y Pedro Carlos en su oficina tú comprenderás que...

-No empieces a recitar los problemas que has tenido con las niñeras, deberías haber honrado tus convicciones y no tener hijos, eso es lo que asegurabas desde que
te conozco. O mejor renuncia al hospital y sigue con tu
práctica privada que puedes limitar como te parezca así
tendrías más tiempo con tus hijos.

-No digas eso, necesitamos lo que gano y me gusta mi trabajo en el hospital del Seguro. Allí se encuentran

los casos más interesantes. No tienes idea lo que cuesta mantener una casa con dos hijos.

-No entiendo, tu marido dice una cosa y tú otra. Pedro Carlos asegura que gana lo suficiente para mantenerlos a todos y muy bien.

-Ya sabes como son los hombres, tienden a exagerar sus posibilidades, pero en confianza te digo que yo gano mucho más que él. A veces le molesta, que con el salario de un ingeniero civil no alcance para vivir como vivimos. Hemos tenido cada discusión... no te imaginas. Decidimos comprar una casa, el apartamento no es lugar para que crezcan los niños, Pedro Carlos se dedicó a investigar las nuevas barriadas por las afueras de la ciudad. En la mayoría, las casas parecen cajetas de fósforo con medio metro de césped enfrente, las buenas escuelas no existen por esos lados, el transporte es pésimo. Mudarnos en un lugar así nos acarrearía toda clase de problemas. Me he empeñado en comprar una casa grande, con jardín y por lo menos cuatro recámaras en un lugar céntrico y adecuado para que nuestros hijos crezcan sin problemas. Mi padre me va a ayudar con un buen pago inicial.

- Ana Cecilia, creo que te estás buscando un problema al insistir en hacer tu voluntad con la ayuda de tu padre que tiene más recursos de los que pueda contar tu marido. Recuerda que el ego de los hombres es muy frágil.

-Tú siempre con la manía de analizar negativamente a todo el mundo. Cuando encuentre una casa adecuada y nos mudemos en un lugar elegante, a Pedro Carlos se le quita la necedad y no va a decir nada.

Encontró el hogar soñado, en un barrio de lujo, una residencia que costó una pequeña fortuna. La remodelación se efectuó al gusto cada vez más exigente de Ana Cecilia sin protesta alguna de parte de Pedro Carlos, pero en el fondo Daniela presentía una tormenta en ciernes. Le preocupaba la mirada a veces ausente de su amigo, como si no le interesara nada de lo que hacía su mujer, como si no le importase una cosa u otra. Había decidido tener una reunión con los dos, antes que estallara la guerra que presentía, los signos estaban muy claros. Lo había visto demasiadas veces, el matrimonio que comienza a fracturarse, cada cual con resabios que envenenan la intimidad, cada cual resguardando celosamente intereses distintos sin encontrar palabras para comunicarse. Se prometió hacer un aparte esa misma semana para conversar con ellos y hallar la manera de acercarlos sin que se percataran que estaba al tanto de sus desavenencias. No sería nada fácil, pero tenía que intentarlo antes de que fuese demasiado tarde.

En realidad nunca se propuso comprometer cada minuto de los días a su profesión entre conferencias en las escuelas, el programa de televisión y sus pacientes.

En sus presentaciones nunca regaña a su audiencia. Con la mirada fija, micrófono en mano, camina de un lado a otro, habla con vehemencia, explica conceptos, hacer propuestas y sugiere soluciones. Y todos esos jóvenes permanecen en silencio, prendidos de cada palabra, de la elocuencia de sus manos que parecen tener vida propia. Esos compromisos han ido complicando demasiado su vida. Se lo había echado en cara por última vez Jorge Armando antes de partir a los Estados Unidos.

-Dani un día de estos te vas a pasar todos los días de conferencia en conferencia sin percatarte que nadie te escucha. Ten cuidado, o esos pequeños monstruos acabarán por devorarte.

-¿Porqué dices eso? Esos muchachos necesitan ayuda, están solos en un mundo violento, lleno de tentaciones, residiendo en hogares disfuncionales, si es que hay hogar, alguien tiene que guiarlos.

-¿Y tú crees que se van a dejar guiar? No seas ilusa, seguirán haciendo lo que les venga en gana, van a seguir tomando drogas, alcohol en exceso, las adolescentes embarazándose, lo mismo que ahora y cada vez más.

-Si logro cambiar la conducta de uno solo de ellos, creo que valdrá la pena. Eso es lo único que cuenta.

-Comienzas a parecerte a la Madre Teresa.

-Yo no estoy tan arrugada ni nunca hablo de religión, eso se lo dejo a sus padres o las escuelas, lo mío es tratar de indicarles la importancia de preservar su salud corporal y educar la mente. Todo ello exige disciplina.

-¿Vale la pena tirar tu vida por la ventana?

-Vamos Jorge, no exageres, es mi profesión examinar la conducta humana y tratar de cambiarla, para eso estudié.

-Sí, pero tú vas más allá del deber y el exceso te va a pesar un día de estos.

Lo despidió esa noche sin un beso siquiera, disgustada, le parecía injusta la crítica que le hacía, injusta y egoísta porque se burlaba de su dedicación. Después, Jorge Armando se marchó y a pesar de los años todavía le dolía demasiado su ausencia y más todavía la humillación sufrida a sus manos. Le costaba desprenderse del recuerdo de aquellos atardeceres de estrepitosos amores, las madrugadas de confesiones, ideas locas y caricias sudorosas, los paseos por la playa las pocas veces que lograba ausentarse un fin de semana completo. Casi siempre tenía algún paciente con una tripa colgando, como se burlaba J.A. al verla llegar de tarde por la casita que tenía en Santa Clara. Pero una de esas veces cuando disfrutaban del delicioso calor de la intimidad, hasta allí llegó a buscarla un comité de maestras del pueblo cercano a pedirle que le hablara a sus alumnos, muchachos muy humildes que necesitaban guía, por favor doctora, se sentirían muy honrados de contar con su presencia. Tratando de evitar las miradas de reproche de J.A aceptó ir a la mañana siguiente, mañana que él había programado para estar en la playa desde muy temprano, saltar las olas entre caricias y después una buena paella preparada por sus propias manos, amor al atardecer hasta quedar exhaustos.

Cuando regresó de la charla al mediodía, encontró la casa cerrada y el auto de J.A. no estaba. Nunca le reclamó lo ocurrido esa mañana, pero la relación no volvió a ser lo que era antes. Era ella la que proponía almuerzos y encuentros que él aceptaba casi como una cortesía de su parte. Pero si mortificada decidía esperar su llamada, el tiempo se le hacía demasiado largo y su orgullo acababa por claudicar y lo buscaba hasta encontrarlo. Le parecía indigno protagonizar escenas de amor frustrado y los largos silencios fueron carcomiendo sus sentimientos.

Cuando le anunció fríamente que su compañía lo trasladaba a Estados Unidos por un tiempo indeterminado, se sintió traicionada, sin atreverse a hacer reclamos, no tenía ningún derecho. Después de su partida, se comunicaban por correo electrónico, misivas apasionadas al inicio de la larga ausencia, misivas que se fueron tornando gradualmente insulsas, desprovistas de pasión.

¿Cómo estás? Muy bien ¿y tú?, el trabajo, oh, muy bien, ¿y el tuyo?, demasiado ocupada, como siempre, bueno, a ti te gusta esa vaina, querida, debes estar en la gloria, el reproche latente, la queja que quizás motivó el distanciamiento.

Había sopesado dejar todo por unos meses e ir a visitarlo sin condiciones ni exigencias. Sus sueños estaban poblados de su presencia, se amaban una y otra vez sin pudor ni resquicios de timidez, sentía los labios húmedos que hurgaban los suyos hasta hacerla desfallecer y despertaba sudorosa muy cerca de las lágrimas. Corría a su escritorio a escribir una ardiente declaración de amor y entrega total en su puño y letra, como debía ser, como era antes que la electrónica relegase al olvido las cartas de amor en papel perfumado.

Pero esas cartas terminaba en el basurero cuando llegaba la aurora y el despertador anunciaba que era tiempo de iniciar las labores diarias. Una ducha fría la devolvía a la realidad y desde su rincón en el dormitorio Niki bostezaba moviendo la cola, era hora de su paseo matinal, es mejor que te apures parecía decirle. Salían a caminar por media hora, Niki seleccionaba con cuidado cada arbusto para levantar la pata y marcar su territorio con unas cuantas gotas y le dirigía una mirada indignada si pretendía apurarlo. De vuelta a casa, otra ducha esta vez caliente, el cuidadoso maquillaje, la selección del conjunto adecuado para los múltiples compromisos del día. Y después ocurrió la gran humillación que como una espina sigue mortificando sus noches. Definitivamente tiene que hacer algo distinto, organizar su vida de otra manera, ella, que es la experta en señalarle a todo el que la escuche la necesidad de hacerse un plan de vida, no atina a enderezar la suya, amarrada a sus recuerdos, a los fantasmas en su memoria.

Si hubiera tenido a alguien que la aconsejara a valorar más su vida personal que la profesional, quizás J.A. no se habría marchado, siempre ese obstinado quizás metido entre ceja y ceja y a pesar de lo ocurrido en Washington cuando decidió visitarlo para reanudar la relación.

Era cuestión de tomar dos semanas de vacaciones e hizo todos los arreglos con gran entusiasmo, le daría una sorpresa y si las cosas iban bien, se quedaría dos semanas más. Trataba de imaginar el asombro de J.A. cuando le informara que llegaba, debía hacerlo de antemano para asegurarse que no estaría de viaje, no era correcto aparecer de imprevisto. No acababa de decidir si llamarlo, la voz le temblaría de emoción, o sería mejor enviarle un correo electrónico, amistoso, algo no muy personal. Ha-

bía transcurrido once meses desde su partida y las infre-
cuentes misivas más parecía un intercambio entre amigos
que entre dos personas que se amaran. Finalmente se decidió por el correo, era mejor, el teléfono podía traicionar
su entusiasmo. Mientras se preparaba le vino a la mente
una frase que alguna vez le había escuchado a Helena.

-Mujer que se respete, nunca debe llevar la inicia-
tiva con los hombres…

Le molestaba recordar algo dicho por Helena, su
madre no había sabido manejarse con los hombres, con
sus acciones se las arregló para sembrar el caos en la familia.

Querido Jorge: voy a estar en Washington del 4
al 18 de mayo haciendo unas investigaciones y me gustaría mucho verte. ¿hay algún inconveniente? Hubiera querido que este viaje fuese una sorpresa, pero pensé que a lo
mejor estarías de viaje, o demasiado ocupado, recibe un
gran abrazo. No, era demasiado impersonal. Se habían
amado tanto, explorado todos los rincones de sus cuerpos
hasta conocer cada hondonada, adivinado cada deseo, ca-
balgado juntos hasta quedar exhaustos. Era más honesto
un Amor mío: me muero por verte, voy para allá el cuatro
de mayo, sueño con estar a tu lado otra vez… No, demasiado empalagoso, a veces Helena tenía razón, era mejor
la primera misiva, con el pretexto de la supuesta investigación que salvaguardaba su orgullo.

La respuesta llegó de inmediato. Daniela, estaré
aquí durante los días de tu visita, me encantará verte, ¿en
qué hotel te hospedarás? Avísame en cuanto te registres
para ponernos en contacto. ¿Hotel? Iba dispuesta a quedarse con él. A lo mejor su alojamiento aún no estaba en
condiciones de recibir visitantes, a los hombres les cuesta
organizarse, pensó, mientras se ocupaba de hacer reser-
vaciones en un hotel conocido.

La noche antes de partir pasó largas horas en el silencio de su terraza admirando la luna llena que despegaba majestuosa de un mar rizado por orlas de espuma, el corazón palpitaba anticipando el encuentro. Había hecho las maletas con el entusiasmo de novia que prepara su luna de miel. Las negligés en colores provocativos, la ropa interior de encaje, las cremas, los perfumes, las sales de baño, estaba decidida a enamorarlo otra vez. El vuelo a Miami se le antojó demasiado largo, permaneció con los ojos cerrados, no quería que la molestaran. Después de pasar las interminables filas en la aduana, corrió por los largos pasillos con el temor de perder el avión que la llevaría a Washington. En el taxi camino al hotel notó admirada que la primavera engalanaba la ciudad con el aroma de las flores de los cerezos y el corazón se llenó de júbilo. Al llegar al hotel se tomó su tiempo en llamarlo, quería estar preparada. El sonido de su voz la estremeció y acordaron encontrarse en el bar del hotel en dos horas. Bajó en el elevador sonriendo, se sentía atractiva en el nuevo conjunto que estrenaba, de un color azul brillante, el escote sugestivo, la falda ceñida algo corta, la delicada estola de seda negra colgada de un hombro, el suave perfume detrás de las orejas. Entro en el bar con aire de triunfadora y allí la esperaba J.A. acompañado por una joven española que presentó como Carmina su asistente, haciendo énfasis frente a la otra de la vieja amistad que los unía. La invitó a cenar fuera del hotel y allá fueron los tres, él agarrado de la mano de su supuesta asistente con un ademán que denotaba intimidad. Hablaron de todo un poco como grandes amigos, Carmina los escuchaba en silencio, con una sonrisa congelada en el hermoso rostro. La infernal velada terminó con una visita a su apartamento bellamente decorado en donde Carmina se manejaba como en casa propia.

Se quedó una semana en Washington aparentando estar ocupada, J.A. la volvió a llamar un par de veces para invitarla a almorzar y siempre se disculpaba aduciendo compromisos ineludibles. Pasó esos interminables días de tortura, caminando las calles de museo en museo, tratando de ahogar su desengaño y los celos que siempre le habían parecido sentimientos despreciables. Pero ahora se convertían en resentimiento que llenaba cada minuto del día y la sumía en una honda depresión. Algo que nunca le había ocurrido ni en los peores momentos de la crisis provocada por el divorcio de sus padres o la muerte de don Fernando.

La noche que hacía las maletas para salir huyendo de Washington, se percató asombrada que experimentaba las mismas angustias por las que pasaban sus pacientes y que diagnosticaba como emociones triviales, pasajeras, sin importancia, fácilmente olvidables. No reconocía la imagen que le devolvía el espejo, los ojos angustiados bordeados por oscuras ojeras, la boca temblorosa, no era ella esa otra pobre mujer de rostro pálido castigado por el insomnio. Terminó de empacar dejando cuidadosamente dobladas sobre la cama las negligés que nunca se animaría a usar. A lo mejor la camarera estaría más que agradecida ante su generosidad o quizás las tiraría en la basura. No importaba. Frente a una adversidad inevitable, recetaba a sus pacientes ejercicios de olvido. Era hora de practicar lo que tanto había predicado como una cura infalible contra todos los males del alma. Si no hay remedio inmediato o posible, hay que obligar a la mente y al cuerpo a hacer ejercicios de olvido, hasta borrar los sinsabores, los celos, el abandono, la indiferencia, todo.

Pero comprendió que no iba a ser nada fácil.

V

Cada encuentro con Helena provoca la renovación de un resentimiento que viene cargando por un montón de años. Demasiados, le parece, y aunque trata de olvidar no puede, es imposible. Helena a veces le reclama intuyendo su actitud de rechazo, intenta dar explicaciones tardías, se defiende con argumentos que le parecen pueriles, pero es su madre y no le queda otro remedio que atenderla en su vejez, a ella le toca, es su herencia.

Fernandito hace mucho que se desligó del país, de la familia, del engorroso pasado. Vive en Atlanta - de donde ha regresado pocas veces desde que terminó el doctorado en ingeniería de sistemas- con una nueva familia a su hechura, mujer y dos hijos. Lo visita en contadas ocasiones, cuando ambos se esfuerzan en aparentar cercanía, familiaridad, sin mencionar el secreto que sigue colgado entre ellos como un tupido velo de resentimientos compartidos que los acerca y a la vez los separa demasiado. Su hermano era un niño solitario que se ha convertido en un hombre solitario. Vive preocupado por su salud, la enfermedad que lo agobió cuando niño permanece fresca en su memoria y visita a los médicos con frecuencia obsesiva. Su esposa, una bonita mujer devotamente religiosa de alguna secta protestante –no está segura cual- lleva discretos vestidos a media pierna, no se maquilla y desde luego, sabe cocinar muy bien, cuida de un bello jardín, cultiva hortalizas y educa a los niños de forma estricta. Sus dos sobrinos parecen angelitos sacados de un catálogo, rezan antes de las comidas, pasan los sábados en escuela de Biblia y a veces la miran como a un bicho raro, una tía que habla inglés con un acento extraño y nunca los acompaña a la iglesia. Los recuerdos que tiene en común con su hermano se han ido desvaneciendo con el pasar de los años y se convence que quizás sea mejor así y un día cualquiera ambos se olvidarán de que una vez los ataba el mismo cordón umbilical, o que la misma sangre corre por sus venas.

Ese martes a las siete de la tarde llega a la casa en donde creció y entra utilizando la llave de la que nunca se ha separado por un prurito de sentimentalismo. Una mirada a su alrededor la tranquiliza, todo sigue igual, el amplio jardín todavía castigado por la sequía del verano pasado, en una esquina languidece la gardenia. Sobre la cerca, las veraneras moradas, amarillas y blancas en plena explosión de color se mezclan en un desorden triunfal. Al fondo del jardín la amable sombra del palo de mango que papá sembró y nunca dio fruta es un remanso de paz. Era mejor así, decía, los mangos cuando caen se pudren, huelen mal y ensucian todo. Era su refugio en los días de larga tristeza, lejos de las empleadas, lejos de todo.

En la sala los muebles colocados en perfecto orden, el piano silencioso en un rincón, las cortinas de un verde parecido al de antaño que sigue siendo el color que favorece su madre. Deberían haber vendido la casa hace años, es demasiado grande para una sola persona, pero Helena se niega a abandonarla. Es su castillo, asevera cuando le menciona el asunto, sin percatarse que hace mucho dejó de ser reina. En realidad a ella tampoco le gustaría despojarse de todos sus recuerdos, de los muchos años que vivieron en esa casa, en donde aún persiste sinuoso el perfume de papá y en donde alguna vez fueron felices.

En la cocina la recibe la empleada, los ojos anegados en lágrimas.

-¿Qué le ocurre Magdalena?

-Ay Doctora, su mamá me acaba de despedir, dice que le derramé un perfume y no es verdad, yo no lo toqué, ya estaba vacío, pregúntele a María.

-No le hagas caso, enseguida se le olvida todo.

-Las cosas que me ha dicho... Estaba esperando que usted llegara, ya recogí mis cosas para irme- solloza la muchacha restregándose los ojos con el delantal.

Lo ha visto venir una y otra vez, el gradual deterioro de la mente de su madre, la conducta a veces agresiva otras suplicante, los olvidos inmediatos, las alusiones al grandioso pasado o al presente inmediato que mezcla en su conversación de forma alucinante sin orden ni concierto. Voces anónimas le soplan al oído desde hace tiempo que lo que aflige a Helena es el rápido desgaste de la memoria, pero se ha negado a escucharlas. Alzheimer, así se llama el cierre abrupto de toda una vida mucho antes que llegue la muerte, una enfermedad que lleva el nombre de un famoso doctor. El nombre no importa, pero le parece injusto, Helena debería llevar hasta el final la carga de todos sus actos, con todas las consecuencias. No es rencor lo que siente, pero el pasado exige retribución.

A veces quisiera endilgarle palabras mortíferas, doblegar sus altivos recuerdos, pero no puede, no debe, a pesar de todo es su madre.

-No te preocupes, Magdalena, le voy a hablar ahora mismo, ya verás que todo se arregla, ella está enferma y se le enredan los recuerdos.

-En verdad yo prefiero irme, doctora, usted perdone, pero su mamá es muy difícil de complacer, usted no tiene idea lo ofensiva que es a veces, usted no sabe las cosas que nos dice cuando algo le molesta... Usted no tiene idea...

Pero sí tiene una idea exacta de que es capaz su madre, le ha tocado lidiarla por un montón de años desde que papá murió y Helena comenzó a envejecer sin remedio. A medida que su rostro ganaba sombras y líneas, le fue entrando un pánico cruel y corría a despojarse de ellas con el bisturí de algún cirujano de moda a pesar de sus objeciones.

Pasa algunos minutos convenciendo a la muchacha que no se marche, le ofrece un aumento de salario y le promete que hablará con Helena para que retracte sus acusaciones pero sabe que todos sus argumentos son en vano. Un profundo desaliento invade su corazón, quisiera estar lejos, muy lejos de la imposible situación que le ha tocado enfrentar una y otra vez.

Encuentra a Helena en su habitación frente al espejo, dando los toques finales al maquillaje en un rostro de piel tan estirada que le da un aspecto extraño, como si los pómulos pugnaran por salirse de las mejillas pintadas de un rosado brillante.

-Helena, ¿qué es lo que pasó con Magdalena? No puedo correr a buscarte nuevas empleadas cada mes cuando se te antoja despedirlas con cualquier excusa.

Hace mucho que no le dice mamá. Antes del divorcio, ella exigió que la llamaran por su nombre, lo que parecía ser su defensa en contra de la implacable marcha de los años o quizás la situación que enfrentaba con su padre, nunca pudo explicarse la razón de su conducta. Los reunió a los dos y cuando comenzó a hablar, se quedaron mirándola embobados. Era mamá la que les hablaba así y no acababan de entender lo que les decía. Les pido que de ahora en adelante me digan Helena, simplemente Helena, les dijo, nada de mamá, eso es tan anticuado, así somos más amigos, así podemos divertirnos mucho más. Déjate de lloriquear Fernandito, ya eres un hombrecito, quiero que me acompañes a todas partes como mi amigo secreto... ¿no crees que es estupendo?

Las palabras acompañadas por el llanto de su hermano resuenan aún en sus oídos. Recuerda las miradas de asombro, los cuchicheos de sus amigas cuando se refería a su madre por su nombre de pila, la mirada molesta de don Fernando. Demasiadas veces tuvo que soportar los regaños de las tías, que la tildaban de irrespetuosa por llamar a su madre por su nombre, todo por un capricho de Helena.

-¿Qué te parece mi nuevo peinado? Un corte muy moderno- dice como si no hubiera oído su reclamo.

La mira irritada y quisiera decirle que parece un espantapájaros con el cabello de un rojo brillante, en la coronilla picos estirados con gel, sobre la frente un cerquillo desordenado, como las cantantes de rock, el peinado de una adolescente rebelde.

-Magdalena tiene las maletas listas para irse, la cocinera está dispuesta a renunciar también, Helena, vuelvo a repetirte que tienes que ser más tolerante con las empleadas. No es fácil encontrar domésticas dispuestas a dormir en casa.

-¿Qué les pasa? Que yo recuerde no tenemos ninguna desavenencia. A esas mujeres no hay quién las complazca. ¿Sabes? Lo que quieren es más plata y te aseguro que son muy incompetentes, no hacen nada bien. Hace días que no preparan algo decente de comer y lo acepto en silencio, no me quejo. Arroz, frijoles, unas sopas espantosas llenas de grasa.... No se les ocurre hacer una ensalada, hervir un vegetal.

-Helena, ¿no te acuerdas? Acabas de despedir a Magdalena por supuestamente derramar un perfume.

-Claro que sí, ella derramó un perfume carísimo que me regaló una amiga, lo que pasa es que es una mentirosa.

-Ella aduce que el frasco estaba vacío y me parece que ya no tienes amigas que te regalen perfumes caros.

Se percata de la mirada distraída e indiferente, Helena no la escucha, se ha refugiado en ese mundo especial en donde se siente segura, en donde no tiene que dar respuestas ni ofrecer explicaciones lógicas.

-¿No te parece que este corte de cabello me quita unos cuantos años de encima?

Hace piruetas frente al espejo y vencida contesta con un sí Helena, te ves mucho más joven y bonita con ese peinado, como siempre, se rinde. En realidad no vale la pena seguir discutiendo, exigiendo respuestas coherentes que no van a llegar. La ayuda a enfundarse en un ajustado vestido negro algo pasado de moda. Cuando entran al restaurante Helena se acerca a cada mesa saludando a todo el mundo como si se tratara de una fiesta personal. Algunos la miran sorprendidos sin saber cómo reaccionar, otros se apresuran a levantarse cuando se aproximan, está segura que es a ella a quien reconocen, pero Helena es la que da besos y abrazos a perfectos extraños, uno que otro conocido, es tan embarazoso, debería estar acostumbrada.

¡Qué rara y a veces conveniente enfermedad que limpia al ser humano de toda culpa, todo remordimiento, que pinta de un color difuso la realidad y desvanece el pasado como si se naciera en el instante que se pierde la memoria de toda una vida en espera de la muerte!

La velada transcurre como siempre y entre bocado y bocado afloran los recuerdos alocados de su madre. Helena habla animadamente de fiestas a las que asistió, las joyas y los vestidos que lució, las amistades que siempre la invitaban a los eventos más importantes donde brillaba como una estrella. Repasa el pasado como si don Fernando no hubiera existido, jamás lo menciona, ya debería estar acostumbrada, pero lo resiente demasiado.

-Daniela, ¿todavía no tienes novio? Me parece que te estás quedando para vestir santos, ya tienes treinta y cinco años. Y lo que más me preocupa es que nunca quisiste aprender a coser, así que ni para eso sirves.

Helena ríe animadamente lo que le parece una graciosa ocurrencia.

-¿No te das cuenta? Ni para vestir santos te he educado. ¡Cómo te fastidiaba la costurera cuando trataba de motivarte! Te ponías a chillar, decías que te habías puyado con la aguja, creo que lo hacías a propósito para no aprender.

No responde. En cada reunión es la misma pregunta, lo del novio potencial es como una obsesión. Y lo que más le intriga es que nunca se le ocurre preguntar por el hijo ni por los nietos que tiene en Estados Unidos y que nunca ha conocido. En su limitado universo solo quedan ellas dos, compartiendo a diario un estrecho purgatorio que no parece tener fin. A la hora de los postres, se concentra en saborear el café, mientras Helena se deleita con una tarta de manzanas.

-No se te ocurra jamás casarte con un hombre que no te cuente toda la verdad sobre él, un hombre que te engañe, como Fernando me traicionó- le dice de repente con voz ronca, cargada de resentimiento.

La mira sobresaltada sin creer lo que acaba de oír, hace mucho que no menciona a su padre.

-Ya sé que no me crees, tu siempre me has culpado de todo lo ocurrido, pero la realidad es otra, Fernando tuvo mucho que ver, demasiado...

-Sí, Helena, entiendo. Bueno, termina de comer que ya es tarde.

-Te niegas a escucharme, me quieres tachar de loca, sé lo que le dices a las empleadas para que se queden. Nunca has querido conocer la verdad, nunca.

-Ahora ya no tiene importancia, Helena, papá no está aquí para discutir ni rebatir lo que alegas, ya nada de lo pasado tiene sentido, lo pasado, pasado es, olvídalo.

-Eso es lo que tú escoges creer. El pasado nos ha marcado a todos y tiene mucho sentido. Fernando, el muy cobarde, se escurrió de la vida sin enderezar el sendero y ahora nadie se acuerda... Nadie conoce la verdad ni siquiera mi hijo que lleva en su cuerpo más que mi sangre. ¿En dónde fue a parar? Ya no hablo nunca con él, no sé por dónde anda - solloza, la mirada esquiva mientras rebusca un pañuelo que no atina a encontrar en el bolso.

Cuando logra calmarla, salen del restaurante en silencio, Daniela muy preocupada por lo que ha dicho su madre. Los penosos recuerdos le retuercen el corazón, quisiera encontrar la paz del olvido. Dentro de su cartera resuena angustioso el timbre del celular y lo ignora, debe ser Ignacio para anunciarle el programa del día siguiente, no tiene deseos de hablar en ese momento.

En la casa, las confronta la cocinera que de forma directa informa que Magdalena se ha ido y van a necesitar otra empleada, lo antes posible, o ella tendrá que renunciar también. Helena sin querer escuchar las quejas de la mujer parte veloz a esconderse en su recámara y Daniela sabe que tendrá que enfrentarla nuevamente el domingo, a la hora del almuerzo, aprisionada en una asfixiante rutina de su propia hechura. Se despide de María prometiendo contratar cuanto antes a otra doméstica que se ocupe de la limpieza en la casa, pero sabe que no va a ser fácil.

De regreso a su condominio, la recibe el parpadeo insistente del contestador con los mensajes que la esperan, pero la mirada de Niki con un meneo enérgico de cola, exige que lo saque de inmediato y la obliga a obedecer. En sus oídos aún resuenan las amargas quejas de Helena, quizás debería haber escuchado su versión de los hechos antes de que la memoria de sus días se apague por completo. Conoce fragmentos de esa historia, por otras fuentes. Durante la larga enfermedad de papá

-con todo el veneno del caso- las tías se encargaron de susurrarle al oído lo que siempre pensaron de Helena, tan hermosa, elegante, pero desafortunadamente no era la mujer apropiada para su hermano, un hombre trabajador y sencillo, no acostumbrado a trivialidades. Ellas se lo advirtieron, trataron de hacerle ver la realidad cuando insistió en casarse, pero él escogió arruinar su vida. Estaban seguras que la conducta de Helena fue la causa del divorcio y después precipitó la enfermedad de su pobre hermano, necesitaba alguien que lo cuidara sin traer problemas a su cama y fue una lástima que Helena regresara durante esos últimos meses a mortificarlo con su presencia. Las dos eran de la opinión que quizás don Fernando habría pasado a mejor vida mucho más tranquilo sin ella en el medio. Las escuchó repetir la misma historia una y otra vez, no se atrevía a disentir, los muchos detalles se le escapaban tratando de esconder una lágrima en el fondo de las pupilas. Pareciese que no se percataban del dolor que le causaba sus agrios comentarios. La hermana de mamá, la que vive en Bogotá, por otra parte le contó la historia a su manera. Adoraba a Helena, una belleza espléndida llena de vida que estudiaba arte en la universidad cuando Fernando la conoció.

-¿Sabes Daniela? Mi hermana era como una mariposa, llena de color, a donde llegaba iluminaba el ambiente con su energía, con su alegría. Era muy inteligente y amaba la música, el baile, las cosas bellas. Tu padre salió de la nada, ella tenía muchos pretendientes, pero él se las arregló para enamorarla de la mañana a la noche. Aún no me lo explico, eran dos seres tan opuestos, él mucho mayor que ella y tan distinto, pero llegaron a amarse apasionadamente, eso sí me consta. Pocos años duró la felicidad. Él la complacía en todos sus caprichos, salían a bailar, al teatro, la llevó a pasear por el extranjero y de repente cuando quedó embarazada, todo cambió. Naciste tú y a Fernando se le acabó el entusiasmo por la eterna luna de miel. Creo que intentó convertirla en una ama de casa cualquiera, ella se rebeló y comenzó a cambiar. Después llegó Fernandito y Helena pasó por una profunda depresión que por poco acaba con su salud mental. Mi hermana nunca se sinceró conmigo, pero cuando la visitaba parecía estar profundamente triste, no era la hermana que yo conocía. Comenzó a frecuentar unos amigos algo extraños, a veces le reclamé su conducta que no me parecía apropiada para una mujer casada. Las respuestas que me daba eran confusas, pero creo que estaba sufriendo bastante y ya sabes el resto de la historia..

No, realmente no sabe el resto de esa historia, ese resabio de amargura que guarda celosamente la mente de Helena, hay algo más, tiene que haber mucho más. Pero ¿es resabio o justa protesta? No está segura. Camina lentamente, Niki visita cada arbusto en el camino, inspeccionando cuidadosamente olores, cuando resuena otra vez el celular. El número que marca la pantalla es desconocido y decide ignorarlo, debe ser Ignacio inventando nuevos escenarios, buscando audiencias distintas. Al regresar se prepara para contestar sus mensajes y se sienta resignada frente al contestador.

-Doctora, habla la Señora Ariosto, estoy desesperada, Lilian desapareció como a las siete casi después que salimos de su oficina y no hemos podido localizarla. ¿Ha sabido usted algo de ella? Por favor necesito hablarle lo antes posible.

Otra vez el problema de Lilian, va a tener que confinarla a una institución de salud por un tiempo o alejarla de sus padres antes de que ocurra algo terrible.

-Dani, te necesito lo antes posible, llámame en cuanto puedas, es muy importante.

Es la voz de Ignacio, angustiada, desconocida, debe tener algún tropiezo con el programa, siempre lo mismo, Ignacio es un desordenado. No reconoce el número telefónico que le ha dejado y deduce que debe estar en casa de alguna amiga, pero cuando llama, nadie contesta, una voz desconocida en el contestador pide que deje un mensaje.

-Ayúdeme, doctora, los diabólicos me tienen presa, ayúdeme…no se han dado cuenta que estoy en el teléfono… - es la voz de Lilian diminuta, como angustiada y a lo lejos se escucha una risita malévola que se corta de repente y se siente intrigada nunca la ha llamado antes y lo preocupante es que no da direcciones.

La situación de Lilian está fuera de su control y le parece que otras autoridades deberían ser informadas de lo que está ocurriendo.

-Dani, por el amor de Dios llámame lo antes posible …- otra vez Ignacio, por el amor de Dios… ¿Ignacio?

Marca el nuevo número que le ha dejado sin recibir respuesta y le deja otro mensaje molesta, por no tener información del programa del día siguiente. Llama a la televisora, pero nadie ha visto a Ignacio en todo el día, su paradero es un enigma. La señora Ariosto contesta su llamada entre sollozos, le informa que Lilian no está en casa y son las once de la noche. Cuando logra calmarla le aconseja que notifique de inmediato a las autoridades de su desaparición.

-¿Usted cree que debo llamar a la policía? No sé, doctora, mi hija no es una delincuente…

-No es cuestión de delincuencia, Señora Ariosto, Lilian puede estar en peligro. Ella me dejó un confuso mensaje en el contestador, no me ha vuelto a llamar y me preocupa bastante su situación.

-Pero, ¿qué fue lo que le dijo?

-Solamente parecía estar muy asustada y reiteró que necesitaba ayuda. Desafortunadamente no dejó un número telefónico del lugar en donde se encontraba. Insisto en que usted debe notificarle a la policía lo que está ocurriendo.

-Pero mi marido se pondrá furioso si meto a la policía en este asunto, estoy muy nerviosa, no sé qué hacer...

-¿Usted me está diciendo que su esposo no sabe que su hija se ha escapado otra vez?

-Él salió de viaje y solo su jefe sabe dónde está. No me he atrevido a decirle nada a nadie con la esperanza que Lilian apareciera como otras veces.

-Pero, ¿estaba usted en casa cuando ella salió?

Bueno... no. Regresó de su oficina con nosotros, mi marido salía de viaje enseguida y yo decidí ir al teatro con unas amigas y después a tomar unas copas en ese bar nuevo que abrieron en la calzada. Pero dejé a la empleada con estrictas instrucciones de cuidar a la niña. Le di una buena regañada por quedarse dormida, ni se dio cuenta que se había escapado.

Le cuesta trabajo contener su indignación, quisiera lanzar recriminaciones, pero no es su lugar.

-Señora Ariosto, tengo que insistirle que llame a las autoridades y sería conveniente contactar a todas las amigas de su hija, ella me confesó que cuando se escapa, a veces se queda en casa de una de ellas...

-Pero yo no tengo idea quiénes son las amigas de mi hija, ya usted sabe cómo son las muchachas de hoy, no dicen por donde andan, hacen lo que les da la gana, no le obedecen a nadie.

-Entonces Señora Ariosto, llame a la escuela, quizás alguien sepa darle alguna información sobre las amigas de Lilian.

Cuelga el teléfono disgustada, sin esperar respuesta, una voz interna le avisa que la situación puede ser peligrosa, que algo distinto le está sucediendo a Lilian, nunca la ha llamado antes y desea fervientemente que vuelva a hacerlo.

Los otros mensajes son de amigos e invitaciones a distintas actividades, tiene demasiados compromisos. Va a tener que tomarse unas semanas libres de la oficina y del público para escribir el libro que se ha propuesto, ya tiene suficiente material acumulado. Esa noche, duerme intranquila, las pesadillas se suceden, las figuras de Helena y Lilian se mezclan en una trama desordenada y aterradora, algo en su subconsciente le avisa que su vida está apunto de complicarse aún más.

A las cuatro de la mañana la despierta el insistente sonido del teléfono. Alarmada piensa de inmediato que algo debe ocurrirle a Helena y estira el torso para agarrar el aparato que se escapa de su mano yendo a parar a la alfombra. Maldiciendo en voz baja se levanta a recuperarlo y la voz que contesta es desconocida.

-¿Doctora Miralles?

-Sí, sí, ¿quién me habla?

-Aquí el detective Sanjur de la policía.

-¿Policía? ¿qué está pasando? ¿Qué quiere usted conmigo?

-Mire doctora, acabamos de recuperar en el área de Las Cumbres el cuerpo de una joven, un posible asesinato, no tiene identificación pero en el bolsillo del blujin encontramos una tarjeta suya.

El corazón sufre un sobresalto, un frío de terror comienza a rodarle por la espalda, tiembla asustada.

-¿Asesinada? ¿Una joven asesinada? No puedo creerlo.

-¿Tiene usted idea quién pueda ser?

Titubea antes de hablar, quizás esté equivocada, pero algo le dice que no es mera coincidencia y trata de controlar el temblor en su voz.

-Es posible que sea una paciente con problemas mentales de nombre Lilian Ariosto que desapareció de su casa anoche. Le aconsejé a su madre que interpusiera la denuncia con la policía, ¿no la recibieron?

-No doctora, no hemos tenido denuncia de alguna joven desaparecida, eso fue lo primero que investigamos ¿Le importaría venir a la morgue a ver si estamos hablando de la misma persona?

Le importa y demasiado, pero no puede negarse. Se viste apresuradamente, la mirada soñolienta de Niki parece una interrogante y sale del apartamento dejando todas las lámparas encendidas, en un vano intento por ahuyentar los fantasmas, como cuando era niña y sus padres la dejaban sola durante el terrible año de la leucemia y se negaba a dormir en la oscuridad. Recorre las calles desiertas pendiente de sombras que se deslizan entre los edificios, sombras que se le antojan amenazadoras y vuelve a asegurarse que el coche tiene el seguro puesto al detenerse en un semáforo. La luz roja se prolonga demasiado en esa esquina siniestra poblada por seres casi invisibles. Un travesti ataviado con una minifalda roja y medias negras se menea descaradamente bajo la luz de un farol en espera de clientes, a su lado se detiene un coche estremecido por una música escandalosa, y sabe que sus ocupantes la están observando, pero mantiene la mirada fija en el semáforo.

En la entrada del hospital tiene que pedir direcciones para llegar a la morgue, en donde la espera el detective Sanjur, un hombre corpulento de rostro ensombrecido por cicatrices residuales de un severo acné juvenil. La saluda como si de antemano estuviera pidiendo disculpas por lo que le espera. Del cuerpo le cuelga un traje arrugado de un color indefinido entre gris y marrón, la camisa de un azul intenso adornada por una extraña corbata a rayas que le da un aspecto de gángster de película.

Un intenso olor a formol acompañado por un tufillo de putrefacción se arrastra por todo el sombrío edificio. Trata de disimular su inquietud, no sabe qué esperar mientras caminan en silencio por un estrecho pasillo que los lleva al área en donde se encuentra las neveras con su carga de muerte. Allí los recibe un individuo ataviado con una arrugada bata médica cubierta de manchas oscuras, disimulando un bostezo al verlos llegar. Saluda al detective con una especie de gruñido y los conduce al cuarto de autopsias sin hacer comentario alguno. Bajo una sucia sábana tendida en una camilla de acero inoxidable se enfrenta al cuerpo de Lilian. Parece estar dormida, los ojos cerrados adornados por delicadas pestañas, entre los pálidos labios sobresale la lengua violácea, torcida con un gesto que se le antoja burlón. En la mejilla izquierda señales de un fuerte golpe. Está semi desnuda. Una camiseta enrollada hacia arriba muestra el frágil pecho pálido, exangüe, los pezones encogidos, los panties y el blujin a media pierna y en sus pies las sucias zapatillas sin medias. Nota las excoriaciones en los genitales, las marcas oscuras en el cuello, la lividez de los muslos y la espalda. Vuelve el rostro sin poder contener las lágrimas que se escapan en contra de su voluntad, en algo le ha fallado a esa pobre criatura y se percata que se desconectó de la situación desde el momento que dejó su clínica y no pensó más en ella. Quisiera estrecharla en sus brazos, borrar la mueca de sus labios, acariciar sus cabellos, esconder su desnudez y respira algo aliviada cuando el ayudante vuelve a cubrir el cuerpo maltrecho con la sábana manchada por los fluidos corporales de tantos otros muertos. A su lado el detective guarda un respetuoso silencio.

-Es ella, es mi paciente Lilian Ariosto, ¿qué le hicieron, cómo murió?- la voz tiembla, trata de controlarse.

-No estamos seguros hasta que la examine el forense que está en camino, pero las marcas en el cuello indican que aparentemente fue estrangulada y hay indicios que pudo haber ocurrido una violación. Necesitamos que nos dé una declaración completa y en donde podemos contactar a la familia de la niña.

La pesadilla se prolonga durante las horas siguientes. Manejando como un autómata guiada por el detective sale del hospital hasta la estación de policía en donde la conducen a una oficina malamente iluminada, amoblada con sillones desgastados por el uso, mientras que el detective Sanjur, trata de ubicar a los padres de Lilian por teléfono. Una soñolienta secretaria le toma su declaración, parece estar aburrida, para ella el espectáculo de otra muerte violenta es parte del trabajo cotidiano y escribe con desgano. Las uñas postizas demasiado largas chocan con las teclas con un sonido que se le antoja obsceno en vista de las circunstancias. Indiferente a su angustia con una rutina macabra, la mujer va leyendo las preguntas inscritas en la desgastada cartilla que tiene al lado de la computadora.

-¿Cuál es su nombre, profesión, número de cédula, lugar de residencia, oficina, teléfonos, desde cuándo conoce usted a la occisa? Occisa... La palabra retumba en su cerebro una y otra vez. ¿Cuál era su relación? ¿Cuándo fue la última vez que la vio con vida?

Contesta como una autómata, mientras la mujer teclea, mastica un chicle con fuerza y se siente tentada a regañarla. El constante movimiento de la mandíbula es otra obscenidad, pero se contiene.

-¿Tiene algo más que añadir?

-No, eso es todo lo que sé.

Cuando regresa a casa a las siete de la mañana, una interminable ducha fría no alcanza a borrar el desasosiego que le ha provocado el espectáculo de la señora Ariosto dando gritos de dolor ante el cadáver de su hija, gritos que aún resuenan en sus oídos, porque decidió acompañarla a la morgue. Cuando lograron calmarla, entre gimoteos explicó que el marido había salido de viaje a algún lugar de Centroamérica la noche anterior y no sabía cómo localizarlo. La impresionó su actitud que de alguna manera delataba visos de un gran temor más que dolor, pero a lo mejor está equivocada. Aún no comprende qué la llevó a omitir en su declaración jurada alguna mención de los diabólicos o la amiga que supuestamente le ha dado asilo a Lilian durante sus escapatorias. No está segura de sus motivos, quizás ella no le contó la verdad, era tan fantasiosa, pero su muerte es real y en algún lugar de la ciudad se esconden los asesinos.

Delia llega algo tarde con una excusa que se niega a escuchar, no está de ánimo para tonterías y le pide que saque a pasear al perro que espera impaciente. En la silenciosa cocina se sirve un jugo de naranja y un café, su mente un torbellino de dudas, tiene que hacer algo para averiguar la verdad de lo sucedido y un sentimiento de culpabilidad nuevamente golpea su conciencia. Al llegar a la clínica la secretaria la recibe con un montón de mensajes y ninguno es de Ignacio. Parece haber olvidado el compromiso del día de hoy, en realidad el asunto no es crucial, tienen otros segmentos del programa grabados para el mes de vacaciones.

—Mariana, cuando la niña Ariosto salió de mi oficina ayer ¿hizo otra cita para dentro de cuatro semanas como le indiqué?

—Sí doctora, ella trató, pero la madre la interrumpió y dijo como enojada que no era necesario, que ya estaba bueno de gastar plata, que usted no la ayudaba en nada. La agarró por el brazo y la arrastró fuera de la oficina. Ya el Señor se había marchado. Lo anoté en la cuadrícula.

-Llame a la televisora a ver si Ignacio se ha reportado y al Colegio Nuestra Señora de Lourdes y solicita una cita con la directora.

-¿Con qué objeto? Me van a preguntar.

Lo piensa unos minutos, su secretaria lleva muchos años con ella, está acostumbrada a las crisis de sus pacientes con toda clase de diagnósticos. Es eficiente, discreta, aunque a veces le molesta su indiferencia. Todo lo resume diciendo que se lo buscaron. Drogadictos, jóvenes con problemas de definición sexual, deprimidos, uno que otro con tendencias suicidas víctimas de maltrato, pero ¿asesinato? Es el primer caso. Le explica con voz pausada lo ocurrido tratando de aparentar ecuanimidad. La mujer escucha con los ojos dilatados de interés.

-¿Asesinada, violada? No lo puedo creer ¡Pobrecita niña, pobrecita! Hay tantos pervertidos por ahí, tanta gente mala. Pero usted tiene que aceptar que se lo andaba buscando, con esa facha que tenía, con esos modales.

-Nadie se busca la muerte de esa manera, Mariana, mucho menos a esa edad. Llama al colegio, pide una cita urgente a la directora del plantel. Dígale que deseo hablarle de Lilian Ariosto, ya debe estar enterada de lo ocurrido.

-Es culpa de los padres de esa niña, doctora. Mientras usted se entrevistaba con Lilian, aquí afuera vomitaron todo el odio que se tienen. Algo de eso tenía que derramarse sobre la hija. Si usted los hubiera oído, los insultos, las acusaciones mutuas... El se fue dando un portazo, estaba muy enojado y pagó la consulta de mala gana. Y déjeme decirle que esa niña era muy grosera.

-Bueno, ahora ya no importa lo que era, está muerta.

-¿Usted cree que eso se queda así? Ese señor va a matar a la mujer cuando se entere, estaba muy molesto, la culpaba de todo lo que estaba haciendo la niña.

-No le comentes estas cosas a nadie, ¿entiendes? A nadie, es importante guardar discreción en un caso tan difícil como este.

-Sí doctora, no se preocupe, pobrecita Lilian.

Sabe que la compasión que manifiesta su secretaria no es real, ya ha decidido que Lilian de alguna manera se buscó su trágico destino.

-Cancela mis citas de hoy y ponlas para mañana. ¿No ha llamado Ignacio?

-No doctora, no he sabido de él.

No tiene idea qué pretende averiguar en el colegio, quizás el nombre de la amiga misteriosa en donde se refugiaba Lilian. La directora accede a verla de inmediato. Al salir del aparcadero de la clínica una lluvia torrencial baña la ciudad, el tráfico congestionado como de costumbre culebrea angustioso por las estrechas calles y se siente aislada del mundo por la cortina de agua que golpea el auto. Llega al colegio, un anticuado edificio rodeado de altos muros y árboles torcidos por la voluntad de los años. La portera la conduce a la oficina de la directora, que sentada muy derecha detrás de un enorme escritorio -como para enfatizar su importancia- la recibe con aire de recelo, nerviosa, la boca le tiembla de medio lado y se restriega los labios con un pañuelo para disimular su desazón. Se trata de una corpulenta mujer de piel blanca moteada por lunares, penetrantes ojos saltones marcados por un dejo de desconfianza, lleva el cabello gris apilado en una especie de moño a la antigua, viste de oscuro, el único adorno es aretes de perla y un collar de plata con una cruz lo bastante grande como para enfatizar su religiosidad y el severo rostro sin ningún maquillaje. Es obvio que ya está enterada del asesinato de una de las alumnas. Daniela se percata que la mujer está a la defensiva, trata de controlar su impaciencia y después de estrechar

la mano que le tiende con desgano va al grano sin demasiado preámbulo.

-Entiendo que ya usted está enterada de la muerte
de Lilian Ariosto. Yo era su sicóloga y estoy interesada en
obtener información acerca de su conducta en el colegio,
sus amigas, todo lo que sepa de ella.

-No sé en qué pueda ayudarla, doctora Miralles,
todos estamos muy tristes, nos enteramos por las noticias
esta mañana ¡qué horror! Enviamos a sus compañeras de
salón a casa, algunas estaban muy afectadas, no se puede
imaginar. Jamás nada igual le ha ocurrido a una alumna de este colegio, tenemos una excelente reputación que
cuidar, usted comprenderá que no queremos esa clase de
publicidad. Esa niña tenía muchos problemas, nada por
lo que podamos hacernos responsables, se ausentaba por
días sin presentar excusa alguna. Su madre, bueno, ella es
algo difícil de tratar, no le gustaba recibir nuestras quejas,
ya le había informado que si Lilian seguía faltando tanto,
tendríamos que negarle la matrícula el año que viene. De
repente no aparecía por una semana entera y regresaba
sin explicaciones ni certificado de salud. Al padre nunca
lo conocimos, no deseamos que el nombre del colegio se
mezcle con este asunto, usted comprenderá que no sería
conveniente.

Se percata que a la mujer solamente le interesa la
escuela; la muerte de Lilian es un asunto que la ofende,
pareciese que le molesta que una alumna se haya dejado
asesinar para manchar en algo la reputación de la institución que dirige.

-Sí, entiendo su preocupación, pero esta es una visita personal, no tiene nada que ver con mi programa si es
lo que le preocupa. No habrá publicidad alguna de nuestra entrevista. Me interesa únicamente averiguar quiénes
eran sus amigas cercanas.

-No puedo contestar a esa pregunta, quizás alguna de las maestras la conocieron mejor, no sé, usted debe comprender que no puedo permitir que interrogue a las compañeras de Lilian, están muy afectadas, las tuve que mandar a casa. Además debo obtener el consentimiento de los padres, no les gustaría para nada que se hiciese sin su presencia si es que aceptan que sus hijas sean interrogadas.

Insiste en entrevistarse con alguna maestra de Lilian y sutilmente amenaza con traer a la policía a investigar si no recibe respuesta ante la reticencia de la mujer, que al final de mala manera, acepta llamar a la profesora de español, que quizás sea la indicada para procurarle la información que necesita. Daniela se enfrenta a una mujer en la cincuentena, que en su presencia parece agobiada por una cierta vergüenza y mira nerviosa a su alrededor como buscando apoyo, retuerce las manos mientras intenta esconder los gastados zapatos bajo una larga y anticuada falda color marrón engalanada con flores amarillas. Es muy delgada, por encima del escote sobresale su huesuda anatomía, la cara está marcada por un rictus de amargura, los labios pintados de un rojo naranja no cesan de abrir y cerrarse en silencio, en los ojos un brillo de desconfianza, es aparente que no ha venido voluntariamente a declarar. No obtiene una respuesta concreta a sus preguntas, balbucea, titubea, se esfuerza en recordar, insiste en afirmar que para ella todas las jóvenes tienen la misma cara, no está segura de las amistades de Lilian, las chicas establecen alianzas que ignora, se queja de su indisciplina que recuerda demasiado bien. En cada palabra pone de manifiesto su descontento con la profesión que ejerce sin vocación alguna.

-Lilian era una alumna mediocre, me vi obligada a regañarla a menudo, nunca completaba sus deberes, entraba y salía a su antojo, me quejé de su conducta con su madre muchas veces y no logré que me hiciera caso. Le puedo asegurar que no sé quiénes eran sus amigas.

-Solo me interesa averiguar el nombre de alguna alumna cuyos padres estén siempre de viaje en el grupo de Lilian, si sabe de alguna así, le agradeceré la información, esa criatura también puede estar en peligro y sería una publicidad desastrosa que haya otra víctima de este colegio- amenaza tratando de controlarse.

La directora mira alarmada a la maestra, no ha considerado esa horrible posibilidad. De inmediato cambia de actitud, se muestra preocupada y despide a Daniela con la promesa de que investigará lo que le ha solicitado en cuanto las alumnas regresen a clases al día siguiente. A su salida del colegio, al llegar a su auto se percata que la lluvia sigue cayendo y el paraguas cerrado permanece apretado en su mano, la preocupación que la agobia le ha hecho ignorar el líquido que corre por todo su cuerpo, está empapada y se estremece. ¿Cómo averiguar la verdad de lo ocurrido con Lilian? La razón le avisa que no es su lugar investigar, para eso está la policía, pero sospecha que si no encuentra explicaciones satisfactorias el recuerdo de ese rostro pálido va a permanecer como un fantasma deambulando en su memoria el resto de sus días. Regresa a la oficina dispuesta a encontrar a Ignacio, molesta con su conducta, no está de humor para grabar el programa, demasiado ha ocurrido en las últimas horas. Al llegar, se entretiene en el baño unos minutos secándose el cabello con el cepillo mientras trata de controlar sus emociones.

-No he podido encontrar al Señor Ignacio doctora, no responde en ninguno de sus teléfonos. Además unos periodistas han estado llamando con insistencia, desean entrevistarla con relación a la muerte de Lilian.- le comunica Mariana.

-¿Cómo se enteraron que era mi paciente?

-No sé, a lo mejor el policía ese que ha llamado dos veces se los dijo.

-¿Qué policía ha llamado?

-Un detective de apellido Sanjur, dice que le urge hablar con usted.

-No estoy para ningún periodista y llama al detective.

Se sienta en su oficina a esperar la llamada, en sus manos reposa la cuadrícula de Lilian. Solamente contiene la indiferente evaluación psicológica de una adolescente con problemas de conducta, un diagnóstico clínico que pretende ser exacto, nada personal. Un sinuoso dolor de cabeza comienza a atormentarla, quisiera estar muy lejos de allí. El sonido de su línea directa interrumpe sus pensamientos. Es Ana Cecilia buscando explicaciones.

-Ni siquiera te preocupaste en llamarme, acabo de escuchar por la radio lo ocurrido y te mencionan. ¿Qué le pasó a Lilian? - reclama indignada.

-Si yo supiera la causa de su muerte le habría informado a las autoridades. Me llamaron porque cuando encontraron el cadáver tenía mi tarjeta en el bolsillo del blujin.

-Bueno, espero que les hayas informado de sus escapatorias y los diabólicos que mencionaba. Le toca a la policía ahora investigar a sus amigos. Dani, eso no es asunto tuyo, por Dios, ¿Qué bicho te ha picado? El comentarista recalcó que no sabías absolutamente nada.

-Tienes razón, pero no me atreví a contarle a los detectives mis suposiciones, ya conoces lo mentirosa que podía ser Lilian.

-Entiendo, pero el reportaje dice que puede tratarse de un asesinato y hasta insinúan que pudo haber violación carnal, tenías que decirlo todo Dani, absolutamente todo. Si tú no te atreves, yo tengo la misma información y estoy dispuesta a hablar con la policía. Puedo ver el cadáver, ayudar al forense y determinar si fue violada, la examiné muchas veces.

-Como quieras Ana Cecilia, pero no repitas nada de lo que no estés segura, es mejor esperar a que las investigaciones tomen su curso.

-¿A qué le temes? Solamente es cuestión de decir lo que sabemos- la voz se le antoja acusatoria y trata de defenderse.

-No sé a qué le temo, quizás a que los culpables se escapen si hablamos demasiado. En el colegio me prometieron investigar el nombre de sus amigas.

-¿En el colegio de ella? ¿Y cuando fuiste a parar allí y con qué autoridad?

-Esta mañana se me ocurrió hacer algunas averiguaciones por mi cuenta. Me siento con mucha responsabilidad por esa muerte, Ana Cecilia. Por favor, no comentes nada, pero tuve que hacerlo.

-Está bien, pero estás tomando esta horrible situación demasiado a pecho. No voy a decir nada pero en cuanto tengas nueva información, me dejas saber. Tengo tanto interés en este caso como tú.

Ana Cecilia tiene razón, está llevando la relación doctor-paciente demasiado lejos, debe desligarse del asunto, dar su informe, alejarse, pero no puede. ¿Quién es la otra parte en esta ecuación de muerte? La voz del policía en el teléfono interrumpe sus atormentados pensamientos.

-Doctora Miralles, el forense nos informa que la evaluación inicial no muestra señales de penetración en los genitales, aparentemente no ocurrió una violación, aunque la niña presentaba severas magulladuras externas, que posiblemente ocurrieron antes de muerta. El móvil del crimen puede haber sido otro y la desnudaron de esa manera para hacer ver que había sido un crimen pasional, pero definitivamente sabemos que murió por asfixia. Aún no tenemos los exámenes de toxicología, como usted sabe muchas veces estos asuntos están relacionados con consumo de drogas. Necesitamos su ayuda, la copia de las últimas entrevistas que tuvieron, la madre asegura que usted estaba al tanto de sus actividades, conocía a todas sus amistades.

-Eso no es verdad, no conozco a sus amistades, solamente lo que ella me contaba, casi siempre parecían mentiras, nada que hubiera podido comprobar.

-La señora Ariosto nos refirió a una ginecóloga, la doctora Ana Cecilia Gálvez, dice que ella había examinado a su hija varias veces.

-Es correcto, pero la doctora Gálvez sabe lo mismo que yo.

-Quiero que venga mañana a las nueve a completar su declaración. Estamos citando también a la ginecóloga- en la voz del detective detecta un dejo autoritario.

-No se preocupe, allí estaré- contesta como una autómata.

Al regresar a casa encuentra el coche de Ignacio aparcado frente a su condominio, se ha olvidado de él. A ver con qué excusa viene ahora por su largo silencio, se pregunta irritada. Al entrar, con un gesto de disgusto Delia le señala el cuerpo tendido en el sofá dormido, la corbata en el piso y muy cerca un vaso de whiskey a medias, son las dos de la tarde y se percata que tiene hambre, no ha comido desde anoche y no tiene el menor deseo de enfrentarse con Ignacio medio borracho con sus pueriles excusas. O quizás ya se enteró de la noticia y viene a consolarla, aunque no quisiera rememorar una vez más lo ocurrido la noche anterior. Sin solicitar la ayuda de Delia, se prepara un sandwich de queso y una ensalada verde. Come despacio sentada en la terraza esperando impaciente a que Ignacio despierte. A lo lejos nubes oscuras presagian otra tormenta como en la mañana, el mar está encrespado y los pelícanos escapan recostados en el lomo del viento en busca de refugio. Trata de no pensar lo que le espera, cuando la voz de Ignacio a sus espaldas interrumpe sus pensamientos.

-Hola Dani, perdona que haya invadido tu casa.

-Y el bar también. No sabía que te ha dado por emborracharte a estas horas.

-No te enojes conmigo, tengo graves problemas.

-Y yo también Ignacio, no estoy para tonterías. Bien podías avisarme con tiempo que no íbamos a grabar el programa, me molesta bastante tener que estar correteándote por toda la ciudad. Y lo peor fue recibir todas esas llamadas de tu parte sin poder comunicarme a ninguna hora, es muy irritante. Ya estoy cansada de tanto desorden, Ignacio, creo que será mejor que cancelemos el programa. En realidad estoy decidida a no continuar, lo he pensado muy bien.

La renuncia sale espontánea y se da cuenta que esa decisión la había tomado en su subconsciente antes de lo ocurrido ese día, mucho antes. Ana Cecilia y Pedro Carlos tienen toda la razón, pierde el tiempo tratando de educar a la población. Si no pudo cambiar a Lilian con quien tuvo contacto directo tantas veces, mucho menos está educando a seres anónimos a través de un programa televisado una vez por semana. Es solamente un artificio pagado por la publicidad, en realidad no tiene un impacto real en la población, está desencantada. Todo lo que ha tratado de hacer es una enorme falsedad. Más pueden los otros medios, las largas telenovelas con sus sufridas heroínas día tras día, los síquicos que predicen el futuro, los nigromantes que prometen salud y suerte con las cartas del tarot por teléfono. La violencia de héroes artificiales que una y otra vez se las arreglan para a la vez salvar al mundo y salir indemnes de cada combate para proseguir sus aventuras una semana después. Todo nítidamente arreglado para tener un buen final, sin sufrimientos ni las desagradables consecuencias personales que conoce demasiado bien. O esos otros programas sensacionalistas, protagonizados por una sub especie de seres humanos dispuesta a revelar sus más horribles secretos, las interioridades de tantas aberraciones sexuales, las maldades de las que son capaces entre familias. Hacen gala de pecados cometidos sin ningún resquicio de pudor, para entretenimiento de un público que grita y aplaude entusiasmado, como en la peor de las pesadillas el nuevo circo romano en "prime time reality show", como anuncian orgullosas las televisoras.

-Sí, tienes razón, Dani, es mejor cancelar el programa. Yo tampoco puedo continuar, no puedo.

La voz se quiebra, Ignacio parece estar a punto de llorar e intrigada por su reacción se prepara para escuchar sus argumentos, convencida de que está disimulando y con su actuación busca la manera de cambiar su decisión. Lo conoce demasiado bien y endurece el gesto.

-No me vas a convencer por mucho que lloriquees, está bueno de histrionismos, Ignacio y tanto desorden.

-Dani, me está pasando algo terrible. No te he estado esquivando como piensas, es que necesitaba tiempo para pensar mientras me desplazaba de un lugar a otro. Me cuesta mucho decirte esto pero no tengo a nadie tan cercano como tú, mi gran amiga, realmente mi única amiga.

Suspira una y otra vez como rebuscando palabras que no le salen de la garganta.

-Bueno, tengo que decírtelo todo, no me queda otro remedio. Ayer fui a donar sangre para un amigo que tuvo un accidente y me notificaron que había salido positivo con el virus del SIDA- se cubre la cara con un sollozo que parece explotar en el ambiente.

-¿VIH? ¿Qué saliste positivo por el virus?- Daniela lo escucha sobresaltada, no puede creer lo que oye.

-¿Estás seguro? Ignacio, a veces esos exámenes se equivocan, yo he escuchado de casos...

-No hay duda, Dani, me he hecho el examen tres veces desde ayer, ando buscando coraje para matarme, no quiero quedar como esos cadáveres vivientes que me ha tocado ver en los programas que hicimos en el hospital.

-No digas locuras, veremos a los mejores médicos, yo te acompañaré, ya verás, esto lo vamos a pelear juntos, no te angusties demasiado. Los nuevos medicamentos pueden detener los efectos del virus por mucho tiempo, ya están hablando de casi curaciones, o por lo menos rebajar la carga viral de manera que no afecte el organismo. Estuve en un seminario sobre la terapia triple hace pocas semanas, ya las cosas no son como eran hace cinco años, los infectados que toman esos medicamentos siguen su vida, trabajan, como seres normales...

Sigue hablando sin parar, necesita convencerlo sin estar segura de lo que dice y lo ve derrumbarse, no está escuchando sus palabras, llora arrodillado frente al sofá, Ignacio, vencido por sus excesos. No es el momento de hacer reclamos, de recordar advertencias, pero las ganas no le faltan. Mira angustiada a ese hombre que hace unos días era el ser más seguro de sí mismo que ha conocido. Alto, arrogante, con el físico de estrella de cine de los cuarenta, un toque de gris en las sienes que le da un aire de distinción, los ojos oscuros siempre dispuestos al coqueteo, el eterno playboy divorciado dos veces, ahora abrumado por el miedo a lo desconocido.

-Lo primero que tenemos que hacer es identificar e investigar a todas tus amigas, para prevenirlas.

-Lo único que me interesa es encontrar a la maldita que me pegó esta cosa, para estrangularla- el rostro retorcido en un gesto de odio que le disgusta.

-Ignacio, las cosas no son así, independientemente de quién te contagió el virus tenemos que hacer un rastreo para identificar todos los posibles contactos y evitar que siga propagándose, es lo correcto en estas situaciones. Imagino que el departamento de salud ha sido informado del resultado de tu examen por los laboratorios. Ellos se encargan de hacer la pesquisa solo necesitan los nombres.

-¿Estás loca? No quiero que esto se convierta en un asunto público, o de verdad tendré que colgarme de un palo. Y dices que quieres ayudarme...

-Ignacio, los laboratorios están en la obligación de reportar a las autoridades de salud los casos positivos, ya deben estar enteradas del resultado y te estarán contactando muy pronto.

-Nadie va a reportar mis exámenes al Ministerio de Salud, esos laboratorios cobran bastante por mantener el silencio cuando así se solicita.

-No puedo creer lo que me estás diciendo. Es monstruoso. El banco de sangre a donde fuiste a donar sangre va a reportarlo

-Vuelvo a repetir que me cobraron bien caro por su discreción y no comiences a predicar. Si estuvieras en mi lugar tampoco te gustaría que todo el mundo se enterara que eres VIH positiva.

Pero nunca podría estar en tu lugar está a punto de espetarle, pero se contiene, no es el momento de sacar a relucir su promiscuidad que tanto le ha reclamado. Ignacio está demasiado alterado, no es capaz de razonar, pero el egoísmo de su amigo la deja perturbada, es alguien que no conoce. No se atreve a dejarlo solo, finalmente lo convence que regrese a su apartamento con la promesa que en la mañana lo llevará a visitar al mejor especialista en infecciones virales.

-Ahora mismo voy a llamar a Alfredo para que te acompañe, llegará enseguida, no quiero que manejes con lo que has tomado y mucho menos dejarte solo esta noche.

-¿Sabes Dani? Traté de estrellar el carro cuando venía para acá, pero me falló el coraje, pensé que podía matar a alguien. Creo que eso sería la solución pero soy un cobarde- anuncia sombrío.

-Ignacio, no te vas a quedar solo ni un segundo, no hables locuras, esto se puede controlar. Creo que sabías a lo que te arriesgabas con tantas mujeres. Pero bueno ahora hay que ver cómo te cuidamos... Y no es cuestión de estrellar un coche.

Cuando llega el asistente, sin dar demasiadas explicaciones le pide que lleve a Ignacio a casa e insiste que no puede dejarlo solo hasta que ella llegue en la mañana. El muchacho hace un gesto de disgusto, está acostumbrado a los caprichos de sus empleadores, pero no le place servir de niñera a un borracho.

Esa noche los sueños de Daniela están poblados nuevamente por imágenes aterradoras, en donde confunde el rostro pálido de Lilian con un Ignacio fantasmal que parece querer abrazarla y luego trata de colgarse de un árbol sin que pueda hacer nada para impedirlo. Curiosamente todo esto ocurre frente a una audiencia que ríe y aplaude entusiasmada en un enorme estudio de televisión. Despierta sudorosa, el corazón apretado, es jueves por la mañana y una vez más el estridente timbre del teléfono interrumpe el silencio de su recámara.

-Doctora, soy Alfredo, es para decirle que el señor Ignacio no amaneció en su cama. Lo siento, pero cuando desperté se había ido y su carro no está afuera.

-Pero, ¿cómo es posible? Te pedí que lo vigilaras de cerca.

-Doctora, yo lo dejé dormido en su cuarto estaba muy borracho y me acosté en el sofá de la sala. Usted comprenderá que no podía quedarme toda la noche en vela, yo no tengo la culpa. Cuando se le quite la resaca ya regresará, él ha hecho eso antes.

-No te estoy culpando, Alfredo, es que me preocupa mucho lo que está haciendo. ¿Tienes idea a dónde puede haber ido?

-Seguramente a casa de una de sus amigas, las tiene por todas partes.

-¿Conoces a alguna de ellas?

-Bueno, sí, hay dos que antes trabajaban en la televisora, sé dónde viven, lo he llevado allí varias veces. Pero, ¿porqué se preocupa tanto, doctora? Ya regresará.

-Por favor averigua si está con una de esas amigas y me avisas.

No puede contarle lo que realmente está ocurriendo, imagina el asombro al enterarse, el impulso a salir de inmediato a regar la noticia entre risitas malévolas y cuchicheos de oficina en oficina. De seguro algunos le darán al asunto un viso de homosexualidad, el estigma original de la enfermedad sigue vigente, a pesar de lo mucho que se ha dicho, los programas que ha presentado. Tendrá que salir a buscarlo guardar el secreto hasta que pueda hacerlo entrar en razón, no va a ser fácil, pero debe ayudar a su amigo.

-Trata de encontrarlo Alfredo y me llamas por el celular. Si lo notas reacio, no trates de convencerlo de que regrese a casa, yo me haré cargo de buscarlo en donde esté.

Mientras se arregla recuerda que a las nueve de la mañana tiene la cita con el detective Sanjur para dar más declaraciones. No está segura lo que irá a decir, lo menos posible. Ignacio tendrá que esperar y un sentimiento de impotencia la posee, son demasiados problemas a la vez y no tiene en quién confiar. Ana Cecilia no sería muy tolerante o compasiva, con la situación de Ignacio, está realmente sola.

VI

El padre de Fernando, Don Cristóbal Miralles, llegó al país en el año veinticinco proveniente de Valencia vía Cuba en donde había vivido varios años, los suficientes hasta convencerse que su destino estaba en otro lugar. Demasiados españoles residían en la isla, casi todos con un sentido regional excluyente. Gallegos, asturianos, vascos que acaparaban los negocios y se empecinaban en distanciarse del resto de los inmigrantes con sus dialectos, especialmente los de habla castiza y sobretodo, discriminaban a los mestizos de la isla. Para distinguirse y aislarse aún más, edificaban enormes centros sociales y culturales en media Habana, cada cual más lujoso que el otro y en donde se esmeraban en destacar la importancia de la región de donde provenían.

El origen de la familia Miralles se remontaba a los tiempos de la conquista y sin hacer gala de blasones, tenía a su haber muchas generaciones de esforzados comerciantes que desde entonces, habían emigrado del país que ya poco les ofrecía. Los primeros se fueron a la América indígena en el siglo XVII en pos de las riquezas prometidas a cambio de mercancía de primera y al no encontrarlas, algunos regresaron prontamente a la península. Mucho después, ya en pleno siglo veinte otros emigraron a Brasil, siguiendo la ruta de los portugueses, o a Norteamérica vía Florida y unos osados primos habían instalado un emporio mercantil en el norte de Africa en Ceuta y Tetuán.

Cristóbal desde niño había escuchado extraordinarias historias acerca del canal de Panamá, y le atrajo un país en donde se había llevado a cabo la obra de ingeniería más audaz jamás imaginada. Pero al emigrar se decidió por Cuba al quedar huérfano y un hermano de su madre lo invitara a trabajar en La Habana en el almacén de sedas, encajes, algodón y lanas importadas de la región valenciana situado en la calle Obispo. Muy pronto Cristóbal se percató que el tío no tenía la menor intención de hacerlo partícipe del negocio y lo quería únicamente como dependiente obligado a trabajar interminables horas. Se convenció que sin su apoyo nunca lograría montar un negocio propio en esa cerrada sociedad habanera y se interesó nuevamente por el istmo de Panamá. Además, lo entusiasmaba el dólar americano que circulaba en esas latitudes, una moneda fuerte que prometía ganancias seguras a los que se arriesgaran a trabajar con tesón.

Así que cargando todos sus bártulos y la mercancía que había podido acumular con grandes esfuerzos, salió de La Habana lleno de ilusiones un día soleado en un barco de carga con destino a Panamá, en donde enseguida se las arregló para abrir un pequeño almacén en una estrecha calle, lateral a la avenida central. En los anaqueles confeccionados por un carpintero local bajo su dirección, ofrecía encajes de Bélgica, abanicos, mantillas, jabones españoles, perfumes y sedas francesas, y desde luego, algodones y lana de Valencia. El negocio creció con la ayuda de parientes establecidos en lugares distantes que le enviaban mercancía exclusiva, nunca vista antes en la ciudad. De vez en cuando Cristóbal soñaba con regresar de visita al terruño, pero las distantes sublevaciones que estremecían a la península después del advenimiento de la segunda República, los conflictos entre las derechas y los republicanos que voceaban a diario los periódicos lo dejaban perplejo. Había salido de España demasiado joven para interesarse en la política, su vida había sido siempre los negocios. Cuando estalló la guerra

civil en el treinta y seis, se limitó a dar refugio y buscarle trabajo a los coterráneos que llegaban huyendo de un
conflicto que no lograba entender. Esa guerra entre republicanos y las huestes de Francisco Franco, las tantísimas
muertes que la prensa reportaba, las legiones de extranjeros involucradas en el conflicto, no se animaba a tomar
partido. En Valencia solo quedaba una tía, hermana de
su padre, encerrada en la vieja casa que se desploma-
ba silenciosa cerca del río Guadalaviar, como le llamaban
antaño los moros, situada en un soleado rincón que recordaba con añoranza en ciertas noches de larga soledad.
Su único hermano -del que tenía muy pocas noticias- vivía en Alicante dedicado al negocio de la hostelería. ¿Estaría también involucrado en la guerra? -se preguntaba.
Sus confusos recuerdos se fueron desmoronando a medida que pasaban los años y la distancia se encargó de destruir lo poco que quedaba de su vida pasada. Las cartas
escritas al hermano y a la tía le fueron devueltas meses
después con el sello Destinatario Desconocido estampa-
do en el revés. Echaba raíces en el istmo que comenzaba a amar como si fuera uno de sus hijos, lo único que le
faltaba para ser feliz era formar una familia. Pasaba las
veladas en el café Vigo después de cerrar el almacén, conversando con emigrados españoles de todas las regiones
que en estrecha camaradería compartían recuerdos, algunos discutían negocios entre cafés, mientras otros sorbían
despacio los vinos y carajillos, aspirando el humo de excelentes habanos. La velada terminaba con risotadas que
coronaban la picaresca anécdota final. De vez en cuando, si la discusión subía de tono y comenzaban a aflorar
insultos velados entre opositores y partidarios del lejano gobierno, un brandy de cortesía ofrecido por el dueño
- Ceferino un gallego bonachón que con más de quince
años de vivir en el istmo, nunca tomaba partido- apaga-
ba de inmediato la disputa. Para entonces llegó al país

huyendo de los bombardeos y fusilamientos de republicanos un profesor de literatura y Filosofía de la Universidad de Barcelona emparentado con uno de los asiduos
al Vigo. Enseguida encontró trabajo en la novel Universidad Nacional, como tantos otros intelectuales europeos.
Por razones que no podía explicar, Cristóbal de inmediato se empeñó en cultivar su amistad en las noches de
tertulia, le interesaba conocer sus experiencias. El profesor venía de allá, de ese lugar que creía haber borrado
de su memoria, su discurso ilustrado estaba salpicado de
vivencias, los muertos, los ajusticiados, los desaparecidos,
la guerra en todo su descarnado horror que lo hizo entender de cierta manera la enormidad del conflicto. El profesor había llegado acompañado de su única hija, una
joven tímida que acaparó su atención de inmediato al conocerla poco después. No le fue fácil conquistar a Miren
que parecía vivir presa de un pasado odioso. A los pocos
meses de nacida, su madre había muerto tísica y educada en conventos desde muy niña, se convenció de tener
vocación para el claustro ignorante de lo que ocurría más
allá de las altas vallas del internado, regentado por rígi-
das franciscanas. Cuando su padre amenazado de muerte por su afiliación republicana sospechó que su arresto
era inminente, fue de inmediato a buscar a su hija al convento para huir a un país desconocido, que ella rechazaba. Al llegar se encerró en una soledad que a Cristóbal le
fue difícil penetrar. Después de persistir muchos meses
en un cortejo obstinado y romántico, que incluyó serenatas y flores, Cristóbal logró convencerla de la sinceridad
de sus sentimientos y acabaron casados un día de marzo
del treinta y siete cuando la guerra civil en España estaba
en su apogeo, salpicada de atrocidades que dejaron una
tenaz secuela de odios que perduraría demasiados años.
Tuvieron tres hijos, uno detrás de otro, pero Miren re-
sultó ser una mujer melancólica y enfermiza, demasiado

apegada a la iglesia y sus ritos, como si aún viviera en el
convento que la vio crecer. No era la compañera que Cristóbal había soñado y para distanciarse de ella se refugió
en los negocios y sus amigos.

Cuando los asiduos al Vigo aún no se recupera-
ban de las injurias infligidas mutuamente entre cafés y
agrias discusiones, se iniciaba la segunda guerra mun-
dial, envolviendo a Europa en un conflicto que amenazaba con arrasarlo todo. El Generalísimo Francisco Franco
se inclinaba por el lado del axis fascista, lo que hizo su-
bir de tono las discusiones en el Vigo, ahora amenizadas
por otras voces; la de un combativo cubano dueño de la
nueva fábrica de vestidos de mujer admirador de Hitler,
la de otro cubano que siempre le llevaba la contraria, pro-
pietario de una tienda de géneros en la calle que llevaba
al mercado público, y el pesimista hindú de la tienda de
objetos orientales empeñado en vaticinar el fin del mundo. Comerciantes que prosperaban gracias al incremen-
to acelerado del número de soldados que llegaba al istmo, reforzando la guarnición en la Zona del Canal ante el
conflicto que se iniciaba. Cuando ese siete de diciembre
trágico ocurrió el ataque a Pearl Harbor en el cuarenta y
uno, el tráfico de naves y aviones militares a través del
Istmo que iban rumbo al Pacífico se inició con fuerza. Los
almacenes permanecían abiertos hasta medianoche para
satisfacer la demanda de la clientela. Ya no les quedaba
tiempo para socializar en el Vigo ahora frecuentado a
todas horas por soldados y marinos americanos e ingle-
ses acompañados de exóticas prostitutas provenientes de
muchos países de la región. En la plaza cinco de Mayo, los
cabarets a través de puertas abiertas dispensaban todo el
día a todo volumen la alegre música tropical de trompe-
tas y tambores para atraer clientela, había que entretener a los soldados que en pocos días iban a partir hacia
una muerte casi segura y exigían un último y emotivo

adiós. La Avenida Central de fiesta día y noche permanecía poblada por una frenética multitud que deambulaba de un extremo a otro en una orgía que en la madrugada a la salida de los cabarets, entre despedidas ruidosas y llantos rociados de alcohol, tomaba visos de funeral. Esos años que duró la gran guerra fueron de prosperidad para todos los comerciantes de la ciudad. Cristóbal trabajaba hasta altas horas de la noche en el almacén ahora ubicado en la avenida Central y había mudado a su creciente familia a un chalet en el mejor barrio de la ciudad, superando sus más caras ambiciones.

Después que terminó la guerra en el cuarenta y cuatro, el almacén siguió siendo el lugar para hacer compras de lujo, lo que mantenía a Cristóbal muy ocupado, atendiendo los caprichos de su selecta clientela. Mientras tanto, la devoción religiosa de Miren iba en aumento, obstinada en procurar el perdón divino para el padre que falleció de un ataque cardíaco sin la absolución eclesiástica, muerte por la que secretamente se culpaba.

Había ocurrido inmediatamente después de un enfrentamiento durante el cual le había reprochado duramente las teorías que se empecinaba en diseminar entre sus estudiantes y comenzaba a insinuar a los nietos.

-Te vas a condenar, padre, Dios te va a castigar- le había reclamado un día, molesta por lo que acababa de escuchar.

-Miren, hija, la religión es el opio de los pueblos, no lo digo yo, lo han dicho otros, no te creas que es solamente la católica que adverso, qué va, hay tantas otras religiones inmersas en conflictos milenarios que parecen no tener fin, el mundo estaría mucho mejor sin dioses que adorar, mucho mejor. Cada cual tendría que responder por sus culpas sin escudarse en la sotana de los curas. Mira a Franco, comulga todos los días y no le pesa los muchos muertos que lleva encima y todo con el apoyo de la Iglesia. Hasta el mismísimo Papa lo distingue como si fuera un personaje digno de honores...

-No puedo creer lo que estoy oyendo, mi pobre madre debe estar penando por tu culpa. Gente como tú fue responsable de la guerra. Ustedes quisieron convertir a España es un lugar en donde desapareciese la ley de Dios. Pero ahora las cosas han cambiado, gracias al General Franco que le ha devuelto la verdadera religión a los españoles, me lo han contado las amigas que me escriben. Te prohíbo que le hables a mis hijos de esas horribles cosas que dices de la religión, es inmoral y si persistes, entonces no voy a permitir que visites más esta casa.

-¿Es que me vas a separar de mis nietos? No lo puedo creer, Miren yo soy tu padre no debes hablarme así...

-Como lo oyes, no puedo quedarme callada mientras tratas de corromper a mis hijos con tus absurdas ideas en contra de la Iglesia como lo haces con tus alumnos. Con razón mamá escogió morirse temprano, para no tener que escuchar tus herejías.

-No te atrevas a meter a tu madre en esta discusión, ella y yo nos entendíamos, aún me duele su muerte, por eso nunca volví a casarme. Esas monjas acabaron con tu cerebro, debería haberte sacado antes de ese convento.

La voz alterada, subiendo de tono, el rostro congestionado y de repente el viejo sujetándose el pecho, se había desplomado como fulminado por una rayo. En el hospital duró unos días más sin recuperar la conciencia y Miren empezó a morirse también desde el instante en que su padre falleció, acosada por los remordimientos.

Las dos hijas habían aprendido bien de la madre y la acompañaban piadosas a la misa diaria, pero Fernando a pesar de sus cortos años había tenido una estrecha relación con el abuelo y se rebelaba contra tanta misa

y novena. Para él era suficiente martirio la estricta educación que le impartían los jesuitas en el colegio. Cristóbal,
ocupado en seguir engrandeciendo el almacén, no se inmiscuía en esas pequeñas crisis cotidianas.

En realidad la creciente melancolía de Miren y el
tufo de santidad que desprendía se había convertido en
una barrera entre los dos y prefería compartir su intimidad con una de las dependientas del almacén que gustosa le abría las piernas sin tanto rezo. La instaló en un
apartamento que visitaba dos veces por semana, pero en
el almacén no la determinaba aunque las otras empleadas estaban al tanto del asunto. Se preocupó de tomar
estrictas medidas de precaución, no estaba dispuesto a
procrear un montón de hijos por fuera como tantos otros
amigos, que vivían enredados en situaciones que le parecían despreciables. Por su parte Fernando, a medida que
iba creciendo, alentado por su padre, aprovechaba cada
minuto libre para aprender todo lo relacionado con el negocio y situado frente a la caja registradora los sábados
era capaz de realizar toda clase de cálculos, para asombro
de los clientes que no lo conocían.

-Este es mi hijo, mi heredero- anunciaba Cristóbal
con orgullo a los que se admiraban al ver a un niño recibiendo los pagos en la caja.

Miren murió tísica como su madre a los cuarenta
años cuando Fernando terminaba la secundaria. Cristóbal se sintió algo culpable por no extrañar a la mujer que
había escogido como esposa, pero la vida continuaba y
tenía que cuidar a sus tres hijos. A Fernando lo ubicó en
el almacén como su ayudante y las muchachas se encargaron de manejar el hogar, que sin Miren seguía siendo
una especie de convento, con rezos matutinos, el Angelus
y rosarios vespertinos, amén de novenas y otras ceremonias que las hijas se empeñaban en seguir al pie de la letra

en honor de la difunta. Era como si el espíritu de eterno reproche de Miren se hubiera instalado en la voluntad de sus dos hijas.

Cristóbal decidió aislar a Fernando de una atmósfera tan agobiante y cuando terminaba la jornada en el almacén, lo llevaba al café Vigo y más tarde a veces a presenciar algún espectáculo de coristas. Ya el hijo tenía edad para disfrutar de esas cosas. Fueron años de profundo entendimiento entre padre e hijo, entre los dos crecía una compleja hermandad. Cristóbal se encargó de trasmitirle al Fernando sus recuerdos intactos de Valencia, la familia que se había regado por el mundo y los duros años de aprendizaje en Cuba.

-Nunca tuve miedo hijo, nunca. Mis padres murieron en la epidemia de influenza del quince y quedamos solos mi hermano Pablo y yo. El se fue a Alicante con un hermano de nuestra madre y yo escogí embarcarme rumbo a Cuba, el nuevo continente me llamaba. Me costó dejar Valencia, ese lugar hermoso, pero allí me quedaba muy poco. Hay que ver esa ciudad en un día de sol, la majestuosa torre de Miquelet, el señorial palacio del Marqués de Dos Aguas repleto de fantasmas. En un día de primavera es un lujo sentarse en la plaza frente a la puerta del Cuartel a paladear un buen vino. Yo era muy joven cuando me fui pero todo quedó impreso en la memoria como si fuera ayer. Creo que Pablo aún sigue en Alicante, antes de la guerra le iba bien, regentaba una hostería allí, aunque hace mucho que no sé de él. Algún día debes ir a buscarlo, no será nada fácil.

-¿Y porqué usted no ha regresado?- le preguntaba curioso Fernando.

-No sé, quizás me asusta un poco lo que voy a encontrar o mejor dicho lo que no voy a encontrar. La tía debe estar muerta, era muy vieja, la casa de mis padres

ya de seguro se desplomó, estaba en muy malas condiciones y además, todos esos muertos durante la guerra civil,
no acabo de entender. Tú no tendrías fantasmas que te
persigan.

A los veintiocho Fernando tomó en parte el manejo del negocio, cuando la salud de Cristóbal decaía, afectado por una diabetes que se negaba a aceptar y mucho
menos a seguir las indicaciones de sus médicos. En el
sesenta y ocho, en el país se inició una nueva era con el
advenimiento de una dictadura militar que había tomado
por la fuerza el control del gobierno, pero estos sucesos
habían afectado muy poco los negocios de Cristóbal. La
nueva sociedad despertó con hambre de lujos, las mujeres
de los militares aspiraban a engalanarse como lo hacía la
oligarquía, los nuevos políticos no se quedaban atrás. El
almacén siguió creciendo, con mercancía proveniente de
Estados Unidos, Francia y el lejano oriente. Vajillas de
porcelana inglesa, cristal de Bohemia, exclusivos muebles italianos, ropa europea, la vanidad de esa nueva sociedad no conocía límites. El almacén atendía por igual a
partidarios y a los adversarios del gobierno militar. Fernando escuchaba atentamente las proclamas de los primeros y las quejas de los segundos y se las arreglaba
para no tomar partido, ni aún con los amigos del Vigo, no
era aconsejable y podía ser algo peligroso, lo único que
importaba era la prosperidad del negocio, la política no
era asunto suyo. Si alguien en el poder le exigía un descuento, lo concedía a cambio de rebajas en los impuestos
de importación. Si alguna señora se excedía en las compras, le daba largos plazos para pagar su deuda a escondidas del marido. Mientras tanto, sus hermanas pasaban
los días ocupadas en cuanta caridad o iglesia solicitara
su ayuda y atendiendo el hogar. Sin embargo, a pesar de
la prosperidad que disfrutaban les preocupaba mucho la
soltería de Fernando.

-Tenemos que buscarle una novia lo antes posible a Fernando. Si sigue como va, no respondo por su alma.

-No exageres Ángeles, al muchacho le gusta la diversión, ya tendrá tiempo de buscar pareja, trabaja demasiado.

-Por si no te has percatado, el muchacho ya pasa de los treinta, me preocupa demasiado su estilo de vida, no puedo evitarlo. Papá, enfermo como está, pasa las tardes en el Vigo fumando y tomando café, a pesar que sabe que le hace daño y Fernando, nada más es salir del almacén y se va derechito a ese antro.

-No es ningún antro, allí se reúnen los paisanos a conversar.

-Sí, pero después, se van a esos otros lugares, a los cabarets, al pecado.

-¿Cómo estás enterada de tantas cosas?

-Yo tengo ojos para ver y oídos para escuchar, llegan a unas horas...

-Bueno, ya me convenciste, Miren, estoy de acuerdo que tenemos que hacer algo. Se me ocurre que a la parroquia pertenecen algunas muchachas muy simpáticas y sobre todo decentes.

-Y ¿cómo esperas que Fernando las conozca? Solamente va a la iglesia si algún conocido fallece, por cumplir y enseguida sale huyendo.

-Tengo una idea. Voy a celebrar mi cumpleaños e invitaremos a todas las solteras conocidas y desde luego Fernando se sentirá obligado a acompañarnos.

Se embarcaron desde ese día en una campaña destinada a encontrarle pareja al hermano. Todos los días inventaban un nuevo evento, cumpleaños, comidas con sus amistades en casa, la celebración del santo patrón. Fernando las acompañaba hasta cierta hora, era atento, pero no parecía dispuesto a iniciar lazos de intimidad con alguna de las visitantes. En realidad, se aburría sin remedio, la insulsa conversación de las mujeres, las lánguidas miradas de las jóvenes que pretendían levantar su interés, todo era como una especie de pesadilla diseñada por sus hermanas, pero no se atrevía a protestar. Sin embargo esas actividades iniciaron otras invitaciones a fiestas, paseos los domingos con nuevos amigos, gente educada alejada del comercio de la Avenida Central, algunos compañeros de colegio que hacía mucho no frecuentaba. Su vida cambiaba casi sin darse cuenta y se convenció que socializar con esa estirpe de ciudadanos, era bueno para los negocios. Había tenido relaciones con pocas mujeres, nada permanente, ninguna lo había interesado lo suficiente y convencido que estaba destinado a la soltería, no le interesaba amarrarse con alguien que coartara su libertad.

Hasta que ella llegó al almacén una tarde acompañada de dos amigas y le cambió su vida. Helena Vieto venía a escoger una lista de regalos por sus veinte años, que celebraba con una gran fiesta en un hotel de la localidad. En su oficina situada en el altillo, desde donde podía observar todo lo que ocurría en la tienda, Fernando se ocupaba en revisar unas facturas, cuando lo distrajo el jolgorio de las tres jóvenes, que inclinadas sobre las vitrinas, exigían ver de cerca uno u otro objeto. Irritado levantó la vista. El almacén era un lugar exclusivo, las vendedoras atendían los caprichos de la clientela en voz baja, el aire refrigerado contribuía a la atmósfera de elegante discreción y bajó de inmediato a ver de qué se trataba el barullo que podía molestar a otros compradores.

-Eloísa ¿me puede decir qué ocurre?- le preguntó a una de las dependientas.

-Nada don Fernando, una de las jóvenes escoge una larga lista de regalos para su cumpleaños, recuerde que usted anunció ese servicio. Los homenajeados escogen lo que quisieran recibir, el lote se pone en exhibición y cada invitado paga lo que le gusta y quiere costear. Ya tenemos una lista de regalos para dos bodas y unas bodas de oro, ha tenido usted una gran idea.

-Eso se hace en otras partes, no he inventado nada nuevo. No hay necesidad de hacer tanto ruido, eso puede molestar a otros clientes.

-Entonces, regáñelas usted, don Fernando, a mí no me harían caso.

Se acercó al grupo dispuesto a hacerse oír, en el instante en que Helena, volviéndose al verlo llegar, se abanicaba con un abanico blanco decorado con flores pintadas a mano y le sonreía coqueta.

-¿Qué le parece? ¿Usted cree que vaya bien con un vestido azul, o sería mejor uno negro? No puedo decidirme, tengo el vestido listo, pero no los zapatos y todo depende del abanico. A veces es tan difícil encontrar zapatos blancos elegantes exclamó.

-Me parece que uno negro le vendría mejor señorita, permítame mostrarle un abanico de encaje adornado con lentejuelas- ofreció galante, olvidado su enojo, deslumbrado por la sonrisa de Helena.

Personalmente se ocupó de señalarle la mercancía que podía incluir en su lista de regalos, perfumes, pañuelos bordados a mano, un collar de cristal de Venecia, otro de azabaches, peinetas de carey, cortes de seda francesa, sin molestarle el barullo de admiración que armaban las muchachas ante cada objeto, ni la mirada interrogante de las dependientas.

-Ha sido usted muy atento, se lo agradezco mucho. - le dijo Helena al despedirse.

-El almacén entero esta a sus órdenes, señorita Vieto.

-¿Usted es el dueño? Yo creía que era de un señor mayor.

-Fernando Miralles para servirle, mi padre ya está retirado del negocio.

Una última sonrisa, un apretón de manos, que lo dejó inmerso en un vago desasosiego. Cuando recibió la invitación a la fiesta, supo que era una pequeña manera de agradecerle sus atenciones. El abanico negro es una belleza, usted tenía razón, decía la nota escrita con una letra apretada y elegante. Se sintió el más afortunado de los mortales y escogió el más caro de los perfumes para regalarle. Desde esa noche como embrujado, se dedicó a cortejar a Helena Vieto sin escatimar gastos o esfuerzos, tenía que conquistarla, había encontrado la mujer de su vida.

Cuando la invitó a su casa, la presentó como una reciente amiga, pero el amor se desbordaba por sus ojos y las hermanas inquietas se preocuparon de inmediato, manifestando en privado que la vistosa joven no les parecía la pareja adecuada, era demasiado joven para él. Cristóbal se limitó a observarla de lejos con algo de nostalgia, esa era una verdadera hembra la que su hijo se había buscado, nada frágil, nada convencional, valía la pena. Unas semanas después Fernando anunció que iba a pedir la mano de Helena Vieto en matrimonio y a sus hermanas les entró de una vez la premonición que esa unión iba a terminar muy mal.

-¿No te parece que es demasiado prematuro un compromiso? Apenas la conoces unos cuantos días- insinuó Ángeles.

-Ángeles tiene razón, sería mejor que esperes un poco más para estar seguro de lo que haces- añadió Miren.

-En estos cuatro meses he llegado a conocerla muy bien, ya lo he decidido, Helena me ama y ha aceptado ser mi esposa.

-Dejen al muchacho tranquilo, él sabe lo que hace- interrumpió la discusión Cristóbal que acosado por la ce- guera a duras penas podía moverse del sillón en que pa- saba sus días dormitando.

Por su parte los padres de Helena no acababan de comprender su entusiasmo con un españolito cualquiera, por muy dueño de tienda que fuese.

-Cásate con él y a los tres días tendrás que pasarte los días frente a la caja registradora, esa gente es así, me- ten a toda la familia a trabajar en el negocio - pronosticó sombría su madre, que había aspirado a otra clase de en- lace para su hermosa hija menor.

-Las hermanas tienen fama de beatas, te veo en el confesionario y la misa todos los días- se burló la herma- na casada con un prominente bogotano cuando se enteró del compromiso.

-Tengo entendido que es muy ducho y respetado en los negocios y que tiene dinero- intercedía el padre a su favor.

Pero Helena había encontrado en Fernando algo muy distinto a la frivolidad de sus amigos, un hombre que sin haber estudiado en una universidad manejaba un comercio importante, que al bailar no intentaba seducirla sino conducir con pasos firmes, que la miraba de frente sin subterfugios para expresarle su admiración, un hom- bre sin dobleces. Poco le importaba las miradas de sosla- yo que le echaban las hermanas, cuando llegaba de visita y se acomodaba fascinada al lado de la poltrona de Cris- tóbal a escuchar sus historias de Valencia y Cuba, el viejo de alguna manera también se había enamorado de ella.

Terminaron casados en contra de la voluntad de su madre y las hermanas de Fernando, que asistieron a la boda vestidas como si asistieran a un funeral, en el ros- tro una expresión de reproche que no podían disimular, mientras Cristóbal felicitaba a su hijo por haberse atrevido a buscar una mujer a su gusto. Fernando la llevó a visitar New York, la Habana, Bogotá, compraron una casa que Helena decoró completamente a su gusto, fueron felices hasta que a los dos años salió embarazada, nació Daniela y la prolongada luna de miel terminó abruptamente, ahora tenían otras prioridades.

Fernando volvió a dedicarse en cuerpo y alma al almacén que había descuidado, aliviado porque ahora su mujer tenía que encargarse de la hija. Los días de fiestas y viajes de placer quedaban detrás, había llegado el momento de regresar a la rutina del trabajo cotidiano. Sin atender las quejas de Helena, la confinó al hogar a cuidar a su niña, como debía ser. Durante el día la acompañaban las sirvientas y su única diversión era visitar al abuelo que con sus historias y requiebros, la ayudaba a tolerar la soledad y el aburrimiento. Todas sus amigas ya casadas, no tenían tiempo para ella ocupadas con sus hogares. Su hermana vivía en Bogotá y venia de visita en muy pocas ocasiones y sus padres estaban siempre de viaje. La soledad comenzó a cobrar su cuota de amargura.

Cristóbal Miralles falleció un día de mayo del setenta y ocho acompañado por sus tres hijos y todas las ceremonias de la iglesia. En el fondo de sus pupilas hasta el último minuto llevaba retratado ese rincón de Valencia a orillas del Guadalavir al que nunca se decidió a regresar. Helena lloró su partida como si fuera su propia hija, angustiada por el distanciamiento que presentía entre ella y Fernando y que el viejo entendió y la había ayudado a sobrellevar en los últimos meses de su vida.

No se resignaba a ser únicamente una ama de casa, necesitaba algo más, mucho más. Intentó convencer a Fernando que le permitiera ir a la Universidad a completar la interrumpida carrera, pero a él le pareció innecesario, su lugar estaba en el hogar en donde no le faltaba nada, cuidando a su hija. Tenía suficientes empleadas para facilitar su vida y si le interesaba aprender otros idiomas podía contratar profesores privados. Un lento proceso de frustración comenzó a agriar a Helena y la vida de todos los que la rodeaban.

VII

Lo del divorcio tuvo lugar unos meses después de la fiesta de quince. Desde esa noche, Daniela se percató de inmediato que algo distinto estaba ocurriendo: los horarios cambiaban sin explicación alguna, los rostros se alargaban, vivían a la deriva como en espera de una mala nueva. Helena ya no la llevaba al teatro una vez por semana, la veían muy poco. Don Fernando llegaba tarde del almacén -si es que llegaba-, se encerraba de inmediato en el estudio y nunca venía a hablar con ella como antes. Si trataba detenerlo en el pasillo, con un gesto de cansancio le pedía que regresara a dormir. Fernandito y Daniela iban y venían de la escuela sin entender el misterio que parecía estar afectándolos a todos a su alrededor. Helena con un beso de despedida, de repente les anunciaba que iba a pasar un fin de semana con amigas en la playa ¡qué lástima, no podían acompañarla! y desaparecía una semana entera. Las tías llegaban a buscarlos durante esos días con cualquier pretexto para que pasaran las tardes en su compañía. Como entretención inventaban aburridos paseos por la parte vieja de la ciudad, visitas a museos y ruinas descuidadas a punto de derrumbarse de los tiempos coloniales que olían a moho y orina de gato, o los arrastraban a celebrar novenas en honor de santos desconocidos y a misas interminables.

La vida se les fue enredando sin remedio, los cuchicheos de las domésticas en la cocina se hicieron aún más intensos, seguidos por espesos silencios cuando alguna empleada se percataba de la cercanía de los niños. Juliana los hacía rezar más largo que de costumbre antes de acostarlos, escupiendo entre dientes jaculatorias y rezos a San Judas y otros santos especializados en resolver casos difíciles, lo que le daba un viso de tragedia a toda la situación.

Pero ¿qué era el asunto que nos había cambiado tanto? Me esmeraba en agudizar aún más la percepción de lo que realmente ocurría a mi alrededor sin éxito y me sentía frustrada. Cada noche sostenía una discreta conversación con mi hermano, que ya pasada la niñez absoluta, presentía el cambio al igual que yo.

-Dani, le oí decir a Juliana que mamá merece un castigo muy severo por las cosas que ha hecho- me dijo una noche.

-No repitas las maldades de esa vieja bruja. Algo le debe estar pasando a mamá, algo que no entendemos.

- No quiero ir más a la casa de las tías, insisten en que debo jugar pelota con esos niños de su vecindario que no conozco. Se burlan de mí, no quiero ir más- lloriqueaba.

-No llores, por favor no llores, que si te oye, nos cae Juliana encima como un rayo divino, ya me duelen las rodillas de tanto rezar.

Durante esas noches de dudas y preguntas no resueltas, lo apretaba entre mis brazos, cuando asustado se deslizaba temblando en mi cama. Me parecía que mi hermano no había superado la debilidad de la terrible enfermedad que por poco acaba con su vida y me tocaba ser fuerte por los dos. Estábamos solos en el mundo por un designio que no alcanzaba a comprender. A veces despertaba rodeada de silencios y si cerraba los ojos me imaginaba prisionera entre cuatro paredes grises, que se hacían cada vez más estrechas hasta casi ahogarme y me contenía para no gritar. A nadie le importaba lo que estaba pasando, a nadie. Fue entonces cuando comencé a tener esos sueños de absoluta soledad y que me han acompañado toda mi vida. A veces le confiaba a Ana Cecilia algunas cosas, no demasiadas porque sentía algo de vergüenza, pero necesitaba el apoyo de alguien como mi amiga, siempre tan segura de sí misma.

-Ana Cecilia, estoy muy preocupada, a papá casi no lo veo. Se queda muy poco en casa y mamá está de viaje hace muchos días, nadie nos dice nada, no sé lo que está ocurriendo.

-Tu padre debe estar preparándose para irse, o ella se fue, una de dos, esas cosas pasan.

-¿Por qué dices eso?

-Oí los comentarios en mi casa, parece que tus padres se divorcian. Mi abuela asegura que lo que le extraña es que no hubiese ocurrido antes.

-¿Divorcio? Pero, ¿qué estás inventando Ana Cecilia?

-No estoy inventando nada, lo que pasa es que no quieres aceptar la verdad. La vimos ¿no? el día de tu fiesta junto a ese hombre. Es por eso que se divorcian, no te hagas la idiota, todo el mundo habla de ese asunto.

Me alejé de ella para no darle el gusto de verme llorar, un llanto rabioso que me quemaba el rostro, porque Ana tenía razón, me había estado haciendo la tonta tratando de borrar de mi memoria la imagen de aquella maldita noche. Después, los acontecimientos se sucedieron de una manera vertiginosa. En un esfuerzo por mantener el equilibrio perdido, nuestros padres nos reunieron una tarde en el estudio en donde con un lenguaje inquietante, anunciaron con toda solemnidad que iban a separarse, pero aseguraron sin mirarse al rostro que eso no implicaba que habían dejado de querernos, al contrario, muy poco iba a cambiar en nuestras vidas, muy poco. Entonces me pareció todo aquello una farsa bien montada. Aún lo recuerdo, ella en silencio de pie a un lado, con un escotado vestido azul que realzaba su belleza y él, sentado en su escritorio como recibiendo una visita más, algo pálido y por primera vez en mis recuerdos, noté que llevaba la camisa de cuello abierta, sin corbata. Fernandito comenzó a sollozar sin parar a pesar de las miradas severas de papá que parecía estar muy molesto. Y casi sin darnos tiempo para asimilar lo que habían dicho, mamá indicó que habían decidido enviarnos a los dos a un internado en los Estados Unidos, así aprenderíamos a hablar inglés de verdad, no esta-

ba satisfecha con la enseñanza que recibíamos, era importante
prepararnos para ingresar después en una buena universidad
americana. Sin que su rostro registrara emoción alguna, nos
informó que ya todos los arreglos habían sido completados, yo
estaba matriculada en una preparatoria regentada por monjas
franciscanas en el norte de la Florida y Fernandito iría a Houston, a una escuela para niños sobrevivientes de cáncer ubicada
muy cerca del Centro Médico que se encargaría de su salud. Recuerdo que durante esa parte del discurso yo también comencé a llorar, al percatarme que no solamente perdía a mis padres
pero también a todas mis amigas y para colmo me separaban de
mi hermano. Fernandito agarrado de mi mano lloraba con más
fuerza y cuando intenté protestar por la decisión tomada sin siquiera consultarnos, fue papá el que gritó llamando a Juliana
que nos sacara de allí, vociferando que no tenía que dar explicaciones a dos mocosos... ¡Cómo los odié ese día! A ella por lo
que yo sabía y a él por ser tan débil, por haberse doblegado a la
voluntad de Helena tanto tiempo, por tantas otras cosas. Aún
después de su muerte me costó bastante perdonarlo, como si yo
hubiera tenido la potestad de decidir lo que estaba bien o mal
entonces. Me temo que me dejé llevar por el resentimiento hasta
mucho después, las flores que llevaba a la cripta cada semana
era una especie de reproche, algo con qué satisfacer mi rabia por
todo lo ocurrido, como si papá pudiera escuchar mis quejas todavía.

Los hechos se sucedieron sin darles tiempo para
ajustarse a los cambios que se avecinaban. Hasta Juliana
parecía estar amedrentada y sus rezos bajaron de tono, el
retintín pobres niños, pobres niños después de cada jaculatoria estaba teñido por un intenso y sincero dejo de
tristeza. La cocinera los complacía en sus menores caprichos sin regañar a Fernandito si no limpiaba su plato o si
llegaban algo tarde a su llamado. La cocina se convirtió
en el refugio de los dos, hasta allá no llegaba el sonido
de las agrias discusiones que terminaban siempre con un

portazo. A Daniela le parecía que sus amigas del colegio la miraban con cierta curiosidad y cuando el padre Juan la mandó a buscar supo que llegaba el final de su estadía en el colegio en donde había estudiado desde el kindergarten.

-Has tenido suerte, Daniela. La escuela a la que te envían tus padres está regentada por monjas franciscanas de la misma orden que las que tienes aquí, te encontrarás como en tu casa, hija mía. He visitado el lugar y es realmente hermoso, un colegio de primera, te va a gustar mucho, está rodeado de jardines en un lugar muy bello.

Claro que tendría que entenderse en inglés, añadió algo nervioso, pero estaba seguro que no iba a tener dificultad alguna, sus notas eran excelentes en esa materia. Y siguió hablando, elogiando efusivamente el lugar a donde la enviaban y Daniela endureció el gesto sin querer oír nada más. Todos conspiraban en contra de ellos, no tenían a quién recurrir.

Durante esos infaustos días soñaba con escaparse de la casa, ir a otro lugar en donde no los obligaran a separarse, fantaseaba con destinos imposibles, quizás la casa de Rosa que los visitaba de vez en cuando, o podían ir a vivir con la tía que vivía en Bogotá tan simpática que parecía quererlos tanto ¿o era todo pretensión alrededor de ellos? Notaba los largos silencios cuando entraba a la cocina, las empleadas se afanaban limpiando ollas, puliendo bandejas más de la cuenta o a lo mejor replanchaban manteles mientras evadían su mirada inquisitiva. Las compañeras de clase, con excepción de Ana Cecilia, parecían ignorar su presencia a la hora del recreo. Ya nadie venía a contarle los encuentros con posibles novios o a quién habían encontrado fumando en el baño y se sentía como una apestada. Papá regresaba del trabajo muy tarde, Helena parecía haberse esfumado y estaban en manos de las empleadas. Unos días después Juliana comenzó a empacar sus cosas en las maletas nuevecitas que aparecieron en su cuarto y en el de Fernandito y se percataron que su destino estaba sellado por fuerzas desconocidas fuera de su control. Deberían estar agradecidos que su padre se preocupara tanto por su futuro, les anunció la tía Ángeles con lágrimas en los ojos, tenían mucha suerte de acceder a la mejor educación. Sí, coreó la tía Miren, tenían mucha suerte de tener un padre así, tan preocupado por su futuro. A la tía Miren le tocaba acompañarla a Florida y a la tía Ángeles le correspondía el honor de escoltar a Fernadito a la maravillosa escuela, en donde estarían pendientes de su salud cada minuto del día. Don Fernando iba a estar demasiado ocupado en la tienda para acompañarlos aunque le habría gustado mucho ¿y Helena? Bueno Helena estaba de viaje, había tenido que ir de urgencia a Bogotá a casa de su hermana enferma, sí, su ausencia se debía a la enfermedad imprevista de la hermana, se miraban nerviosas una y otra vez para corroborar esa parte de la historia que salía tan fragmentada y que si no fuera por la situación en que se encontraban, parecía como un chiste de mal gusto. Escondida detrás de la puerta del comedor que daba a la cocina, se había enterado de la horrible verdad, Helena se había marchado a Bogotá, pero no a visitar a la hermana, sino acompañada del hombre vestido de negro, el pintor Carlos Antonio Jaramillo Alvear.

-Se fue, se fue con ese hombre, ese maldito. Parece el mismo diablo, siempre vestido de negro, ese colombiano.

-Pues en mi opinión la diabla es ella, abandonando a esos pobres angelitos.

-Cállate Juliana, no es nuestro lugar juzgar a nadie en esta casa, yo creo que le hicieron brujería a la señora, esos colombianos saben de esas cosas.

-¿Y tú crees esas tonterías? En la Biblia lo llaman otra cosa, simplemente pecadores.

-No me vengas con monsergas de la Biblia, lo que pasa es que nunca gustaste de la Señora, pero yo sé que ella es buena, algo le ocurrió, algo que no pudo controlar.

-Vaya, qué lenguaje manejas ahora, y eso de monsergas ¿qué significa?

-Algo que aprendí de mi patrona anterior que era española, significa pesadeces, líos, lo que te parezca, tienes la especialidad en esos asuntos.

-¿Cómo te atreves a decirme semejante cosa?

Los sollozos que no pudo controlar, delataron su presencia y las dos mujeres alarmadas interrumpieron la discusión y se apresuraron a consolarla, sintiéndose culpables sin saber qué hacer. Al fin lograron calmarla, pero el mal ya estaba hecho y ese día nunca se borraría de su memoria y decidió que jamás le contaría a su hermano la verdadera causa de la ausencia de su madre. Viajarían para las escuelas en los Estados Unidos unos días después y la espera se convirtió en un infierno de inseguridad y dudas. En el día señalado Juliana se encargó de hacer las maletas, a Daniela no parecía importarle si llevaba tal o cual cosa, por mucho que la mujer trató de motivarla para que participara en el evento. Lo mismo pasó con Fernandito, que cuando trataban de hablarle, rompía en un llanto nervioso que tenía alterados a todos en la casa. Las tías los acompañaron con aire de duelo y se despidió de su hermano en el aeropuerto con un abrazo susurrándole al oído que muy pronto estarían juntos otra vez, aunque presentía que como todos los adultos, estaba mintiendo.

Llegué a esa bendita escuela en enero, a mitad del año escolar, con la intención que en los meses que faltaban del curso podría aprender el lenguaje. Algunas alumnas hablaban español,

pero se esmeraban en disimularlo, y me encontré en absoluta so-
ledad rodeada de mucha gente. En realidad, me resistía a hacer
amistades, las monjas me trataban con tal atención que se diría
que estaba aquejada de una enfermedad terminal. Le escribía a
Fenandito casi a diario, notas de esperanza, asegurándole nues-
tras vidas iban a mejorar y me dio por pensar que quizás Helena
vendría a rescatarnos, ella no estaba allí cuando nos sacaron del
país, a pesar de todo no lo hubiera permitido, mamá nos quería,
era asunto de mis tías, sí, la culpa era de ellas y de papá que se
había dejado llevar, tratando de borrar de mi memoria que ella
nos había anunciado el cambio de escuela, de amigos, de país.
Había sido su decisión y no podía culpar a más nadie, ni siquie-
ra a papá, que siempre se había doblegado ante sus caprichos.

Le costó un gran esfuerzo acostumbrarse a la nueva escuela. Las compañeras de clase la aceptaron como
una más y hasta se esmeraban en ayudarla con el asunto del inglés. Logró terminar el curso con notas aceptables, pero sin amigas cercanas. Lo que más extrañaba
eran noticias de casa, aunque don Fernando de vez en
cuando le enviaba una carta que en realidad decía muy
poco, todo estaba bien, las empleadas mandaban saludos,
nada personal y jamás mencionaba a Helena. Fernandito le confió que papá lo llamaba una vez por semana y se
sintió relegada a un segundo lugar por su hermano. De
Helena ni media palabra y en sus sueños la veía tendida
en una cama como muerta, despertaba sudorosa, llorando y su compañera de cuarto, una amable chica oriunda
de Alabama, la miraba curiosa, sin entender su desazón.

Durante las vacaciones de verano las tías vinieron a buscarla y la llevaron de paseo a Disney World, en
un remolino de distracciones y fantasías, que aunque la
divirtieron bastante, no lograron apagar sus inquietudes
por el futuro. Fernandito pasaba el verano en un campa-
mento especializado en sobrevivientes de cáncer, como si
su enfermedad lo hubiera aislado para siempre del resto

de los niños sanos. Regresaron a casa en agosto, a pasar las tres semanas de vacaciones que quedaban. Don Fernando la recibió en el aeropuerto y lo notó pálido, más delgado, la mirada ausente, pero su caluroso abrazo la convenció que papá la amaba como siempre. Curiosamente encontró todo igual, nada había cambiado, las desteñidas cortinas verdes, el silencioso piano en su rincón, el incesante cuchicheo bíblico de Juliana más rezadora que antes y la cocina el único lugar amable en toda la casa. Helena supuestamente seguía de viaje en Colombia atendiendo a su hermana enferma, aunque ella sabía la verdad de un asunto que había relegado al último rincón de su memoria. Trataba de entender el porqué no venía a visitarlos, aunque papá y ella estuvieran divorciados como ocurría con otras chicas del colegio que se turnaban entre padres divorciados sin mayores inconvenientes, o traumas. Cuando llegó Fernandito, lo notó muy cambiado. Había crecido mucho, ya era un hombrecito tan serio vestido con saco y corbata, no lloraba por cualquier cosa como antes y se percató que había comenzado el lento proceso de desintegración de los penosos recuerdos. Se preparaban para divorciarse para siempre de la niñez y quizás de la necesidad de contar con sus padres cada vez más distanciados de sus sentimientos y vidas.

VIII

Nos acostumbramos al ir y venir de Estados Unidos en las vacaciones de diciembre, primavera y el verano cuando las tías, acuciadas por el deber de hacernos olvidar el conflicto familiar, nos arrastraban a pasear por las playas de Florida y los artificiales parques de diversion que fascinaban a mi hermano. En mi último año de secundaria decidieron llevarnos a Cancún en donde la tía Ángeles pasó dos semanas escandalizada por el desnudo de las bañistas ¡Dios mío, el mundo está lleno de mujeres desvergonzadas! musitaba tratando de cubrir en vano los ojos de Fenandito para que no viera a las chicas asoleándose con el torso desnudo cuando caminábamos por la playa de mañana. Papá llegaba prontamente a acompañarnos por unos días en donde estuviésemos para llevarnos a casa las últimas tres semanas de cada verano. Nadie mencionaba a Helena, como si hubiera muerto. Nadie.

Pero en casa, yo seguía con el oído pegado a las puertas escuchando los rezos de las tías, los procaces comentarios de las domésticas que la situaban en Bogotá muy divertida con su amigo. Me moría de vergüenza, sus lenguas viperinas se ensañaban con la reputación de mi madre y no sabía qué decirles para que callaran. Pero ¿porqué me mortificaba tanto sus comentarios si sabía que tenían la razón? Yo también la había condenado hacía tiempo y solamente anhelaba el olvido, no saber más de ella, nunca más. A veces la soñaba muerta tendida en su lecho, con una sonrisa en los labios, inocente de toda culpa, mi madre querida y lloraba a su lado hasta despertar acongojada y algo arrepentida de mis ocultos deseos de ver a mamá muerta para que de una vez por todas su recuerdo desapareciera de nuestras vidas.

-El Señor hizo bien en prohibirle que vea a los ni-
ños- repetía la cocinera como una jaculatoria cada vez
que los veía llegar.

-Imagínate, ni siquiera se ocupa del niño, después
de todo lo que le ha pasado. Esa mujer no tiene sentimientos, tenemos que rezar por su alma.

-¡Ay Juliana! No creo que la situación tenga remedio, ya me convencí que es una golfa como la llamaría mi
patrona anterior.

.¿De qué hablas? A veces sacas cada palabra que
no entiendo.

-Porque me he educado bastante y sé un montón
de cosas que tú ignoras.

Se callaban avergonzadas cuando Daniela entraba
en la cocina desafiante, dispuesta a pelear, ya estaba harta de tanto comentario, pero se rendía de inmediato, no
encontraba argumentos que esgrimir ni acusaciones que
ventilar. Las mujeres intentaban atenuar sus indiscrecio-
nes y enojo ofreciéndole golosinas que no aceptaba. Ana
Cecilia, su única compañía durante las pocas semanas
de vacaciones que pasaba en casa, la mantenía informa-
da de lo que había ocurrido en su ausencia, los enamora-
mientos de amigas, los chismes de familia, la de fiestas
que se había perdido, era una lástima que estuviera fuera
casi todo el año. Cuando ambas terminaban la secundaria le confió sus planes para el futuro.

-Dani, voy a estudiar medicina y aquí me quedo.
Mamá quería que fuera a estudiar como tú en los Estados
Unidos, pero me he negado. Prefiero mi casa, mis amigos, no deseo andar de un lado para el otro. Además, tengo un casi novio y no quiero irme lejos.

-Te entiendo, a mí también me hubiera gustado
quedarme a estudiar acá, vivir en mi casa, pero tú sabes
que lo nuestro no tenía remedio. Con todo lo que ha pasado los últimos meses... A veces me parece que mi herma-

no es más feliz en su internado, sus problemas resueltos por manos invisibles, lejos de todo esto- contestó con un dejo de tristeza en la voz.

-Oí decir en mi casa que tu madre sigue en Bogotá, pero bueno, desconéctate de ese asunto, tienes tu vida por delante.

¡Como si hubiera sido tan fácil olvidar! A veces le daba algo de rabia las cosas que afirmaba Ana Cecilia como si nada, no era ella la que vivía en la incertidumbre de no saber a qué atenerse. La casa seguía aprisionada por una absurda tristeza, la sala siempre en penumbras y papá era otro. Había perdido mucho peso y sus otrora negros cabellos estaban sembrados de gris.

-Mamá me va a acompañar a la escuela, pero nadie debe saberlo, porque si se enteran no me dejarán viajar solo- le confió Fernandito una noche después de la cena.

-No digas idioteces, ella no está aquí.

-Me lo prometió anoche, iremos juntos en el mismo avión y sé que lo va a cumplir, quiero mostrarle mi escuela.

Daniela lo miró intrigada y a la vez algo molesta. Su hermano parecía convencido de sus palabras y no lo creía capaz de inventar algo así.

-¿Me puedes explicar en dónde la viste?

-En donde siempre, en el parque cuando salgo por las tardes con la excusa de ir a patinar o montar bicicleta. Mientras Juliana se distrae conversando con sus conocidas yo busco a mamá que me espera por donde están los trapecios.

-¿Helena está aquí? Yo no la he visto ni he sabido nada de ella por un montón de tiempo, nunca se ha dignado a buscarnos. Ella se fue del país.

-No la llames Helena, es mamá y está muy triste.

Hubiera querido gritarle que ella era la que había insistido que la llamaran así antes de desaparecer, que se olvidara de Helena de una vez por todas. Papá podía enojarse demasiado y no era justo causarle más preocupaciones, sospechaba que su salud peligraba. Pero se contuvo. La cara de su hermano reflejaba tal alegría que el corazón se le encogió de nostalgia. Hacía dos años que no veía a su madre y la memoria de tan larga ausencia una vez más la llenó de una intensa desazón. Al día siguiente se las ingenió para convencer a Juliana que la dejara acompañar a Fernandito a patinar con el argumento que necesitaba aire fresco y prometió vigilarlo muy de cerca. En el parque la ubicó de inmediato, a pesar de que una pañoleta ocultaba sus cabellos y lentes oscuros cubrían parte de su rostro. Al ver a Daniela se acercó y la estrechez de su abrazo fue disolviendo todos los rencores que almacenaba su corazón. Helena acariciaba sus mejillas una y otra vez repitiendo lo cambiada que la encontraba. No se atrevió a preguntarle el porqué de su ausencia, no quiso perder la intimidad del momento.

-En junio me gradúo y creo que con honores- atinó a decir.

-Sí, ya lo sé y estoy tan orgullosa de ti. ¿Qué vas a estudiar después?

-Bueno, voy a aplicar a varias universidades, cuando entre entonces decidiré, pero me gusta mucho la Sicología.

-Si, es interesante descifrar los misterios de la conducta humana, algo nada fácil. Qué bueno hija, te felicito, no dejes que nada ni nadie interrumpa tus estudios. Nada ni nadie-repitió con un dejo de tristeza.

Nos despedimos con un hasta pronto, parecía conocer todos los detalles de mi vida y no volví a verla ese verano, aunque logré averiguar con Ana Cecilia - siempre enterada de todo- que vivía con los abuelos. Ellos se habían mantenido distantes, aún en los mejores años poco nos visitaban, las relaciones con papá nunca fueron demasiado cordiales y se tornaron mucho peor después del divorcio. Según Ana Cecilia, de alguna manera culpaban a mi padre del asunto. Traté de comunicarme con ella pero los abuelos me negaron su presencia en esa casa e imaginé que Helena intentaba desparecer una vez más, para terminar con los adioses y quizás las recriminaciones que temía de mi parte. Los años fueron cayendo uno encima del otro pero ella permanecía en mis recuerdos como un fantasma sinuoso que se negaba a desaparecer del todo. Sospechaba que se comunicaba con mi hermano y lo iba a visitar al colegio, él me lo había insinuado más de una vez. No entendía el porqué Helena me había apartado de su vida cuando tantas amigas de padres divorciados seguían viendo a las dos partes. Papá envejecía a ojos vistas agobiado por la diabetes que heredara del abuelo y durante unas cortas vacaciones por primera vez noté que el almacén no andaba bien, ya no era el lugar de moda como antes, la ciudad estaba inundada por tiendas que ofrecían vistosa y barata mercancía proveniente del oriente, copia exacta de originales europeos y americanos. Además, la economía se complicaba aún más por la insegura situación política del país atormentado por la dictadura militar que imponía un régimen represivo de inseguridad en toda la sociedad.

Fernandito, terminada la secundaria, se había matriculado en la universidad de Houston cerca de sus doctores, mientras que yo iniciaba la maestría en sicología clínica en Atlanta. Los cuatro años de universidad habían sido placenteros, aunque nunca tuve demasiados amigos, de una forma u otra me sentía distinta, siempre en espera de un acontecimiento que no podía definir, como si me faltara una parte de mi vida que en algún rincón de la memoria estaba escondida o había desaparecido.

Durante los dos primeros años de universidad Daniela vivía en el dormitorio comunal en una pequeña habitación en donde a duras penas cabían sus pertenencias. Tenía muy poca privacidad en los baños comunes, y cansada de todo esto y la estricta disciplina que la obligaba a mantener horarios demasiado rígidos se mudó a un apartamento que alquilaron entre tres estudiantes, cada cual con distintos intereses y horarios. Maricarmen Sosa, una venezolana muy bonita que estudiaba relaciones internacionales y ciencias políticas, Janet Cowan, una tejana regordeta estudiante de pre-medicina y Daniela con sus estudios dirigidos hacia la Sicología; pocas cosas las unían. Janet llegaba siempre tarde de la Universidad y se encerraba en su habitación a estudiar. Cumplía con sus obligaciones como limpiar el apartamento los fines de semana que le tocaba, pero raras veces compartía con las otras momentos de solaz. Poco a poco Daniela se fue enterando que su padre era un neurocirujano famoso sumamente decepcionado porque no había tenido hijos varones a quien legarles su práctica y reputación. Janet estaba empeñada en demostrarle que se equivocaba, ella podía llenar sus zapatos.

-No tienes idea lo insoportable y orgulloso que es mi padre. Mi hermana mayor que lo detesta, hace rato que se fue para no volver a casa, está en Hawai trabajando en un hotel. Mamá vive pendiente de sus menores deseos como una esclava y además es una alcohólica. Como él anda por todo el país de conferencia en conferencia, ella lo espera metida en la botella, para después aguantar sus insultos. La vida en mi casa es un asco- le confesó un día cuando estaban solas en el apartamento y se notaba muy cansada.

-Entonces, ¿porqué estudias medicina, si por lo que me dices no soportas a tu padre y lo que él representa?

-Desde que tengo uso de razón, lo único que me ha quedado grabado en el cerebro es su disgusto porque éramos dos niñas y mamá no pudo tener más hijos. Pero voy a probarle que puedo llegar a ser médica y jamás trabajaré con él, que se trague su práctica de lujo. Voy a dedicarme a la cirugía y estoy decidida a buscar empleo en uno de esos hospitales que atienden a los más necesitados.

-Pero, ¿te gusta la Medicina? Es una carrera muy dura para hacerla sin vocación.

No quiso contestarle, se encogió de hombros y siguió estudiando. Y Daniela continuó con sus estudios de Freud, Jeung, Espinoza, las terapias empíricas, el inicio de los estudios de análisis estadísticos, no era nada fácil. Por su parte Maricarmen, más le preocupaba su figura y la ristra de novios que cambiaba con una facilidad asombrosa, que sus estudios, anunciando su decepción después que cada affair llegaba a su fin.

-Juro no volver a enamorarme, los hombres de hoy no sirven para nada. Son unos tontos, solamente quieren cama... Ya no existe el romanticismo.

A la semana siguiente llegaba acompañada por otro chico que la seguía con ojos de cordero degollado, olvidado su firme propósito de no comprometerse otra vez. Cuando Daniela le reclamaba su inconsistencia, Maricarmen acostada en el sofá con los ojos fijos en el cielo raso anunciaba en tonos dramáticos.

-No puedo evitarlo, soy débil de corazón. Es cuestión de genética, Dani. Así es mi madre, se ha casado tres veces, se ha hecho cuanta cirugía plástica está de moda, si la vieras, yo parezco su madre. Tengo tres o cuatro medio hermanos entre ella y mi padre, qué vamos a hacer, papá está en el senado y también mi último padrastro, pertenecen a partidos distintos y son contrincantes, es muy divertido. Los nuestros, los de afuera, los que se fueron, los de ahora, tengo un enredo de medio hermanos y hermanastros increíble. Y aunque no lo creas, todos nos llevamos bien, no nos queda otro remedio. Yo creo que es cuestión de acostumbrarse...

-Te vas a buscar una enfermedad venérea si sigues cambiando de pareja cada semana.

-No exageres, nada más he tenido tres amigos este semestre. Por mí no te preocupes, conmigo el condón de lujo es obligatorio.

-Bueno, allá tú, pero los condones se rompen y situaciones fuera de tu control pueden ocurrir.

De alguna manera envidiaba la indiferente aceptación de su amiga a sus circunstancias familiares. Para Maricarmen, el asunto de Helena sería algo normal, aceptable, hasta risible y de seguro se iba a burlar de sus sufrimientos si se enterase de lo sucedido. Pero no estaba dispuesta a hacerle confidencias de ese tenor, era mejor guardar sus secretos.

Noticias inquietantes comenzaron a perturbar sus días. Los periódicos locales insistían en denunciar la delicada situación en el istmo de Panamá en donde los bancos estaban cerrando, el dictador desafiaba abiertamente a los Estados Unidos, la población bajo asedio por las autoridades protagonizaba disturbios en contra del gobierno a diario. Pero cuando Daniela llamaba a casa tratando de averiguar lo que estaba sucediendo en realidad, don Fernando se empeñaba en calmar sus preocupaciones. Son solamente unos cuantos revoltosos repetía, cosa de comunistas y estudiantes de la universidad, aquí no está pasando nada, todo está tranquilo, los medios de comunicación exageran, sigue estudiando.

Por su parte Ana Cecilia le escribía entusiasmada acerca de la cruzada civilista de la que formaba parte gran cantidad de ciudadanos de todas las clases sociales, que organizaban marchas de protesta en desafío a las autoridades.

Los militares mandan a cerrar la universidad un día sí y otro no / los que nos oponemos al actual gobierno repicamos pailas los mediodías como una forma de protesta, no te puedes imaginar el alboroto que se arma/ le jodimos la boda de lujo a la hija que pretendía casarse en la catedral como si nada, tuvo que correr a esconderse en el cuartel para celebrar la ceremonia / esto está que arde, no te imaginas la cantidad de compañeros que se han llevado presos / los llamados pitufos o malvados uniformados nos rocían con un cañón de agua mezclado con un ácido que quema horrible / se rumora que los gringos vienen a capturar a Noriega y no veo la hora/ a mi amigo Pedro Carlos lo agarraron repartiendo panfletos en plena vía pública la semana pasada y andamos investigando en dónde lo tienen preso / estoy muy preocupada porque en esa cárcel les propinan unas golpizas salvajes a todo el que agarran/ los gorilas andan como enloquecidos persiguiendo a todo el mundo y si no pueden agarrarnos, destruyen cuanto carro encuentran en las calles los muy cretinos/ toda mi ropa queda impregnada de gases lacrimógenos cada vez que salimos a marchar y mi madre está tan nerviosa que amenaza con encerrarme/ ojalá estuvieras aquí con nosotros, no te ibas a aburrir, esto es una verdadera locura pero no nos vamos a rendir.

A veces le parecía que Ana Cecilia estaba describiendo una especie de carnaval con matices trágicos que tenía lugar cada semana. Por ello ese 19 de diciembre del ochenta y nueve cuando se disponía a regresar a casa a pasar las vacaciones de Navidad, no le extrañó demasiado que en el aeropuerto de Miami la detuvieran informándole que el vuelo estaba cancelado. Panamá estaba siendo invadido por una fuerza militar norteamericana. Fernandito también se había quedado varado en Houston y decidieron encontrarse en Atlanta en su apartamento para observar desde lejos lo que ocurría. En las horas siguientes se fueron enterando angustiados de los penosos sucesos por televisión y a todo color, los corresponsales extranjeros se las arreglaban para mantener minuto a minuto lo que estaba ocurriendo. Los periodistas lamentaban la falta de control de una población que parecía haber enloquecido. Los teléfonos siempre ocupados impedían la comunicación inmediata, reinaba el caos absoluto, habían muchos muertos y heridos. La ciudad estaba ocupada por tropas norteamericanas, que demasiado tarde intentaban imponer el orden en medio del saqueo llevado a cabo por ciudadaos de todas las clases sociales.

Cuando lograron hablar con don Fernando días después, con voz cansada les informó que del almacén no quedaba nada, por el desastroso saqueo, todo había sido destruído por la furia de la población, pero de alguna manera papá se las arregló para tranquilizarlos. Sí, la tienda había sido devastada, se habían llevado hasta la caja registradora, las cortinas de los vestidores, los lavamanos y excusados, todo absolutamente todo, una inimaginable locura colectiva, pero no tenían porqué preocuparse, le quedaba mercancía en un depósito a salvo para reponer en algo lo perdido. El almacén volvería a estar igual que antes, los anaqueles rotos se podían reparar sin mucho problema y estaba en capacidad de adquirir todo el resto.

Por las noticias televisadas se enteraron que el dictador, refugiado en la nunciatura cercada por las tropas norteamericanas, muy pronto estaría a buen recaudo en la cárcel y todo volvería a ser como antes.

Resignados a esperar mejores días, retornaron a sus respectivas universidades en espera que la situación se estabilizara en el país. En junio al terminar el semestre, lograron viajar a casa. Don Fernando era otro y la tienda había perdido su aspecto de lujo. Quedaban algunos anaqueles con poca mercancía, las puertas de vidrio habían sido reemplazadas por feas rejas y listones de madera, se notaba que las cicatrices de la invasión aún per-

duraban. Muchos locales comerciales permanecían cerrados, los pobladores del destruído barrio El Chorrillo que
circundaba el cuartel central bombardeado por las fuerzas de ocupación, todavía residían en condiciones pre-
carias en improvisados campamentos, el proceso de re-
construcción se iniciaba muy lentamente.

*Ese verano al percatarme de lo que acontecía, me debatía
entre el deseo de seguir estudiando para obtener un doctorado y
la desazón que me producía el estado de salud de papá envuelto
en su angustiosa soledad y la obvia decadencia de los negocios.
Pero él nunca se quejaba y sin doblegarse ante las presiones del
mercado, seguía la rutina de trabajo diligente establecida por
tantos años tratando de levantar la tienda a su antiguo esplen-
dor con poco éxito. Quizás fue egoísta de mi parte permitir que
me empujara a regresar a la universidad a obtener el doctorado
que tanto había deseado.*

*Maricarmen, teminada la licenciatura, se había marchado
de inmediato a Venezuela, en donde la esperaba un novio que
había embrujado durante las vacaciones y estaba listo para casarse. Quedamos Janet y yo en el apartamento, cada cual enfrascada en sus estudios, como dos extrañas compartiendo un
mismo espacio. Escribía a menudo una especie de diario para
animar a papá y lo curioso es que casi nunca recibía respuesta,
pero no me importaba, sabía que esperaba con impaciencia mis
cartas. Una vez por mes me hablaba por teléfono, llamadas es-
cuetas para informar que la pensión mensual estaba en camino,
preguntar por mi estado de salud y esas otras trivialidades que
amenizan las conversaciones entre padres e hijos, siempre ocul-
tando los verdaderos sentimientos y preocupaciones. Tantas y
tantas veces sugerí que era demasiada carga y sería mejor que
consiguiera un trabajo, pero con vehemencia me aseguraba que
no tenía problemas económicos y podía seguir manteniéndome
hasta que terminara el doctorado. Mi admiración y amor por
papá crecía día a día y me prometí que cuando terminara, re-*

gresaría a velar por su bienestar. Era lo menos que podía hacer,
le debía tanto.

En dos cursos completé el doctorado durante los cuales una
sola vez regresé a casa por pocos días, tenía que terminar la te-
sis que basaba en un estudio en las clínicas públicas y privadas
que lo permitieran sobre la desintegración familiar como causa
y efecto de la drogadicción en menores de edad lo que me llevó a
hacer un externado por varios meses en Atlanta. Lo necesitaba
para obtener la certificación de sicóloga clínica con una especia-
lización. El estudio me obligó a sumergirme en ese mundo de
drogas y violencia sellado por la muerte que nunca antes había
visualizado. Fue una experiencia difícil tener que entrevistar a
esos espectros aislados del mundo real por el polvo mágico o la
aguja letal, muchas veces niños que alardeaban orgullosos de
sus experiencias mostrándome sus brazos deformados por ve-
nas de alambre como si no le temieran a la muerte. Además,
tener que mediar en feroces discusiones familiares, destruida la
esperanza y la confianza cada cual esgrimiendo sus frustracio-
nes y su particular culpa que muchas veces tornada en odio se
resumía en violencia, acabó por hacerme perder la esperanza
que el problema tenía solución alguna.

Se mudó sola en un pequeño apartamento amo-
blado en el centro de la ciudad. El protocolo de su estudio
comprendía una serie de parámetros estrictos que incluía
entrevistas con el adicto identificado en los cuartos de urgencia y clínicas públicas y sus familiares lo que algunas
veces lograba llevar a cabo en su totalidad, si es que lograba ubicarlos en edificios oscuros, infestados de ratas,
las paredes adornadas con violentos grafitti, en donde en
muy pocas ocasiones era recibida con agrado. Algunos
encogiéndose de hombros le daban la espalda tirándole
la puerta en las narices, otros le endilgaban insultos entre dientes /usted ha venido a molestarnos con sus preguntas estúpidas/ si se quiere matar allá él no espere que
vaya verlo al hospital/ no me interesa si está muy enfer-

ma, es mejor que se muera/ ya lo borramos de nuestras vidas/ nos robaba lo poco que tenemos para costear la droga/ ella se está prostituyendo desde los trece para meterse la aguja, no se porqué a usted le preocupa si a nosotros nos tiene sin cuidado, ya se morirá de esa enfermedad, tiene las piernas llenas de manchas negras/ de todo le tocó escuchar y muy raras veces la palabra compasiva de una madre o una abuela hacia el adicto. Le daba temor visitar esos sórdidos lugares, en donde se topaba con individuos de mala catadura que la escrutaban de pies a cabeza con aire de incredulidad antes de cederle el paso cuando les mostraba su identificación del departamento de Salud Mental. Le costó mucho acostumbrarse a la insensibilidad de los policías que realizaban arrestos y trataban a los adictos con una violencia algo excesiva, poco parecía importarles si se trataba de menores o mujeres, algunas obviamente embarazadas. En los cuartos de urgencia los médicos tampoco eran muy compasivos que digamos, ya que encogiéndose de hombros ante una víctima de sobredosis, parecían decir /well, one junkie less/ y proseguían con sus labores como si nada. A nadie parecía importarle demasiado el destino de esas desdichadas criaturas.

Durante la rotación que le correspondía efectuar por una clínica de rehabilitación de adictos, comenzó a entender algo de la aparente indiferencia de los que trabajaban en esos lugares que tanto hería su sensibilidad. El encargado del servicio de siquiatría, el Dr. Bruce Lydell le informó que con el mejor de los tratamientos solamente lograban mantener alejada de la droga a una pequeña fracción de los que ingresaban a ese servicio.

-Dani, el problema no se resuelve con facilidad. Después de desintoxicarlos por unas cuantas semanas, los devolvemos a su mismo ambiente, a sus barrios a los amigos de antes. A los pocos días están otra vez engan-

chados. En la esquina los espera el amistoso pusher con
el consabido / bienvenido amigo, el primer pase es cortesía de la casa, vamos, sin pena, te extrañamos/. Y allí termina el período de abstención del adicto supuestamente
curado. Quiero que sepas que en los años sesenta en New
York los heroinómanos eran enviados a rehabilitarse en
un precioso lugar en las montañas de Tennesee por un
año. No lograron curar de su adicción ni al diez por cien-
to y la institución fue cerrada. Así que decidieron tratar-
los con Metadona para sustituír la adicción a la heroína,
una droga mucho más adictiva, pero al menos los deja
funcionar en sociedad. Pero con esta nueva generación de
adictos a la cocaína y sus derivados como el crack no tenemos respuesta. El uso excesivo produce la perforación
del tabique nasal, destruye el paladar blando, con la con-
siguiente deformidad del rostro, el cerebro se atrofia, el
músculo cardíaco es afectado, pero aún siguen con el vi-
cio hasta la muerte, ya no son seres pensantes. Y para colmo, compartiendo agujas con otros, a veces quedan infectados con SIDA, hepatitis y quién sabe qué más.

     -Pero algo queda, tenemos que seguir luchando
para salvar a unos cuantos.

     -Sí Dani, para eso estamos aquí, tu y yo, pero es
importante que no te hagas demasiadas ilusiones. Hacemos lo que podemos pero los vemos regresar drogados
una y otra vez. La policía se cansa de recibir denuncias
de robo o conducta desordenada y cuando logra arrestar
a algún adicto lo maltratan, los médicos se cansan de re-
cibirlos al borde de la muerte por consumir drogas adulteradas, con infecciones severas por inyectarse con agujas
contaminadas, te vuelvo a repetir que es un círculo vi-
cioso que solo termina con la muerte. Tu labor es ayudar
a los familiares a enfrentar la situación sin que por cul-
parse los unos a los otros se destruyan aún más, si es que
hay familia, muchos son hijos de madre soltera obligada

a trabajar, los hijos no tienen quien los cuide. En esos barrios pobres la figura paterna parece haberse esfumado.

Comenzaron a salir una vez por semana como buenos amigos, al cine, a comer en los pequeños restaurantes étnicos dispersos por la ciudad, conversando de sus vidas. Bruce era divorciado y tenía una hija, se había casado muy joven cuando apenas terminaba la escuela de Medicina en Boston con una compañera de universidad de familia adinerada, que por él dejó los estudios. Enseguida les nació una niña durante el internado que hizo en un hospital local. Cuando se mudaron a Atlanta a comenzar su residencia en Siquiatría que lo obligaba a permanecer días enteros fuera del hogar, su mujer deprimida, lejos de su familia y amistades, decidió terminar el matrimonio y regresar con su hija a Boston en donde se sentía a gusto.

-Por mucho que traté de convencerla que se quedara, fue inútil, creo que nos casamos demasiado jóvenes y no es fácil ser esposa de un médico. Mantenemos relaciones cordiales, Judy se volvió a casar con un prominente abogado, lleva la vida que le satisface y mi hija crece lejos de mí. La veo de vez en cuando, ya tiene doce años y es toda una señorita.

-¿Y porqué no te has vuelto a casar?

-Bueno, no he encontrado la pareja adecuada que no proteste si tengo que salir corriendo a medianoche porque alguien amenaza con tirarse de un puente. Estoy especializado en casos críticos, sobre todo si se trata de gente joven. Hace unos meses pasé más de curenta y ocho horas tratando de convencer a un adicto con síntomas severos de abstinencia para que no asesinara a sus hijos que tenía de rehenes si no le conseguíamos más droga.

-Al final ¿qué ocurrió?

-Acabó disparándose un tiro en la cabeza, con tan mala puntería que ha quedado vivo y cuadripléjico.

-¡Qué horrible historia!

-Una de muchas, pero ya estamos acostumbrados. Lo que tú interpretas como indiferencia es la coraza que nos protege del horror que nos toca presenciar a diario. Si no fuese así, saldríamos huyendo despavoridos de esta profesión de médico, enfermera o policía. Y tú, Dani ¿no has tenido alguna vez que hacerte de una coraza de acero para proteger tu sanidad mental? A todos nos ha llegado ese momento.

La historia fue saliendo poco a poco. Su infancia adornada por las excentricidades de su madre, la terrible enfermedad de Fernandito y su recuperación, su continua amistad con Ana Cecilia, y sobre todo la desaparición de Helena de sus vidas que no quiso explicar en detalle. Era demasiado complicado, le daba vergüenza rememorar lo sucedido. Adivinando su reticencia Bruce no la presionaba y cuando notaba su desazón cambiaba de conversación. Una sensación de grata intimidad se insinuaba entre ellos día a día, sin que mediara palabra alguna, intimidad que Daniela trataba de rehuir, no quería enamorarse de un hombre como Bruce atado a una profesión y a un lugar en donde no tenía intención de quedarse. Papá la necesitaba en casa. Se sintió aliviada cuando la trasladaron a otro sector de la ciudad a continuar con el estudio, así no tenía que encontrarse con Bruce a diario.

En las clínicas privadas para adictos la situación era similar, aunque bajo un elegante barniz de disimulo encontró la violencia controlada a duras penas, los reclamos, el odio que bullía entre padres que por lo bajo sin llegar a gritos se culpaban el uno al otro de la adicción del vástago. A veces los abuelos trataban de mediar en la disputa defendiendo al nieto adorado seguramente víctima inocente de algún malvado, o el divorcio de los padres como causal directa de la situación. Y el adicto usualmente desafiante, tratando de envolverlos a todos con sus mentiras, niños malcriados, acostumbrados a toda clase de libertades y el uso de fondos ilimitados. En esas clínicas, los entrevistados usualmente contestaban a sus preguntas tratando siempre de proyectarse de la mejor manera, ofreciendo toda clase de disculpas.

Lo educamos muy bien, nosotros estamos seguros que todos sus problemas se deben a la mala influencia de los compañeros de escuela, uno nunca sabe qué clase de gente asiste a esos centros/ es por causa de su padre, se fue con la secretaria y el niño no se ha recuperado del trauma que le causó el divorcio/ es la música que escuchan hoy en día, los vuelve locos incitándolos a usar drogas para divertirse, deberían prohibirla/ viajamos mucho y no nos percatamos de lo que estaba ocurriendo/ fue el novio que la envició, se lo advertí que ese muchacho no me gustaba/ son en esas discotecas en donde les regalan la droga para enviciarlos/ y así sucesivamente.

De vez en cuando alguno la miraba irritado cuando intentaba conseguir la entrevista y la amenazaba con represalias legales si insistía en incluir a su hijo en un estudio sobre adictos por mucho que insistiera que el anonimato estaba asegurado. Carísimos y exclusivos centros de rehabilitación se multiplicaban por todos los países, con pobres resultados a largo plazo. Era inconcebible, que jóvenes con todas las facilidades que da el dinero y educación de primera parecieran estar empeñados en acabar con sus vidas al igual que los del ghetto que no tenían nada.

Por esos días veía a Bruce mucho menos, con una excusa u otra evadía su compañía, presentía que él buscaba definir nuestra relación de una vez por todas y no me sentía preparada para darle una respuesta. Más de una vez al despedirnos me envolvía en un beso que me dejaba sin aliento, sin exigir más nada, la miraba dolida cuando rehusaba sus invitaciones. Había tenido amigos en mis tiempos universitarios, dos o tres amoríos sin consecuencia, pero Bruce era el amigo perfecto y tuve que decidir que no podía enamorarme. Sentía que mi padre era la responsabilidad más importante de mi vida y no podía fallarle como había hecho Helena. No, tenía que regresar a su lado para compensarlo por tanto sufrimiento.

El último encuentro con Bruce fue demasiado traumático, debería haberlo evitado pero no pude negarme, me faltaba muy poco para terminar. Fuimos a un pequeño y favorito restaurante italiano a orillas del río, en donde sin poder atajarlo me declaró su amor y el deseo que me convirtiera en su esposa. Con un gesto de galán de cine, del bolsillo sacó el estuche con un anillo que me ofreció emocionado.

-Eres la mujer que ha sabido entender mi vida y yo la suya. Conmigo puedes proseguir tus investigaciones, aquí tienes un futuro brillante, Dani. Ya hemos revisado tu tesis y es excelente, sobre todo los cambios que propones para el seguimiento de la familia de adictos.

-Yo tengo que regresar a casa, Bruce, papá me necesita- atiné a tartamudear.

-No me vas a venir ahora conque sufres del complejo de Edipo, el amor paterno ante todas las cosas...

Rompí a llorar. Toda la amargura acumulada en tantos años la fui derramando en su pecho, la verdadera historia de Helena y el hombre vestido de negro, mi adolescencia con el oído pegado a las puertas tratando de entender, el daño tan grande que había causado Helena en nuestras vidas, la enfermedad que padecía papá que estaba segura se había agravado con tanto sufrimiento.

-Entiendo- me dijo con una mirada de tristeza, deslizando el estuche en su bolsillo.- Ahora te voy a hablar como siquiatra que soy. No puedes reemplazar a tu madre ni creo que tu padre -por lo que me has contado- lo desee. De alguna manera tienes que librarte de culpas ajenas y cuando estés dispuesta, aquí me tienes. Veo que me equivoqué y pensé que me amabas. Seguimos siendo amigos, Dani.

Cuando terminó el doctorado con honores, las tías llegaron a acompañarla en una de esas graduaciones multitudinarias que se acostumbra en las universidades americanas y se sintió decepcionada, era papá el que debería estar allí a su lado. Bruce la llamó para felicitarla, disculpándose por no haber asistido, esa tarde había tenido una urgencia, pero por el tono de tristeza de su voz supuso que en realidad prefería no verla.

A su regreso, diploma en mano, dispuesta a hacer reclamos por su ausencia en la graduación, Daniela encontró a don Fernando postrado en su lecho resignado a morirse de un momento a otro, vencido por las complicaciones de la diabetes agravada por una severa depresión anímica que lo llevaba a rechazar todo tratamiento. Daniela ignoraba que el almacén había sido vendido unos meses antes por la situación de quiebra que confrontaba y los nuevos dueños ahora ofrecían a los clientes baratijas, ropa importada de Hong Kong adornada con marcas adulteradas, mientras las vendedoras pregonaban la mercancía en las aceras al compás de una música estrepitosa para atraer clientela. Relegados a un oscuro rincón a precio de remate quedaban unos pocos abanicos, manchados cortes de seda y lana de Valencia, la elegancia de ayer había desaparecido y comprendió la lenta agonía de su padre. Todos los esfuerzos de su vida se habían desmoronado en un abrir y cerrar de ojos y aunque le quedaba lo suficiente para vivir sin apuros, el sabor de la derrota le amargaba sus días.

A Daniela le dolía mucho que nunca le hubiera confiado la difícil situación que confrontaba. Papá sin quejarse, le remitió año tras año la costosa mesada, nunca tuvo que trabajar como casi todos sus compañeros, lo que se reflejaba en sus altas calificaciones y ahora al verlo vencido se sintió culpable. A pesar de las protestas de las tías que pretendían ser las únicas enfermeras, -el doctorado no les parecía credencial suficiente para cuidar a un enfermo- se instaló al lado de don Fernando, a ella le tocaba atenderlo.

-Doctora Miralles, su padre tiene una diabetes severa difícil de controlar porque nunca se cuidó como debía, pero lo más importante ahora en el cuadro de su enfermedad es la depresión anímica que ha complicado bastante su evolución, poque rechaza todo tratamiento, está empeñado en morirse lo antes posible- le informó el especialista.

-¿Desde cuándo sufre de diabetes, doctor? Me contaba muy poco, yo creía que era algo leve. Según él, era cuestión de dieta y la estaba siguiendo.

-Le fue detectada en los años setenta y no se cuidaba. Le mandé pastillas que ingería de vez en cuando y cuando le indiqué que su enfermedad estaba avanzando y necesitaba insulina, se negó de plano a inyectarse y aceptó de mala gana el medicamento oral, pero sospecho que no cumplía. En los últimos cuatro meses ha tenido dos episodios de hiperglicemia severa y aún así, no sigue mis instrucciones. Es un hombre muy terco.

¿Papá había estado enfermo por tantísimos años? Y ella sin enterarse, quizás eso explicaba algunas cosas, pero no todas. Y sobre todo, la conducta de Helena era aún más deplorable.

-¿Usted cree que se pueda recuperar?

-Si sigue al pie de la letra su tratamiento, midiendo el azúcar en la sangre por lo menos tres veces al día, modificando la dosis de insulina de acuerdo a los resultados, quizás podamos controlar la enfermedad. Su visión y la función renal están muy afectadas, pero tengo pacientes muy enfermos que han aprendido a tomar duras decisiones y cambian su estilo de vida, mejorando bastante.

Se esmeró en cuidarlo y lo obligaba a salir de la cama, primero en cortos paseos por el jardín y después en el coche por el malecón que bordeaba la bahía, el aire de mar parecía revivirlo. Consiguió que sonriera de vez en cuando con sus historias de la universidad y las clínicas de adictos que le había tocado atender, vigilaba los niveles de azúcar en la sangre, medía las dosis de insulina con cuidado y su presencia se le hizo imprescindible.

De la universidad le informaron que tenía que finalizar algunas formalidades, firmar documentos para conseguir su certificación y decidió ausentarse por dos semanas, las tías le aseguraron que se ocuparían de todo. Fernandito con una excusa u otra no podía regresar, estaba ocupado con sus estudios de mestría y el trabajo, le tocaba a ella. Al llegar a Atlanta se enteró que Bruce había renunciado y se rumoraba que había regresado a Boston o a lo mejor a New York, nadie en el hospital estaba seguro de su destino. De alguna manera le mortificó que no se hubiera comunicado con ella, se habían prometido seguir siempre en contacto. Fueron dos semanas de diario papeleo en la universidad y noches de ansiosa soledad sin ganas de llamar a otras amistades. Entonces se percató cuánto extrañaba a Bruce que con su voz calmada le había ofrecido un amor sin complicaciones que hubiera podido corresponder.

A su regreso encontró a su padre otra vez muy enfermo y a su cabecera asombrosamente estaba Helena, una Helena tan cambiada que le costó algo reconocerla. No era la Helena elegante y llena de vida que recordaba. Muy delgada, el cabello recogido en un severo moño, líneas profundas en el rostro denotaban lo mucho que había envejecido. Sin ninguna explicación había aparecido de la nada y a pesar de las discretas objeciones de las tías, don Fernando la había recibido con una débil sonrisa de felicidad y no se atrevieron a contrariarlo. Daniela se sintió defraudada, su rencor no reconocía perdón y no le fue fácil acostumbrarse a ver a Helena en su nuevo papel de amante esposa dedicada al cuidado del enfermo. Desde el principio le habló muy poco, no hubo abrazos ni derramó lágrimas de felicidad, pero decidió no hacer recriminaciones tanto tiempo guardadas, ni tampoco propiciar momentos de intimidad. No tenía nada que hablar con Helena.

Mucho después cuando ya no importaba, se enteró que fue su padre el que la había mandado a buscar con urgencia y ella había atendido su llamado de inmediato. Las tías entre sollozos y suspiros le anunciaron una mañana cualquiera que Fernando y Helena, en una ceremonia privada a la que no habían sido invitadas, se habían vuelto a casar. Indignada escogió alejarse, su padre ya no la necesitaba para nada, una vez más se rendía ante las circunstancias.

Alquiló un pequeño apartamento y se ocupó en montar un consultorio, ya era hora de comenzar a trabajar para mantenerse. Ofreció sus servicios en varias clínicas como experta en relaciones familiares de adictos, los efectos sicológicos de las enfermedades de transmisión sexual y comenzó a tener pacientes de inmediato. La plaga de la drogadicción se extendía incontrolable por todas las clases sociales, una verdadera epidemia.

Visitaba a su padre a diario, esforzándose por ignorar a Helena que como una sombra permanecía a su lado, la muy hipócrita. Tras una larga y penosa agonía, don Fernando murió dos años después y así fue como a Daniela le tocó en herencia lidiar con su madre por el resto de su vida, él se lo pidió en uno de esos pocos momentos a solas que tuvieron antes de su muerte.

-Encárgate de ella Dani, te lo ruego, tú eres fuerte, algún día entenderás lo pasado, ella te va a necesitar. No le guardes rencor, no tuvo la culpa de lo sucedido. Yo me encargué de alejarla de ustedes, soy culpable de todo lo ocurrido.

Y aceptó la responsabilidad sin hacer las preguntas que hervían en su garganta, ya no importaba de quién era la culpa, ella conocía toda la verdad. La vida de su adorado padre se extinguía sin remedio, no valía la pena extenderse en reproches sin sentido. Al lado de Helena que no dejaba de sollozar lo vio partir, su rostro una máscara tallada en piedra agarrada de la mano de su hermano que llegó a última hora y parecía no sentir emoción alguna, como si estuviera muy lejos de allí.

IX

Al llegar a la central de la policía muy cerca de las nueve de la mañana ¿es jueves o viernes? le parece estar perdida en el tiempo como en un laberinto sin salida. Nota el coche de Ana Cecilia aparcado del otro lado de la calle y se resigna a enfrentar sus reclamos. El detective Sanjur la espera en la entrada para conducirla a través de un vericueto de pasillos y oficinas repletas de personas que por el volumen de sus voces parecen estar muy alterada exigiendo todos a la vez ser escuchados. Al llegar al lugar del interrogatorio, evade la mirada inquisitiva de Ana Cecilia que terminada su declaración se retira. El detective viste el arrugado saco. La estridente camisa rosada adornada por la corbata de rayas, da la impresión que durmió vestido. El rostro marcado por líneas de fatiga, los ojos bordeados por profundas ojeras denotan que no ha descansado desde la noche anterior. Otra secretaria muy parecida a la anterior la espera para tomar sus declaraciones, la mirada indiferente, un generoso escote anuncia todos sus encantos mientras teclea con desgano las respuestas.

-Dra. Miralles, la madre de Lilian Ariosto asegura que usted conoce a todas sus amigas.

-Eso no es correcto, detective, lo único que sé es lo que ella a veces relataba de forma incoherente, cuando regresaba de sus escapatorias, esa niña estaba muy confundida. La doctora Gálvez la examinaba cada vez sin encontrar huellas de violación. Ni en su colegio saben quiénes eran sus mejores amigas.

-¿Y cómo se percató de que en el colegio no saben nada?

Adivina la suspicacia en la pregunta, el recelo, algo de frialdad en la voz, el detective duda de su veracidad y no lo oculta.

-Bueno, se me ocurrió visitar el colegio ayer en busca de algunas respuestas. La directora que me atendió enseguida llamó a una de sus maestras pero no están seguras de quiénes eran las amigas de Lilian.- contesta tratando de mantener la calma, no aparentar nerviosismo.

-Doctora, quiero recordarle que las autoridades están a cargo de esta investigación, es a nosotros que nos toca hablar con sus profesoras, buscar a las amigas. Ese no es su lugar y si tiene algo más que añadir...

-Pero hasta ahora ustedes no lo han hecho, me parece que han investigado muy poco- protesta.

Se arrepiente de haber revelado su visita al colegio de Lilian y se percata que el detective está molesto, pero no le importa. No va a decir una palabra más y dan por terminada la entrevista. A la salida encuentra a Ana Cecilia esperando al lado de su auto. En el horizonte gruesos nubarrones presagian lluvia, una ventolina molesta levanta una nube de polvo a su alrededor.

-Dani, ¿porqué no declaraste todo lo que sabes? Lilian me decía muy poco, costaba trabajo examinarla. Pero tú sabes mucho más, no te entiendo.

-No empieces a imaginar cosas, les dije la verdad, sé lo mismo que tú. Fuí al colegio de Lilian en un impulso y allí me aseguraron que no saben quiénes son sus amigas cercanas, pero la directora prometió que iba a investigar.

-Hazme el favor Dani, esas averiguaciones le corresponde a la policía, no tenías que meterte a investigar nada en la escuela de la niña.

-Era mi paciente no supe diagnosticar lo que le ocurría cuando más lo necesitaba.

-No debes echarte encima esa carga moral, olvídalo, no tenemos más nada que ver en este asunto, deja que la policía haga su trabajo. Tú y yo sabemos que Lilian no estaba bien de la cabeza, andaba en busca de problemas.

-Tenemos mucha responsabilidad en este asunto, no puedo olvidarlo, no puedo. Esa noche me dejó un mensaje pidiendo auxilio, parecía estar muy asustada, pero no dijo en dónde estaba.

-Ignoraba esa parte de la historia. No te alteres, si crees que debemos seguir investigando, así lo haremos, pero no tú sola. Puede ser peligroso, no sabía que estabas tan apegada a Lilian.

Ana Cecilia la mira preocupada, le parece que su amiga está tomando atribuciones que no le corresponden. No hay lucidez en sus aseveraciones teñidas de un tinte de culpabilidad que no tiene razón de ser. Las dos hicieron lo posible por desenmarañar los conflictos que aquejaban la mente de la joven. Se despide con la promesa que se encontrarán esa noche.

-¿Porqué no vienes a cenar con nosotros, como a las siete? Te hará bien alejarte un poco de este asunto.

-Sí, sí, está bien, yo te confirmo si puedo ir- afirma.

Le urge alejarse de Ana Cecilia, tiene tanto que hacer, sobre todo el asunto de Ignacio que ha relegado a un rincón de su memoria por escasos momentos, adivinando la tormenta por venir sin tener la menor idea cómo enfrentará esa situación cuando su amigo aparezca. En su oficina la espera Mariana con cara de disgusto.

-Doctora, los periodistas me tienen loca, quieren una entrevista con usted referente al asunto de Lilian, ya sabe como pueden ser de impertinentes.

-No estoy para ningún periodista. ¿Me ha llamado Alfredo?

-No doctora, ni una palabra.

¿Qué podía hacer en esos momentos? Me sentía perdida sin rumbo ni certezas, todo sucedía demasiado rápido. Por un lado la incógnita de la muerte de Lilian y su extraña llamada y por el otro la enfermedad de Ignacio y su desaparición. Atendí como pude a los pacientes que me esperaban esa mañana, pendiente del teléfono y cuando terminaba a las doce, Mariana me anunció la visita del señor Ariosto que insistía en verme y me estremecí. No me sentía preparada para intentar descifrarle el enigma de la muerte de su hija.

Cuando entra a la oficina Daniela se percata del cambio que ha tenido lugar en su persona. Ha perdido el aire agresivo y exigente que llevara cuando lo conoció. Ahora parece más bien un hombre agobiado por la inmensidad de una pena que no puede disimular, los ojos parecen canicas sin brillo incrustadas en las cuencas rodeadas de oscuras ojeras. La arrugada camisa, el cabello en desorden, denotan que no ha tenido tiempo de cambiarse al regresar del viaje.

-Señor Ariosto, cuánto siento la muerte de Lilian.

-Dispensémos de formalidades, doctora. Usted debe imaginar por qué estoy aquí.

-¿A qué se refiere?

-Usted era su sicóloga, estaba al tanto de sus problemas. No, no crea que la estoy acusando de no haberse preocupado lo suficiente, lo que le pido es que me ayude a encontrar una respuesta a esta tragedia.

-La policía se encarga de eso, Señor Ariosto, es su trabajo.

-Yo quiero que usted se encargue, doctora, nadie más que usted debe conocer todos sus secretos, nadie más que usted. Dicen que murió ahorcada, en realidad no saben qué ocurrió o porqué, pero usted tiene que investigar. No quiero que la muerte de mi hija quede impune, era solamente una niña... Usted me entiende ¿verdad?

Rompe en un llanto seco que sale de lo profundo de su garganta y trata de suprimir. Espera inquieta hasta que recupere la compostura, se percata que es un hombre orgulloso, no dado a demostraciones emotivas y mucho menos en público.

-Y la señora Ariosto ¿cómo se encuentra? La pobre, estaba muy alterada.

-¿Ella? Cuando regresé de viaje casi no quiso hablar conmigo y corrió a refugiarse en casa de su hermana. Cree que voy a recriminarla por algo que en realidad es su culpa y lo sabe. Ya no importa, ya nada importa y nunca más volveremos a vivir bajo el mismo techo, se lo aseguro. ¿Sabe usted? Mi hija era una niña dulce antes de todo esto mire como era en realidad.

Del bolsillo saca unas fotos que muestra una niña de trenzas y sonrisa angelical, en brazos de un hombre joven que mira de frente a la cámara con una mirada feliz y a su lado una mujer delgada que en nada se parece a la actual señora Ariosto, permance seria, con una mirada de asombro. En otras fotos, Lilian posa montada en un velocípedo o jugando en la playa con su hermano y un perrito lanudo, Lilian la niña inocente en tiempos felices.

-La empresa en donde trabajaba cerró y me costó encontrar ocupación. Llevo siete años viajando, no me quedó otra alternativa, soy vendedor de una compañía de la Zona Libre y desde ese día todo en mi hogar comenzó a cambiar. ¿Usted entiende, verdad? A mi edad no me quedó otra opción, tuve que salir a ganarme la vida.

Quise encontrar palabras que en algo aliviaran el dolor que lo agobiaba, de alguna manera llevarle algún consuelo, pero me detuve al percibir que no había buscado mi compañía para quejarse de su pérdida, otro propósito lo animaba y me preparé a escucharlo. Comenzó por asegurar que sabía en dónde estaban los amigos de Lilian, la manera de averiguar todos sus secretos, descifrar la incógnita de las escapatorias, encontrar su asesino. Lo miré asombrada sin saber qué decir, preocupada por la gravedad de sus declaraciones.

-La computadora ¿sabe? Allí está la respuesta. Se pasaba horas encerrada en su habitación supuestamente estudiando, pero yo sabía que vivía pegada a ese aparato atisbando a través de la única ventana que le permitía escapar de la realidad. Su línea telefónica permanecía ocupada por horas, viajaba en Internet, chateaba con sus amigos como dicen ahora. Quizás debí supervisar lo que hacía, pero me pareció entonces el menor de los males dejarla que tuviera su propio teléfono.

-¿La computadora?- lo miré asombrada sin acabar de entender.

-Sí, la tengo abajo en el coche, la retiré de su cuarto pensando en los policías, antes de que se les ocurra investigar más, usted sabe cómo son esas cosas. Allí está la respuesta, por favor doctora, no puedo exhibir las intimidades de mi hija frente a esa gente, me parecerá como si muere una vez más y a mis manos -la voz se quiebra en un sollozo ahogado

-Pero, ¿qué propone que haga con la computadora de Lilian?

-Quiero que estudie su contenido, el correo electrónico, encuentre el vínculo entre mi hija y los responsables de su muerte, allí está, estoy seguro. Creo que mantenía hasta un diario de su vida, una vez lo comentó. Debe quedar todo entre usted y yo. Lilian tendía a exagerar ciertas situaciones, a inventar cosas. Usted me debe ese favor y tómese el tiempo que sea necesario, Lilian está muerta y terminó la urgencia que nos exigía su vida. No sé cuándo nos devolverán su cuerpo para enterrarlo como debe ser, ya poco importa.

No me atreví a negarme aunque el sentido común me aconsejara apartarme de la situación y convencerlo de que era mejor dejar todo el asunto en manos de las autoridades. Bajé con él al garaje para trasladar la computadora de Lilian a mi co-

che prometiendo informarle si encontraba alguna pista. Regresé a casa manejando como poseída, tratando de decidir si debía o no aceptar la responsabilidad, mientras que en el asiento de atrás el ojo apagado me taladraba la espalda con su presencia amenazadora. El portero me ayudó a colocar el aparato sobre el escritorio de mi estudio y allí quedó en silencio, quizás el mudo testigo de un horrendo crimen. En la cocina encontré una nota de Delia, había llevado a Niki al parque cercano, para un largo paseo, de seguro que para atenuar sus tardanzas de cada mañana.

Regresa al estudio, tratando de no pensar en el asunto de la computadora. El parpadeo del contestador exige su atención y se apresura a recibir sus mensajes. Ni una palabra de parte de Ignacio o Alfredo, pero María, la cocinera de Helena, en tono insistente en dos ocasiones le pide que llame a la casa y se apresura a hacerlo.

-María, ¿porqué no me llamó a la oficina?

-No se me ocurrió doctora, perdone. Algo le está pasando a la señora por eso la llamé. Al mediodía después que le serví el almuerzo dijo que podía irme, no me necesitaba más, ella podía hacer todo en la casa, estaba calmada y algo extraña. Después de comer muy poco se acostó, no sé qué hacer y allí sigue tendida como una muerta, pero con los ojos muy abiertos. Da miedo verla, parece que estuviera esperando lo peor.

-No se le ocurra dejarla sola, ya te habrás percatado que está algo enferma de los nervios, cuando despierte se le habrá olvidado.

-Bueno, si usted lo ordena, pero vuelvo a insistir que no está dormida. Y si se le ocurre acusarme de algo, ya veré que hago. Yo creo que usted debería venir de inmediato.

Nota la preocupación en la voz de María y le promete pasar por la casa lo antes posible. Un profundo desaliento se apodera de su persona, quizás deba compartir algunas responsabilidades y se decide llamar a Pedro Carlos, alguien en quien confía a plenitud, capaz de escuchar sin polemizar como Ana Cecilia. Sí, su amigo puede ayudarla a encontrar a Ignacio y sobre todo a tomar la decisión adecuada, lo que debe hacer con la computadora de Lilian. Del problema de Helena y su enfermedad se encargará ella, es su cruz personal. Y de la nada, un recuerdo cercano comienza a atormentarla, una palabra que dejó escapar sin cuestionarla. El señor Ariosto mencionó que su hija había muerto ¿ahorcada? Qué raro, el detective habló de estrangulación, los términos aunque similares tíenen una connotación muy distinta y pueden confundirse, pero a lo mejor el Señor Ariosto en su ofuscación habló de la horca, bueno tendrá que aclararlo con el detective Sanjur que no debe estar muy deseoso de hablar con ella. Su llamada localiza a Pedro Carlos de inmediato en la oficina central de la compañía en donde trabaja. La escucha por unos minutos sin hacer comentario alguno.

-Ya me extrañaba que no me hubieras llamado, Ana Cecilia está molesta contigo por no decirle de inmediato lo de la muerte de esa paciente de ustedes.

-Sí, ya lo sé. El problema que tengo es muy complejo, tú no has tenido nada que ver en el asunto y puedes ser objetivo, ella no, bueno, ya sabes cómo es. Por favor, te espero.

-Sí, te comprendo, Ana Cecilia solamente acepta su propio juicio y el de nadie más. Voy para allá enseguida.

El tono de su voz le recuerda el conflicto que adivina entre sus amigos y se culpa por no haberse inmiscuido en sus asuntos como se había prometido. Sentada en la terraza espera a Pedro Carlos, confundida, preocupada por la amargura que destila su voz, casi anonadada por los sucesos que se apilan sin darle tiempo a encontrar soluciones, o desentrañar misterios. La muerte de Lilian, el paradero de Ignacio y sobre todo los arrebatos de Helena, siempre Helena.   La distrae la presencia de Niki que a su regreso, corre ladrando a la terraza, la larga cola es un remolino, dispuesto a hacerse oír por su dueña de todas maneras. Es jueves por la tarde.

X

Pedro Carlos la encuentra todavía sentada en la terraza, la mirada perdida en el horizonte, en donde las olas se confunden con el azul cobalto de un cielo algo nublado. De inmediato nota el intenso aire de preocupación que ensombrece sus facciones, el rostro algo pálido sin rastro de maquillaje alguno, pequeñas arrugas comienzan a insinuarse alrededor de los ojos, los labios fruncidos, resecos. El asunto a tratar debe ser muy serio, nunca la ha visto así. Se acerca a saludarla con un beso en la frente.

-¿Me puedo servir un whiskey antes de iniciar el diálogo? Por lo que me has contado sospecho que lo voy a necesitar, tienes una cara...

-Cómo no, si es que queda algo en la botella- añade al recordar la borrachera de Ignacio.

De la nada aparece Delia con una bandeja y dos vasos con hielo, la botella de whiskey a medias, una jarrita de agua, parece haber estado escuchando lo que hablaban.

-Muchas gracias, Delia, ya no te voy a necesitar, puedes irte.

-¿No va a comer nada, doctora?

-No tengo hambre, gracias y puedes marcharte.

No quiere entretener la curiosidad de la empleada, satisfacer su morbo, está segura que ha oído toda la confesión de Ignacio y debe estar enterada del asunto de Lilian por uno de esos tabloides que devora a diario. La mujer se aleja con un destello de molestia en los ojos y Daniela espera el portazo que indica su partida para iniciar la conversación. Pedro Carlos la observa con curiosidad mientras saborea la bebida que ha preparado.

-Tienes cara de no haber dormido bien en varias noches.

-¿Se me nota? Desde el martes estoy metida en una especie de infierno, si no es una cosa es la otra.

-Bueno, estoy aquí para escucharte y ver si puedo ayudarte en algo.

Inicia la penosa narración tratando de no omitir detalles. Primero lo de Lilian, que en ocasiones la obliga a detenerse, la imagen del cuerpo en la morgue que atormenta su sensibilidad y llena sus ojos de lágrimas. A su lado Pedro Carlos la escucha sin interrupciones, intrigado ante la tremenda emoción que sacude a su amiga.

-La encontraron muerta tirada en unos matorrales por las Cumbres en la madrugada del martes, estaba medio desnuda y todavía no han determinado la causa de muerte. Unas horas antes me dejó un confuso mensaje de auxilio en el teléfono sin dejar direcciones. Encontraron en sus bolsillos una de mis tarjetas y por eso la policía me contactó de inmediato para hacer la identificación del cuerpo. No te imaginas lo que fue eso... - se detiene torturada por los recuerdos.

-Yo escuché algo de eso en las noticias, cuánto lo siento Dani, que te hayan involucrado en algo tan sórdido. No hay nada que puedas hacer ahora, olvídalo.

- Es que no te imaginas el resto de la historia. Su padre me trajo la computadora de la niña, aduce que en su correo está el secreto de su muerte, las amistades que tenía quizás la llevaron a ese final. Todo esto me asusta, no sé qué hacer, los policías se van a molestar bastante si se enteran.

-Pues sí, se van a molestar y mucho, este asunto les compete, esa computadora puede darles pistas importantes, a ti no te toca examinarla, no es asunto tuyo. Tu paciente está muerta.

-Porque ha muerto de esa manera tan horrible es que debo involucrarme. Me siento responsable, en algo le fallé a esa pobre niña. Ahora necesito tu ayuda, eres experto en computadoras y si logras encontrar algo relevante, entonces llamo a la policía. El padre me ha autorizado, me ha rogado para que lleve a cabo esta investigación en completa discreción y no quiero defraudarlo a él también.

Pedro Carlos la mira largamente mientras saborea el whiskey.

-Hay algo más que te preocupa ¿verdad? Me da la impresión que estás dejando algo por fuera, Dani.

-Me conoces demasiado bien, es algo muy serio que tiene que ver con Ignacio- le contesta con voz tenue.

Pedro Carlos una sola vez interrumpe su narración con un suave silbido al enterarse del asunto, los ojos dilatados en una interrogante.

-No, no es lo que piensas, Ignacio no era bisexual, lo contagió una de sus mujeres, las tiene por todas partes, ya sabes lo mujeriego que es. En realidad no tiene importancia cómo se contagió, lo que importa ahora es ver cómo podemos ayudarlo. Confieso que me siento perdida, atrapada por mis prejuicios, he tenido muy poca compasión con los enfermos de SIDA, mea culpa. Llegué a expresar en tono doctoral en un programa que una conducta sexual desordenada, era la causa de esta epidemia, excepto desde luego los niños inocentes contagiados al nacer, las esposas desprevenidas. Sin decirlo abiertamente me encarnicé con los que se contagian merecedores de su mal por su falta de control personal. Desde que me enteré de lo de Ignacio, he estado luchando con esos sentimientos de rechazo. Me doy cuenta que en realidad no tengo derecho a juzgar a nadie, le puede pasar a cualquiera, con tantos portadores del virus que andan por ahí tan tranquilos. Creo que es por eso que Ignacio se ha alejado, debe recordar mis duras opiniones y tengo mucho temor que tome una decisión desesperada al no haber encontrado apoyo de mi parte.

-¿De verdad que te has librado de tus prejuicios? No es nada fácil, Dani, se te nota en la voz que no te decides.

No puede responder. Ha sido entrenada para ayudar a la gente, no es su lugar juzgar y sin embargo lo ha hecho. No es que quiera engañarlo ni engañarse a sí misma y se debate con la noción que su intolerancia ha alejado a Ignacio. De la nada el recuerdo de Bruce con su absoluta compasión por todos sus pacientes aún los más reincidentes, la lleva al pasado lejano. Él sabría manejar la situación actual, nunca tomaba partido en las muchas crisis que les tocó compartir, nunca.

-Tenemos que encontrarlo, lo que yo sienta ahora es irrelevante. Quiero que te metas en la computadora de esa niña a ver si logras averiguar algo. Su padre está convencido que allí está la respuesta.

-Vuelvo a repetir que me parece que ese asunto le compete a la policía.

-Por favor Pedro Carlos, tienes que ayudarme...

-Está bien, comenzaré ahora mismo. Eso sí, con una buena provisión de whiskey y una jarra de agua a mi lado.

Lo mira preocupada, no sabía que su amigo tomara tanto, quizás los problemas con Ana Cecilia lo han llevado a eso. Lo instala en su escritorio, mientras él conecta la computadora de Lilian. No es un aparato demasiado complicado, uno de esos de poca memoria que compran los estudiantes.

-Déjame solo, esto puede tomar bastante tiempo. A lo mejor tengo que utilizar tu impresora. ¿Tienes servicio de Internet? Lo voy a necesitar. Espero que esa niña no haya inventado una clave demasiado complicada para entrar en su correo.

-Sí, allí tienes de todo y ojalá puedas resolver el problema.

Su computadora permanece en silencio, desde ese fatídico martes no la ha encendido, debe tener un montón de mensajes pendientes. Prefiere que las preguntas de sus pacientes, a veces sobre asuntos muy delicados y personales, lleguen a la privacidad de su casa sin pasar por los ojos curiosos de su secretaria.

-Te dejo, tengo que ir a ver a Helena, algo le está pasando. No creo que sea nada grave, ya sabes como es mi madre, le encanta llamar la atención.

-Dani, ¿estás segura que quieres hacer esto?- el rostro serio la mira preocupado.

-Sí, asumo toda la responsabilidad y gracias Pedro Carlos, muchas gracias.

El monitor de Lilian se prende en un estallido de colores y sonidos, por el espacio cibernético flotan flores y pájaros hasta que se inicia el programa y lo deja absorto en la información que va apareciendo.

Al llegar a la casa nota que todo está a oscuras, aunque ya cae la tarde y entra con la premonición que algo grave está ocurriendo. En la cocina encuentra a María enfrascada en un programa de televisión. No recordaba que tuvieran un aparato allí, pero a lo mejor es el que pertenece en el cuarto de la doméstica. Helena jamás ha permitido que las empleadas vean televisión mientras cocinan. La mujer brinca sobresaltada al verla.

-¡Qué susto me ha dado! No la oí llegar doctora.

-¿Qué le está pasando a Helena?

-Bueno, como le dije, después del almuerzo -que casi la señora no probó- se retiró a su habitación. Al poco rato me llamó y la encontré acostada en una pose extraña y me dijo que podía marcharme que ella estaba en control de la casa, no necesitaba a más nadie. Las dos veces que he tratado de hablarle no contesta aunque sigue en la misma pose con los ojos muy abiertos, pensé que a lo mejor le había dado un derrame, pero se mueve muy bien, es como si se hubiera ausentado de su cuerpo, doctora, igualito.

-Llama al doctor Castelo y dile que venga lo antes posible. También pon a hervir agua para hacerle un té de manzanilla.

En un rincón la televisión sigue parloteando los detalles de un concurso de premios a cualquier osadía a la que se sometan los participantes y la cocinera se apresura a apagar el aparato al notar la mirada de disgusto de Daniela. En la habitación encuentra a Helena tendida en la cama, los ojos abiertos fijos en el cielo raso, los brazos cruzados sobre el pecho, ataviada con un traje rojo largo que le trae memorias lejanas. Mientras se esfuerza en recordar la ocasión se acerca a enfrentarse con su madre.

-¿Qué te sucede Helena, te sientes mal?

No obtiene respuesta alguna, la mujer con los ojos fijos en el espacio no parece haberse percatado de su presencia. Daniela se sienta al borde de la cama y nota que sujeta con fuerza contra su pecho un grueso manojo de cartas atados con una cinta negra, la cara desencajada, la mirada ausente, la frente fruncida en arrugas que no estaban presentes el martes por la noche cuando la llevó al restaurante. Parece haber envejecido de súbito un montón de años. Le sujeta las manos crispadas sobre el paquete que se resiste a soltar. El vestido rojo vuelve a llamar su atención, el pronunciado escote destaca la huesuda anatomía de la mujer mucho más delgada que cuando estrenó el atuendo, y recuerda la ocasión. Sí, es el vestido rojo de los quince años. No acaba de decidir si aquello simplemente la incomoda, o la llena de una intensa desazón.

-Helena, por favor, siéntate, vamos a tomar una taza de té que te hará bien.

Los ojos azorados la contemplan como quien mira a una desconocida y Daniela se percata que las palabras de la cocinera son exactas, parece alguien cuya mente ha abandonado el cuerpo.

Era mi madre, esa extraña vestida de rojo, era mi madre y traté de rebuscar dentro de mí algo de compasión, algo de amor, del amor de hace tanto tiempo cuando ella era mamá y no Helena y no lo encontré. Frente a esa extraña me sentía seca por dentro. El doctor llevó a cabo un examen cuidadoso y terminó confirmando que sus sospechas eran reales.

La enfermedad ha hecho crisis, es Alzheimer, me dijo con voz grave. Puede tener noción de su identidad de vez en cuando, pero cada vez más se irá retrayendo en un lugar oscuro de la mente de donde no hay salida. Es el curso de esta enfermedad. Nos toca mantenerla en un ambiente tranquilo, vigilando sus comidas de cerca. A estos enfermos a veces les da por rechazar alimentos, como si una tenue chispa de entendimiento les soplara que sería mejor morirse lo antes posible que vivir como un vegetal. Desafortunadamente no tenemos un tratamiento efectivo, aunque hay ciertas drogas que mejoran en algo la situación, pero el pronóstico no es bueno.

Cerró el maletín y se marchó dejándome sola contemplando lo que quedaba de Helena, ajada, triste y vestida de rojo. De la nada, una lágrima solitaria cruzó su rostro dejando en la mejilla la huella negra del rimel que le daba aspecto de payaso y como un relámpago una huella similar en otra cara cruzó mi memoria. Había sentido más compasión por una extraña que por mi madre y algo avergonzada la abracé y se recogió gustosa en mis brazos como un pajarito perdido en la tormenta, el paquete de cartas atado con una cinta negra latiendo entre las dos.

XI

Le costó un esfuerzo enorme lidiar con Helena después de la muerte de don Fernando, disimulando sentimientos de rechazo al verla sumergida en un duelo que le parecía ridículo. A lo mejor trataba de borrar el recuerdo de sus acciones pasadas con su extraña conducta. Vestida de negro de pies a cabeza llevaba una rosa a diario a la cripta en donde reposaban las cenizas de don Fernando y al regresar a casa se encerraba, en una soledad sin alivio. La cocinera le informó que comía muy poco. Representaba a la perfección el papel de una viuda desconsolada por la pérdida de su amado consorte. No importaba lo que hiciera, a ella no la engañaba y las tías no contribuían a apaciguar su rencor.

-Lágrimas de cocodrilo- oyó murmurar a la tía Miren después del funeral.

-Es que a lo mejor no quiere perderse la herencia, Helena quiere plata- comentó la otra.

Pero la herencia estaba asegurada. Todo lo que tenía su padre pasaba a Helena excepto un edificio de apartamentos, el producto de cuya venta sería dividido entre su hermano y ella. Hacía mucho que don Fernando se había encargado que a sus hermanas -que aún residían en la casa paterna- no les faltase nada.

-No pienso quedarme a vivir en este país, así que te puedes quedar con todo- le anunció Fernandito cuando regresaba a su trabajo en la universidad después del funeral.

Durante los días de duelo su hermano más parecía un huésped incómodo, un invitado a punto de partir.

Nunca lo vio hablar a solas con Helena, como si no la conociera, era extraño. Siempre pensó que habían seguido en contacto todos esos años o a lo mejor se equivocaba y su hermano fue tan abandonado por Helena como ella. Fernandito había cambiado mucho, con los años se había convertido en la viva imagen de Helena, los mismos ojos, el cabello sedoso de un color castaño y le asombró que nunca se hubiese fijado en el parecido. Pero por su carácter melancólico y retraído en nada se parecía a la madre alegre y vivaz de otros tiempos. Ella tenía todos los rasgos de papá, el cabello negro abundante y rizado, los ojos profundos, el mentón decidido y una figura aceptable. Helena siguió refugiada en la casa por algunos meses y Daniela la visitaba a diario como una penitencia que le había impuesto la promesa hecha a su padre, pero sin sentir emoción alguna. Ana Cecilia era su única compañía después de las horas de trabajo al que se entregó en cuerpo y alma, deseosa de dejar atrás el dolor que le causara la ausencia de don Fernando.

Cuando Fernandito les anunció que se casaba en Houston, Helena se negó a viajar, alegando que le tenía miedo al avión, lo que le pareció una excusa ridícula, con las muchas veces que había viajado a Bogotá. Daniela fue sola a acompañar a su hermano el día de la boda. Él regresó una sola vez con la esposa que parecía estar asustada todo el tiempo y como Helena hablaba poco inglés la trató como a una extraña, fue una experiencia que nunca volvieron a repetir. Después nacieron los hijos, Daniela viajaba a los partos y traía fotos que Helena miraba distraída, como si se tratara de seres que en nada le importaran.

Ana Cecilia, terminada la especialización, estaba en proceso de organizar una clínica que la mantenía ocupada toda la semana, pero los viernes, se reunían como náufragos después de la tormenta a hablar de todo un poco, reinventar sus vidas acompañadas por la lengua crítica de Pedro Carlos que más o menos andaba entre mujeres todo el tiempo.

-Lo que tú necesitas es un novio y tengo al candidato dispuesto- le anunció un día.

Y claro, aquello le hizo mucha gracia, pareces una celestina dijo, pero de todos modos aceptó que trajera a Jorge Armando al apartamento el viernes siguiente, presentándolo como el enamorado que había suspirado por ella desde la fiesta de los quince cuando ni siquiera se dignó a bailar con él. Le costó trabajo recordarlo, aquella noche había quedado grabada en su cerebro por causas distintas, era embarazoso. Durante toda la jocosa presentación que hacía Pedro Carlos enumerando las virtudes de su invitado, Daniela no podía pasar por alto la sonrisa franca, el cabello nítidamente peinado hacia atrás que le daba un aire de galán del cine mudo, le cayó en gracia y no tardaron en hacerse amigos. La intimidad vino mucho después, cuando ya tenían una carrera establecida y aceptaran que en realidad entre los dos existía algo más complejo que una simple amistad. No fue un enamoramiento de pasiones arrebatadas, de boleros sensuales, ni serenatas a medianoche. Un buen día el casto beso de despedida se convirtió en un apasionado abrazo y sin dudarlo, lo invitó a quedarse la noche en su apartamento. Los primeros meses se encontraban los fines de semana en su casa de la playa o en el apartamento de Daniela, pero sin decirlo, de mutuo acuerdo decidieron no comprometerse a largo plazo, había que aprovechar el momento, la hora, el minuto sin ataduras permanentes. Todo fríamente calculado, eran adultos, seres pensantes.

No tenía la menor intención de casarme, me bastaba con hacer el amor de vez en cuando, era mejor así y estaba más que segura que J.A. pensaba lo mismo que yo. Sus padres se habían divorciado al igual que los míos cuando era muy joven y

en largas discusiones habíamos decidido que el matrimonio era
algo obsoleto, que pocas veces funcionaba. La época de las ata-
duras permanentes quedaba atrás, los tiempos habían cambia-
do demasiado. Fue asombroso que Ana Cecilia y Pedro Carlos
decidieran casarse y más aún cuando en poco tiempo tuvieron
dos hijos, parecía inaudito que cambiaran de parecer después de
tantas y tantas sesudas discusiones acerca de las inconvenien-
cias del matrimonio. Pero a medida que pasaban los meses la
relación se fue estrechando, necesitaba ver a J.A. a diario o me
sentía incompleta, lo esperaba en mi apartamento o acudía pre-
surosa a su lado y pensé que a él le ocurría lo mismo. La rela-
ción era perfecta hasta que mi trabajo y el programa comenzó a
separarnos, pero estaba segura que él entendía, no nos amarraba
ningún compromiso, solo un amor verdadero sin exigencias.
Quizás nunca tuvimos la franqueza de manifestar lo que real-
mente necesitábamos, o nunca hubo nada real entre nosotros,
aún hoy después de todo lo pasado, no estoy segura.

Daniela nunca se imaginó que iba a convertirse en
una celebridad, su presencia requerida por todas partes.
De la nada apareció Ignacio a proponerle que la televisión
era el medio adecuado para llegar a todas partes en una
sola noche y aceptó embarcarse en un programa semanal
que le pareció la gran aventura de su vida. Ignacio tenía
mucha experiencia en la televisión, detrás de él cinco o
seis programas muy exitosos, sobre problemas urbanos
y política, tenía una reputación impecable y la convenció
que tenían un producto vendible a los anunciantes.

-Doctora Miralles, ¿por qué se mata yendo de escuela en escuela a predicar conducta sexual y sus peligros
si puedes llegar a todas las escuelas del país en una hora?
Ya verá los resultados doctora, confíe en mi, le aseguro
que tendrá una audiencia televisiva nunca vista antes en
un programa en vivo en este país. Además las grabacio-
nes se pueden vender en otros lugares- le dijo.

Y aceptó, el hombre era muy convincente y el programa que le proponía era lo ideal. Frente a una audiencia de jóvenes en vivo, contestando sus inquietudes, dando explicaciones, ocasionalmente introduciendo preguntas de televidentes hechas por teléfono. En pocas semanas, el programa era un verdadero éxito con una enorme audiencia. Pero la preparación de todo aquello exigía un gran esfuerzo, que le quitaba mucho tiempo y la fue alejando de Jorge Armando.

Mientras tanto Helena comenzó a cambiar. Pasaba sus días de tienda en tienda, comprando los atuendos más extravagantes que hubiera podido escoger, volvió a llenar la casa de amigos pero no como antes, era gente diferente. A veces las reuniones eran con distintos grupos religiosos que predicaban y rezaban con un sonsonete interminable, batiendo palmas como enajenados dando aleluyas a gritos. Otras tardes llenaba la sala de universitarios que discutían alterados sus preferencias políticas y ella revoloteaba en el medio como en los tiempos lejanos, repartiendo refrescos y galletitas -nada de licor-, ataviada con estrafalarios atuendos. Parecía estar tratando de volver a su juventud, era embarazoso contemplarla hasta que Daniela comenzó a notar que la memoria de su madre se iba envolviendo en brumas que le costaba bastante disipar.

Procuraba no llegar cuando tenía visitantes, en el fondo de la memoria un miedo visceral insistía en retratar al hombre vestido de negro, protagonista frecuente de mis peores pesadillas, temía encontrarlo acomodado en un rincón de la sala con su sonrisa enigmática y sabía que esta vez me iba a ser imposible tolerarlo. Helena decidió hacerse la primera cirugía plástica en los ojos porque los párpados le pesaban según ella y después fue el cuello que le colgaba y las mejillas que le abultaban hasta convertirse en una especie de cacatúa, la piel como un plástico

*estirado. Debía haber intuido que era algo más que vanidad lo
que impulsaba su extraña conducta, pero mis prejuicios seña-
laban que era una más de las excentricidades que habían causado tanta infelicidad a mi padre. Así comenzó la lenta desintegración de Helena, las peleas con las empleadas, los cambios de
apariencia, nuestro purgatorio privado que sobrellevaba aunque
de mala gana. Ahora todo eso ha cambiado. Helena yace en su
lecho, perdida en un universo aparte, la responsabilidad es toda
mía, no me queda otra opción.*

Regresa a su apartamento acompañada de una tenaz llovizna que empaña los vidrios del carro, maneja
como una autómata, son las once de la noche, le duele
todo el cuerpo y ansía meterse en la cama cuanto antes.
María le ha prometido quedarse al lado de Helena hasta
que llegue la auxiliar en la mañana. El espejo refleja sus
ojos ansiosos, la mueca de fatiga en la boca, le cuesta trabajo reconocer su imagen. Al entrar al apartamento Niki
la recibe entusiasta y le sorprende encontrar que en el
estudio aún sigue Pedro Carlos absorto frente a la computadora de Lilian.

-No esperaba encontrarte todavía aquí- dice des-
ganada.

-¿Qué le pasa a Helena?

-Está bastante enferma, después te cuento los detalles. El doctor que la está atendiendo no se decide a dar
un diagnóstico. Y tú, ¿qué has averiguado?

-Mira Dani, esta noche ha sido un paseo por la
mente enferma de un montón de adolescentes. Visité en
Internet los sitios favoritos de Lilian y logré entrar en algunas de esas direcciones. Tu amiguita tenía amistades
tenebrosas por todo el globo: el club de adolescentes suicidas de Inglaterra, los rebeldes que aseguran que están
dispuestos a asesinar a sus maestros en Estados Unidos,
jóvenes drogadictos de México que dan recetas para fa-

bricar alucinantes con productos caseros, los pornógrafos de Argentina que conocen todos los sitios que hay que visitar para ver pervertidos en toda clase de poses, esto de Internet es una locura. Llevo chateando como dicen ahora con un montón de niños descarriados y todos quieren saber si Lilian lo hizo ya, ¿pero qué? No parecen estar enterados de su muerte. Me he presentado como un nuevo amigo, les he contestado barbaridad por barbaridad que parece alegrarlos en extremo, lo único que se me ocurrió fue expresar el deseo de hacerle una maldad a mi maestra y envenenar al perro del vecino y me han dado toda clase de sugerencias, no te puedes imaginar. Este asunto amerita la investigación de expertos, Dani. Y entre paréntesis, parece ser que la niña odiaba a su madre. ¿Lo sabías? Todas sus amistades cibernéticas lo comentan como una broma.

-Sí, lo imaginaba por todo lo que hizo.

-Bueno, te dejo ya es tarde. Conservé en un directorio aparte las direcciones más chocantes. Además prometí comunicarme mañana a la misma hora con los niñitos perversos para contarles como había envenenado al perro y cuándo voy a tirarle pintura al coche de la maestra, es lo menos que puedo hacer para completar mi iniciación en el club de los diabólicos o algo así. Si quieres, te invito a estar presente cuando me comunique, pero sería mejor que incluyeras a las autoridades.

-¿Había alguien en especial que insistía en todo esto?

-Bueno no, pero todos trataban de contactar a alguien llamada Cuqui que debe saber si Lilian ya lo hizo, pero esa no contestó al llamado, aunque insistí por una hora. Su dirección no está allí, en lo del chateo. ¿Quieres intentarlo ahora?

-No, estoy agotada. Tengo que pensar, tú tienes razón, esta situación está fuera de control. Será mejor tratar mañana. Quizás en la escuela alguien sepa quién es la tal Cuqui, puede que se trate de otra alumna.

-Como quieras, te veo mañana. Llámame cuando estés preparada para proseguir con este enredo. Si los policías se enteran que has regresado al colegio de esa niña, prepárate para el tremendo regaño.

-Eso me tiene sin cuidado. ¿No ha llamado Ignacio?

-No Dani, por fortuna el teléfono no ha sonado en toda la noche. Ese otro asunto tampoco es tu responsabilidad, no puedes abarcarlo todo, no puedes. Ignacio es un adulto, déjalo tomar sus propias decisiones, para bien o para mal.

Lo despide con un abrazo preocupada al notar que su amigo ha vaciado la botella whiskey. El ladrido ansioso de Niki la obliga a llevarlo a su paseo nocturno sin importarle la llovizna fría que humedece su rostro y que de alguna manera alivia su angustia. Mañana tendrá que llamar a Fernandito, él debe estar informado de lo que le está ocurriendo a su madre. No está segura que pueda darle una explicación coherente de la situación, hace meses que no se comunican. Quizás sería mejor no mortificarlo todavía mientras la enfermedad no se defina, puede ocurrir una mejoría, su hermano tiene tantas otras responsabilidades y lo de Helena es su cruz, de ella solamente. Se lo prometió a papá y no va a fallarle. En el corazón lleva un nudo apretado alrededor de un paquete de cartas que no se atrevió a tocar y en el pensamiento Helena, siempre Helena. Es la medianoche del jueves.

XII

Despierta deslumbrada por el sol que se cuela entre las cortinas y le parece que la mañana ha llegado demasiado pronto. Le duele todo el cuerpo, se siente muy cansada como si no hubiese dormido. Desde lejos, el sonido del tráfico que llega desde la cercana avenida le indica que es algo tarde y el reloj en la mesa de noche lo confirma, son las ocho. Una ducha fría consigue reanimarla y envuelta en la bata se dirige a la cocina en donde encuentra a Delia sorbiendo un café ensimismada en un programa de noticias, que exige respuesta al asesinato de una inocente adolescente llamada Lilian que aparece en pantalla sonriente, en una foto escolar. La voz altisonante del locutor denuncia la incapacidad de las autoridades para resolver los crímenes, las violaciones a menores que afectan a la comunidad y se siente aludida. Después presentan al detective Sanjur acorralado por un reportero que micrófono en mano insiste en obtener alguna explicación, pero el detective sin detenerse se limita a indicar que muy pronto tendrán la solución de la muerte de la joven y se niega a dar detalles, eludiendo las muchas preguntas del reportero. Necesita comunicarse con él.

-Buenos días Delia, ¿por qué no me llamaste?

-Traté de despertarla, doctora. pero no contestaba y pensé que estaba demasiado cansada. Usted ha tenido un ajetro tremendo los últimos días.

-Bueno, gracias. Sírveme un café grande con leche, algo de fruta y puedes sacar a Niki.

-Ya salió hace rato, llegué temprano, pobrecito, estaba en la puerta esperándome. Caminamos por todo el vecindario. Ya usted sabe cómo es, se toma su tiempo en cada esquina.

Lo dice a propósito para hacerla sentir mal, por despedirla la noche anterior sin explicaciones, pero decide ignorar el retintín acusatorio de su voz. Desde una esquina el perro la mira y le parece que está al tanto de lo que sucede, se le acerca y frota el hocico húmedo en su pierna, como diciendo no te angusties, yo estoy aquí.

¿Por dónde empezar el día? No tiene idea. Llama a la casa y María le informa que Helena sigue dormida. La enfermera auxiliar que la va a cuidar acaba de llegar acompañada por el doctor que ha indicado dos medicamentos. Parece una mujer muy competente, no tiene porqué preocuparse le dice, todo está bajo control, doctora. Se siente más tranquila y promete ir a la casa antes del mediodía. El teléfono suena y se enfrenta con la voz airada de Ana Cecilia.

-Dani, por Dios santo ¿qué está pasando? Espero que no sigas tú sola con el asunto de Lilian. Solamente pude extraerle unos cuantas palabras a mi marido cuando llegó tardísimo medio borracho, hablando de diabólicos y que había decidido envenenar al perro del vecino. No tenemos un perro vecino, no quiero despertarlo y sé que estuvo contigo anoche.

-Si, es verdad que estaba aquí, le pedí un favor, un inmenso favor. Pero dime ¿Desde cuándo Pedro Carlos toma tanto alcohol?

-Eso no viene al caso, Dani, y contesta mi pregunta. Ya está bueno que quieras convertirte en detective, ese asunto le compete únicamente a la policía.

-Ana Cecilia, no te molestes conmigo pero tenemos que conversar, he estado preocupada por ustedes dos, me parece que algo no anda bien.

-Te voy a pedir que no te metas en nuestros asuntos personales.

Nota la frialdad en la voz, el rechazo, no vale la pena insistir en este momento, tiene demasiados problemas pendientes.

-Está bien, no te molestes. Mira, después te cuento lo que está pasando y por favor dile a Pedro Carlos que me llame en cuanto se levante.

Cuelga el teléfono, a sabiendas que una brecha invisible se insinúa entre su amiga y ella. Se viste despacio evaluando los movimientos que le toca hacer esa mañana. El maquillaje es correcto, elimina algunas líneas de preocupación, el vestido de un sobrio azul oscuro que le da un aire doctoral, tiene que aparentar indiferencia o por lo menos neutralidad. Es preciso encontrar a la Cuqui que no contesta los mensajes de sus amigos, a lo mejor en la escuela saben quién es. Cuando llegue el momento propicio le hará saber a Sanjur todo lo que ha averiguado.

No se molesta en pedir una cita y llega directamente al colegio en donde después de una corta espera la directora la recibe en la entrada con aire de preocupación y toda clase de excusas. Esta vez la conduce a un saloncito, le parece ser el lugar de regaño de alumnos díscolos acompañados de sus padres, las sillas incómodas, las paredes cubiertas de máximas de buena conducta, el sillón de la directora de respaldar alto como para enfatizar autoridad. En un nicho colocado estratégicamente en la pared, una imagen de la Virgen de Fátima iluminada por un pequeño foco, los brazos extendidos, la dulce mirada exige inmediato arrepentimiento por la falta cometida.

-Doctora, siento decirle que no hemos podido dar con la supuesta amiga íntima de Lilian, aquí ninguna niña tiene padres que viajen todo el tiempo, nadie sabe nada.

Nota el desafío, la mirada severa, molesta, ya no es la misma de hace dos días, ahora trata de aparentar que ese asunto no le concierne para nada.

-¿Usted me está diciendo que Lilian no tenía ninguna amiga en su clase? Es extraño, ha estudiado en este lugar varios años. Tendré que pedirle a la policía que obtenga el testimonio de algunas alumnas.

-Eso no es necesario, usted se equivoca, puede confundir a las niñas, sus padres se molestarían mucho.

La nota indecisa, nerviosa, algo sabe y no quiere decirlo.

-Lo siento, pero este es un asunto muy serio.

-Bueno, si usted insiste, pero le aseguro que sus compañeras saben muy poco.

Hace un gesto a la secretaria que detrás de un pequeño pupitre sigue todo el encuentro como si estuviera tomando notas y se levanta de inmediato para hacer entrar a una alumna que obviamente esperaba afuera para ser llamada.

-Esta es Berta, y creo que de todas las niñas de ese salón es la que mejor conocía a Lilian.

Daniela se enfrenta a una jovencita regordeta con el rostro cubierto por un acné florido que se extiende de las mejillas hasta la frente, nota las manos manchadas de tinta, las uñas carcomidas, el cabello lacio amarrado al descuido, el olor a sudor caldea el ambiente, la camisa sucia en dos o tres lugares.

-Hola Berta, es un placer conocerte.

Le extiende la mano en un ademán que le parece adecuado para allanar sus temores.

-Hola doctora, me gusta mucho su programa, yo siempre la veo- contesta, restregándose las manos en la falda, sin aceptar la suya.

-Muchas gracias Berta. ¿Tú sabes por qué estoy aquí?

-Sí, por lo de la muerte de Lilian.

-Tú eras su amiga ¿verdad?

-Sí doctora, es verdad.

-¿A ti te dicen Cuqui?

-No doctora, esa es otra amiga de Lilian que no está en el colegio, ella sabe de todo, nunca la conocí pero logré comunicarme por Internet, yo le cuento cosas en el chateo y ella me habla de otras cosas que puedo hacer.

-¿Qué clase de cosas?

-Bueno, cosas y algunas muy divertidas que ocurren en las películas, nada malo...

Usa las mismas palabras que Lilian para describir ese contacto y se siente angustiada recordando el informe que le ha dado Pedro Carlos, el problema es mucho más serio de lo que pensara, ¿están todas esas criaturas apresadas en una red de maldad, en sus propias hogares? se estremece. Y pensar que todo este asunto de Internet propone un mundo mejor, más informado, todos los conocimientos del planeta al alcance de un teclado.

-Berta, ¿me puedes dar el correo de Cuqui? Necesito comunicarme con ella.

Berta la mira algo asustada y titubea por unos segundos. La directora le dirige una mirada fulminante, ya está bueno de tonterías farfulla entre dientes y le extiende una hoja de papel y un lápiz.

-Yo solamente chateo con ella, de vez en cuando y le puedo dar esa dirección. A veces no contesta.

-Muchas gracias, Berta, has hecho lo correcto y te lo agradezco, no te va a pasar nada- dice tratando de apaciguar su miedo.

Porque es miedo lo que cree adivinar en el fondo de los ojos de la niña, mucho miedo. Espera a que salga para dirigirse a la directora que la mira con desconfianza.

-Esta niña Berta, ¿qué clase de vida familiar tiene?

-No nos gusta inmiscuirnos en los asuntos personales de nuestras alumnas, estamos aquí para educarlas únicamente - contesta indignada la directora.

-A lo que me refiero es si vive con sus padres, o tiene problemas familiares. Estoy segura que en una excelente escuela como ésta las autoridades están al tanto de las dificultades que confrontan sus alumnas para ayudarlas en lo que puedan- añade en tono conciliador.

-Bueno claro que sí, es nuestro deber y lo hacemos con mucha discreción. A veces no es nada fácil. Cuando la mayoría del profesorado estaba compuesta por monjas, aquí no se permitían hijas de padres divorciados o de madres solteras. Las monjas se retiraron por problemas con el Ministerio de Educación que les exigía otras normas. Los tiempos han cambiado demasiado, es horrible lo que está ocurriendo en la sociedad actual. De cada cinco niñas, dos o más son víctimas del divorcio. Y si el divorcio ocurre durante el año escolar, vemos las notas irse al piso, los problemas de mala conducta, de indisciplina, tenemos que referirlas a un psicólogo que nos da pocas respuestas, porque no hay cooperación de parte de los padres de familia que prefieren seguir peleando y ventilando sus desavenencias frente a sus hijos.

-Ya veo. ¿Y Berta qué clase de familia tiene?

-Vive con el padre y un hermano menor. Nos han informado que la señora abandonó el hogar hace dos años y él se las entiende a medias con los hijos. Ya vio lo desaliñada que esa niña viene al colegio. Le hemos llamado la atención varias veces, pero es por gusto, no hay quién la ayude en casa. Se podrá imaginar la mediocridad de su desempeño escolar. Hacemos lo que podemos con estas criaturas, pero no es nada fácil- la voz adquiere un tono compasivo que suena a falsedad.

Se despide atormentada por lo que acaba de escuchar. Lo de Berta es un cuadro similar al de Lilian. El padre trabajador, la madre ausente, la computadora el único escape a un mundo de fantasía, lejos de regaños y exigencias. La directora la escolta hasta la entrada del colegio, con un ademán que indica que prefiere no verla otra vez.

Creo que ese era el momento preciso para desistir de mis investigaciones, tenía suficiente información, ya era hora que le dijera a Sanjur todo lo que sabía, pero un perverso sentido de orgullo profesional, el deseo de llegar a descifrar los vericuetos de la mente de mi paciente que la llevaron a morir a manos extrañas me contuvo. No estaba segura, la incógnita me angustiaba, tenía que encontrar una respuesta, dar el diagnóstico final, cerrar el círculo. Atormentada por estos pensamientos me dirigí a casa de mi madre como había prometido. Allí la encontré, acostada con la mirada ausente de la tarde anterior. María se ocupaba de darle algo de almuerzo como si se tratara de una niña, bajo la estrecha supervisión de la auxiliar, que toda vestida de blanco y con un ademán de superioridad en el rostro, exudaba autoridad y competencia en el asunto de cuidar enfermos. Al notar mi presencia no esperó a que María nos presentara y me extendió una mano ancha de apretón enérgico.

-Usted debe ser la Doctora Miralles. Yo soy la auxiliar Miss Irene Gonzáles a sus órdenes.

-El gusto es mío. ¿Cómo está la Señora?- pregunté dirigiéndome a María.

-Nosotros diríamos que está estable. Ya por lo menos reconoce a la señora María- contestó Irene sin darle oportunidad a la cocinera de abrir la boca. -Lo importante es mantenerla tranquila por unas horas más y después tenemos que animarla a salir al jardín a caminar. No queremos que se nos anquilose ¿Verdad Señora Helena? Ya la vemos más animadita. Aquí está su hija, ¿qué le parece? Vamos, regálele por lo menos una sonrisita, nos pondrá muy contentas.

Una vaga irritación comienza a predisponerla en contra de Irene, la mirada azorada de Helena no denota entendimiento alguno, tendrá que hablar con el doctor al respecto de la auxiliar que le ha traído que habla en ese pomposo plural. Se acerca a la enferma rozándole la mejilla con el dorso de la mano, una vaga caricia que no espera respuesta. Le hace un gesto a María, para que termine y sigan a la cocina en donde desea darle instrucciones para las comidas y todo lo demás.

-Dígame aquí en confianza ¿cómo la encuentra?

-Lo mismo doctora, aunque cuando le ofrecí la comida me dijo déjame María. Comió muy poco.

-Quiero que me mantengas al tanto de todo los cambios.

-Y la Miss Irene, ¿debe llamarla también?

-Tú conoces a Helena bien, confío más en ti y mira a ver si puedes reclutar a Magdalena otra vez para que venga a hacer la limpieza y si hay que ofrecerle un aumento lo haces.

-Está bien, doctora, yo sé donde encontrarla.

La imagen de don Fernando apaciguando a la servidumbre le cruza por la mente es un recuerdo penoso. Regresa a la recámara, Helena dormita y a su lado Irene instalada en un sillón, lee un enorme volumen que parece ser una Biblia de portada negra.

-Señora Irene...

-Puede llamarme Miss Irene, por favor. Nosotras estaremos aquí de 8:AM a 8:PM a menos que usted disponga otra cosa. El doctor prescribió tranquilizantes que la pondrán a dormir las horas de la noche y la mantendrán tranquila durante el día.

-Hablaré con el doctor al respecto. No quiero que la mantenga drogada todo el tiempo, hay que estimular la memoria.

-Como usted diga, pero estas pacientes pueden tener sus arrebatos si no están sedadas adecuadamente- en la voz un deje molesto, al ver su autoridad cuestionada.

Va a retirarse cuando nota sobre la mesa de noche el manojo de cartas y en un impulso lo recoge, no confía en la discreción de los empleados, los secretos de Helena son suyos solamente, la memoria del hombre vestido de negro le pertenece. Al mirarlas de cerca, se sorprende al reconocer demasiado bien el autor de la letra desigual que adorna los sobres. Es la escritura de don Fernando Miralles, dirigidos a Helena Vieto a una dirección que reconoce enseguida, es la casa de la tía Elvira en Bogotá, Colombia.

XIII

Mientras se dirige a su oficina, la cabeza le da vueltas, no alcanza a entender el significado de las cartas que metió en su maletín sin querer saber más. ¿Papá le escribía a Helena a Bogotá? La ha dejado perpleja el misterio que todo aquello encierra, pero no es el momento propicio para desentrañar enigmas que pueden doler bastante. Antes que nada, necesita encontrar a Ignacio y enfrentarse a la computadora para ubicar a la elusiva Cuqui. Su secretaria le informa de las llamadas recibidas, pero ninguna es de Ignacio.

-Lo peor es que Alfredo llamó algo molesto para decir que don Ignacio debe estar borracho en algún lugar y está cansado de buscarlo, aunque seguirá tratando. No parecía estar demasiado motivado. Yo no creo que pueda haberle ocurrido algo serio, ya nos hubiéramos enterado, doctora.

-Hazme el favor Mariana, sigue tratando en su casa, en el celular, en donde se te ocurra.

-La televisora ha llamado varias veces, quieren saber si hay programa grabado para mañana. También está muy preocupado el director por la demora. Pero ¿qué le pasa al Señor Ignacio? Esto nunca había sucedido antes. No lo entiendo.

No, Mariana no entendería lo que está ocurriendo. Es tan difícil aceptar la realidad de una situación que a ella misma le está costando bastante digerir. ¿Qué puede hacer cuando lo encuentre, cómo lo va a convencer para que se someta a una terapia adecuada? Un hombre tan orgulloso, acostumbrado a brillar en la luz pública, hay que verlo cómo se pavonea frente a las cámaras, elegante, audaz, ella nada más ha sido una buena interlocutora, él es la estrella, el que logra emocionar y motivar el inicio del diálogo inteligente con el público presente en el estudio. Es capaz de disipar las inhibiciones, hacer hablar frente a las cámaras al más tímido. Tiene que convencerlo que no es el final, que hay hombres muy importantes, atletas, políticos, artistas, que sin avergonzarse han confesado en público que son portadores del virus y sirven de ejemplo para que otros no cometan los mismos errores, amén de dar una nota de esperanza a los afectados con las ventajas de las nuevas drogas antivirales. Ensaya mentalmente toda clase de argumentos que logren convencerlo, las cosas que no le dijo cuando se encontraron y se sabe vencida por los prejuicios que no expresó en voz alta, pero que Ignacio fue capaz de discernir en su mirada reprobatoria. Mariana la observa curiosa, al notar la cabeza inclinada, el rostro sombrío, al borde de las lágrimas que pugnan por escapar de sus ojos resecos. Accede a ver dos pacientes conduciendo las entrevistas como una autómata. De regreso al apartamento encuentra a Delia todavía ocupada en la limpieza y sospecha que debe haber pasado la mayor parte del día viendo televisión. No importa, agradece la compañía, no quiere estar sola. El perro la recibe con el entusiasmo de siempre y se entretiene unos minutos acariciando su esbelto cuello.

-Doctora, le preparé algo de comida, hace tres días que no la veo probar bocado.

-Gracias Delia, tienes razón. Voy a cambiarme de ropa y sírveme.

Come en silencio sin apetito, absorta en sus pensamientos. ¿Qué será de Helena? ¿saldrá del marasmo en que se encuentra sumida? No puede creer que su mente se haya cerrado repentinamente y para siempre. Nunca ha querido escuchar sus explicaciones, ha sido un juez implacable incapaz de perdonar y ahora, esas cartas la llenan de zozobra. Debería llamar a Fernandito para informarle lo que ocurre, pero sabe bien que alguna excusa ofrecerá para no venir. Para bien o para mal, su hermano ha logrado romper para siempre los lazos que lo ataban a la familia y al país. Los abuelos han muerto, la hermana de Helena tampoco podrá venir de Bogotá, está muy enferma. Solamente está ella y lo que queda de Helena y una gran tristeza la invade, se siente muy sola.

Deja el plato a un lado dispuesta a enfrentarse con la computadora de Lilian, que la espera en su estudio. Pedro Carlos no ha llamado, debe estar indispuesto así que decide seguir la investigación sin su ayuda. Tiene que encontrar a Cuqui cuanto antes, es imperativo. Las manos le tiemblan, la pantalla se enciende con un parpadeo que parece guiñarle mensajes secretos y a medida que se adentra en los sitios favoritos de Lilian, se estremece. Pornografía que parece un paseo por el infierno de los más bajos instintos del hombre, sadomasoquismo, aberraciones sexuales, clubes góticos cuyos miembros anuncian su afición a beber sangre humana, el club de admiradores de los asesinos de Columbine, esa escuela en que dos o tres alumnos -no recuerda cuantos- mataron a sus compañeros a balazos. Cada mensaje cargado de odio en contra de algún familiar o a sus compañeros de escuela, el club de los suicidas que han decidido terminar con todo para castigar a alguien en la familia que debe cargar con la culpa. La lista es larga, cada cual relata sus motivos, el entorno que les molesta, el regocijo que sienten al imaginar el caos que producirá su muerte. Y sigue la lista de los que lo han hecho, con fechas, método de muerte y hasta signos de admiración en los casos más horrendos. No quiere seguir viendo más y se percata que se equivocó, no supo o quizás no se tomó el tiempo adecuado para diagnosticar el verdadero mal que aquejaba a Lilian. No era rebeldía lo que motivaba sus acciones, había algo maligno en todo el asunto y no se dio cuenta. Como no se ha dado cuenta de tantas otras cosas refugiada en su ficticia torre de profundo conocimiento de la conducta humana.

En la mesa reposa el arrugado papel que le diera Berta con la dirección del misterio que la intriga. No sabe por dónde empezar la comunicación, nunca ha utilizado el programa del chateo y titubea. El teléfono suena distrayendo sus pensamientos y Delia acude a decirle que es Pedro Carlos anunciando que está en camino y respira aliviada.

Lo vi llegar, demacrado con esas profundas ojeras que denotan resaca, y supe que había seguido tomando después de dejar mi casa la noche anterior. Sin dar explicaciones se sentó a mi lado ojeando la pantalla. En silencio le tendí el arrugado papel con la dirección que buscábamos.

-¿En dónde la conseguiste? - preguntó asombrado-

-Fui al colegio nuevamente y logré entrevistar a una compañera de clases que es del mismo círculo de Lilian, de las que están en contacto con la Cuqui. El asunto es serio, me da la impresión que no hemos escarbado ni la superficie del problema. Yo había diagnosticado a Lilian como una inocentona, que trataba con sus escapatorias de llamar la atención de sus padres y hubo mucho de eso al principio pero después, algo maligno comenzó a guiar sus pasos. La niña Berta que entrevisté en el colegio tiene el mismo perfil, poco agraciada, problemas familiares, etc. Según ella, Cuqui les enseñaba cosas, cosas muy divertidas, quizás como entrar a todos esos sitios inverosímiles por Internet, pertenecer al club de los góticos y otras locuras, no estoy segura.

-El detective se va a enojar bastante contigo cuando se entere de lo que estás haciendo, que no te quepa la menor duda.

-¿Tú también me vas a regañar?

-Ya veo que has hablado con Ana Cecilia.

-Si, ella llamó muy molesta con los dos. Contigo porque llegaste tan tarde anoche y conmigo porque no la llamé para decirle que estabas aquí. Si se entera lo de la computadora de esa niña...

- No le hagas caso, no llegué tan tarde, ella siempre exagera las cosas.

Guardé silencio sin querer reclamarle el resto, lo de la borrachera y otros problemas que imaginaba. Aún resonaban en mis oídos las frías palabras de Ana Cecilia.

-Bueno, cuando te lleven arrastrada a la chirola avísame para acompañarte- me dijo muerto de risa- vamos, déjame el puesto, tú no conoces el lenguaje secreto del chateo, recuerda que tengo dos sobrinos de esa edad, es una jerga que manejo muy bien y búscame una cerveza bien fría, estoy medio engomado.

Obedece sin protestar. En la cocina encuentra a Delia enfrascada en un programa en donde todo el mundo parece estar gritando a la vez y le solicita que vaya a comprar las cervezas al mercado de la esquina. No ha guardado cervezas en el refrigerador desde los tiempos de J.A. y se da cuenta asombrada que su recuerdo se ha ido borrando, ya no la llena de esa dolorosa añoranza que la atormentara por tanto tiempo. No siente nada, hasta le cuesta trabajo evocar con claridad su rostro, es como si se hubiera curado repentinamente de una tenaz enfermedad. Está vacía de toda emoción, todo aquello quedó en el pasado y no le importa. Regresa al estudio y encuentra a Pedro Carlos enfrascado en un animado diálogo con alguien en la red. Trata de leer lo que escribe y le intriga lo que ve. Palabras a medias, letras que sustituyen sonidos completos, tenía razón su amigo, enseguida se habrían enterado de su ignorancia y cerrado el diálogo con ella. Trata de preguntarle de qué se trata y Pedro Carlos le hace un gesto de silencio, como si desde el otro lado de la pantalla alguien pudiera escuchar sus voces. La tengo, susurra, la tengo y sigue tecleando animadamente por varios minutos. Finalmente cierra la comunicación con un gesto de satisfacción en el rostro. Delia entra con la cerveza que bebe ávidamente antes de dar explicaciones.

-¿Me vas a dejar en ascuas?

-Dame otra cerveza Delia, estoy sediento.

La mujer se aleja silenciosa con un gesto de reprobación y regresa de inmediato con la segunda cerveza.

-No te vas a imaginar lo que he logrado, encontré a la famosa Cuqui. Al principio no quería contestar mis llamadas aunque me percaté que estaba en línea, para que me respondiera tuve que decirle que su amiga Berta me había dado su dirección. Bueno, aquí me tienes con una nueva identidad, soy un joven de quince años que odia a su padrastro muy molesto por el maltrato a que somete a su madre. Dice que no me apresure y ha ofrecido enseñarme cómo enfrentar la situación. Es cautelosa, no ofrece detalles. Me pide que la contacte mañana a la misma hora a ver qué se le ocurre y no quiso darme la dirección de su casa, por mucho que le rogué.

-¿Y por su dirección de Internet no podemos averiguarlo?

-No, tiene uno de esos correos que dan gratis y no es posible adivinar a quien pertenece. Mañana vuelvo a la carga y voy a exagerar el maltrato, pero me parece que es el momento de involucrar a la policía. Quizás ellos puedan hacer algo más, tienen expertos que manejan estos asuntos. Ya es hora Dani, te evitarás un montón de problemas.

-No quiero que se comentan errores en este caso. Haré la denuncia cuando esté segura.

-Como quieras, pero me parece algo arriesgado. ¿No has sabido nada de Ignacio?

-No, nada pero tengo a mi secretaria rastreándolo por toda la ciudad. Tiene un montón de amigas en donde pasaba las noches de fiesta y se quedaba a dormir si se pasaba de tragos.

-¿No te parece que algo anda muy mal? Quizás tu amigo el detective pueda averiguar su paradero.

-No, de ninguna manera. Ya regresará de donde se encuentre cuando esté dispuesto a enfrentar su problema. Lo conozco demasiado bien y se molestaría muchísimo si involucro a la policía.

Lo acompaña a la puerta y se despiden con el compromiso de encontrarse a la misma hora el día siguiente. Y con una buena provisión de whiskey enfatiza Pedro Carlos con una carcajada al salir, lo que le preocupa bastante. Todo está sucediendo a la vez sin darle tiempo a encontrar soluciones. Debería visitar a Helena, pero no tiene ánimo para más nada. Llama a la televisora pidiéndoles que usen uno de los programas grabados reservados para las vacaciones y su interlocutor indaga por la salud de Ignacio. No sabe quién es y un gran pánico la invade, a lo mejor ya comenzaron a circular los rumores. Cuando llama a la casa para averiguar cómo está todo, María le informa con cierta complacencia en la voz que las tías Miren y Ángeles se han instalado a la cabecera de Helena, rosario en mano decididas a cuidarla.

-Y ¿cómo se enteraron de su enfermedad? - pregunta molesta.

-Bueno Doctora, esa Miss Irene que el doctor trajo es una especie de nazi. Obliga a la Señora a comer aunque no quiera e insiste en mantenerla medio dormida todo el tiempo, así que cuando terminó su turno, decidí llamar a las señoritas, espero que no le moleste. Ellas visitan a la señora a menudo, parecen llevarse muy bien, llegaron enseguida y me dio la impresión que las reconoció. Ahora la señora está despierta y reza con ellas el rosario, le aseguro que está mucho más tranquila. Ojalá que esa Miss Irene no regrese más, Doctora. Ya Magdalena está limpiando la casa, estamos mejor así.

-Voy para allá enseguida, María.

No sabe qué pensar. Helena tan enferma, bajo el cuidado de sus más acendradas críticas, nada bueno puede salir de una situación así. Las tías son buenas, pero nunca se llevaron con su madre y le extraña sobremanera que la visiten a menudo, como asegura María. Llega volando a la casa dispuesta a pedirles que se marchen de inmediato, pero encuentra a Helena sentada en la cama con una sonrisa distante en el rostro y las tías a su lado, una acaricia sus manos y la otra le cepilla el cabello. La reciben con los entusiastas besos y abrazos de los viejos días. Desde el otro lado del cuarto María le dirige una mirada agradecida por no haberla regañado.

-¡Qué bueno que nos mandaste a buscar, Dani! Pobrecita Helena, ¡con lo que ha sufrido! No te preocupes, estaremos a su lado mientras nos necesite. Tenemos fe en que se recuperará muy pronto. Ya habilitamos tu cuarto y el de Fernandito para quedarnos mientras sea necesario. Es nuestro deber cuidarla. No te preocupes, aquí estaremos mientras ella nos necesite -exclama la tía Ángeles.

-Sí, si es nuestro deber cuidarla -repite la tía Miren.

-Sí, sí claro tía Miren, se los agradezco mucho- tartamudea.

No sabe qué añadir. ¿Pobrecita y sufrida Helena? ¿Es que sus tías saben algo que ignora? El recuerdo de las cartas vuelve a mortificarla y las palabras de papá acuden a su memoria. Algún día entenderás todo lo sucedido, Dani, algún día. Es viernes por la noche y presiente que ese día está cada vez más cercano.

XIV

Al abrir los ojos presiente que será un día más de inquietudes pero un delicioso aroma de café que le llega desde la cocina la anima a levantarse. Delia debe haber llegado temprano y es extraño, pues el sábado no es día de trabajo. Casi toda la noche durmió intranquila, asediada por fantasmales pesadillas, que le han dejado extrañas visiones que no logra recordar por completo pero que de alguna manera la mortifican. En el baño, el agua tibia que siente como un bálsamo corre por su cuerpo un largo rato y se frota con la esponja una y otra vez como tratando de borrar los recuerdos. Sale envuelta en una gran toalla y el espejo refleja una imagen que le dice cuánto le gustaría recostarse nuevamente, olvidarse del resto del día, vegetar en una especie de limbo sin preocupaciones ni misterios. Se viste despacio de forma casual con muy poco maquillaje, mientras ordena sus pensamientos. Lo primero es atender lo de Helena y de cierta manera la tranquiliza que las tías estén a cargo de la situación. Delia la espera en la cocina con una expresión beatífica en el rostro mientras se ocupa de preparar el desayuno.

-Buenos días, doctora, pensé que me iba a necesitar hoy, por eso vine. Ya saqué a Niki a pasear un buen rato.

-Buenos días, muchas gracias, Delia- contesta intrigada ante tanta amabilidad.

Quizás la mujer presiente el caos por el que está atravesando y de alguna manera trata de hacerse útil. El estómago le anuncia que tiene algo de hambre y se obliga a ingerir los huevos revueltos con jamón, frutas, pan caliente y café que Delia le pone por delante, pero después de tres o cuatro bocados empuja el plato a un lado, perdido el apetito, la memoria se empeña en reflejar el rostro exangüe de Lilian.

Suena el teléfono y corre a contestarlo esperanzada que se trate de noticias de Ignacio. Pero es el señor Ariosto para informarle que el funeral tendrá lugar al día siguiente en la iglesia de los agustinos y solamente la familia cercana ha sido notificada de la ceremonia.

-Y si usted supiera doctora, me hubiera gustado estar a solas con ella, hasta el final. Aunque mi esposa se oponía decidí por la cremación, el fuego borrará todas las iniquidades que cometieron con su cuerpo. No podría soportar toda esa ceremonia frente a un níveo ataúd que reservan para las niñas. Me siento acosado por los muchos que indagan en el asunto como si en verdad les importara el final de mi hija ofreciendo hipócritas condolencias. El colegio quería enviar una delegación de niñas al funeral y me negué a que vinieran, es curiosidad morbosa lo que motiva todo ese interés, solamente eso. Pero bueno, eso no es asunto suyo. Quisiera saber si ha averiguado algo en la computadora de Lilian.

-Señor Ariosto, gracias por informarme del funeral pero me temo que me va a ser imposible asistir al mismo. Estamos muy cerca de conocer las andanzas de su hija e identificar algunas de sus amistades.

-No esperaba que usted asistiera a la ceremonia pero cuando usted habla en plural ¿a quiénes más se refiere?- la voz teñida por un matiz de desconfianza.

-Me refería a un colega que es experto en computación y me ha estado ayudando, para averiguar sus contactos, las amistades cibernéticas de su hija, no tiene porqué preocuparse y créame, la tarea no es nada fácil.

-Como sea pero insisto en ser el primero en enterarme de los resultados de su investigación y por favor, no quiero a la policía metida en todo esto. A mi hija le gustaba inventar cosas para llamar la atención, algunas no quiero que se hagan públicas- esta vez la voz entrecortada denota angustia.

-Me temo que si es algo que tiene que ver con la causa de su muerte me veré obligada a reportarlo- contesta Daniela con firmeza.

-Entiendo, pero yo debo ser el primero en saber todo lo ocurrido y qué clase de amigos tenía mi hija. ¿Me lo promete?

No le queda más remedio que asentir, segura que Pedro Carlos estará en total desacuerdo con su compromiso. Pero Lilian era su paciente y no puede defraudarla una vez más, necesita saber, no solamente quiénes eran los amigos de Lilian, pero lo que pasó esa noche, todo, absolutamente todo.

En casa de Helena el doctor esperaba para informarme que la enferma parecía estar algo mejor, por lo menos había accedido a caminar por el jardín acompañada por las tías que a su lado cotorreaban sin obtener respuesta. Parecían figuras rescatadas de un cuadro antiguo, las tías cubiertas con estrafalarios sombreros de paja para desviar los fuertes rayos del sol de sus frágiles cutis, mi madre ataviada con una bata azul que arrastraba por detrás, como una reina con sus damas. El doctor recetó unas cuantas vitaminas y le pedí que no la mantuviera sedada todo el tiempo, bastaba con la noche.

-Como quiera, pero es mejor mantenerla tranquila, mientras pase la crisis- aconsejó.

-Pero ¿usted cree que sea solamente una crisis?

-La primera de muchas, Daniela. Ya se recuperará algo para volver a caer hasta que no reconozca a nadie. Desafortunadamente, todavía no existe un tratamiento efectivo en contra de este mal. Le extraje una muestra de sangre para hacer algunos estudios, pero estoy seguro del diagnóstico, lo he visto venir por muchos meses. Algunos medicamentos que ya ordené ali-

vian la situación temporalmente. Entiendo que no vas a necesitar más los servicios de la enfermera Irene.

-No, mis tías se encargarán de acompañarla, tienen experiencia con otros enfermos.

Escogí el camino que me liberaba de la responsabilidad
de cuidar a Helena a tiempo completo, egoísta de mi parte lo
acepto,¿pero que más podía hacer? Ellas me aseguraron una y
otra vez que no les importaba hacerse cargo de Helena, ¡Pobrecita Helena, con lo que ha sufrido! musitaba la tía Ángeles una
y otra vez, quizás dueña de un secreto que me estaba vedado. A
mi mente acudía las muchas veces que la hostilidad de las tías
se había manifestado en aquellos largos meses de desasosiego,
que sucedieron a la fiesta de mis quince cuando todo comenzó
a derrumbarse. Todo. ¿Porqué las tías habían cambiado tanto
me preguntaba confusa? Quizás exageré las circunstancias de
antaño y por eso no acababa de entender el presente. Regresé
al apartamento sin saber qué más podía hacer y así fue pasando
muy despacio ese maldito día, pendiente siempre de la hora en
que deberíamos reanudar la comunicación con la Cuqui. Llamé
dos o tres veces al detective Sanjur sin obtener respuesta de su
paradero, la fría voz de la secretaria de turno solamente infor-
maba que había salido a un caso y no tenía idea cuándo estaría
de regreso a su oficina. Quizás estará investigando otra muerte
violenta, qué oficio tan difícil, pensé, no tiene descanso ni durante un fin de semana. Necesitaba conocer el resultado final
de la autopsia de Lilian, ya que parecía haber discrepancias
sobre la causa de su muerte. A las cinco de la tarde Delia me
anunció que un detective de la policía estaba abajo pidiendo hablar conmigo, se trataba de Sanjur. Saludó al entrar, desaliñado
y torpe como siempre, amplias ojeras ensombrecían su rostro
desfigurado por las cicatrices del acné y parecía como avergonzado de su misión al extenderme un sobre cerrado.

-Creo que este sobre le pertenece doctora.

Y el corazón se aceleró presintiendo que me esperaba
una desagradable sorpresa al reconocer la letra en el sobre.

-Se trata del señor Ignacio Vargas, doctora. Creo enten- der que era su socio o algo así. Su hermano que vive en David, esta tarde llamó a la policía pidiendo una investigación ya que no contestaba el teléfono hacía unos días, después de una extra- ña llamada que le había hecho como en son de despedida. No lo había reportado antes porque le pareció que estaba borracho y solamente se trataba de una broma pesada. Siento mucho infor- marle que se propinó un balazo en la cabeza posiblemente hace dos o tres días y necesito que nos acompañe a su apartamento, alguien tiene que identificar el cadáver que no ha sido movido. A su lado encontramos una sola misiva y estaba dirigida a us- ted pero vamos a necesitar esa nota como evidencia cuando la haya leído.

Lo dijo así, en el mismo tono de una voz acostumbrada a dar malas noticias. Un caso más de tantos que le tocaba re- solver.

¿Cómo puedo describir esos minutos? No recuerdo si grité angustiada o comencé a llorar o a lo mejor permanecí en silencio, petrificada. Solo quedan retratados en mi mente la mi- rada inquisitiva del detective Sanjur y el llanto convulsivo de Delia que había presenciado todo el intercambio. Me tomó unos difíciles minutos controlarme a medias, me sudaba todo el cuer- po. Ana Cecilia contestó enseguida mi desesperada llamada, no me quedaba fuerzas para enfrentarme sola a semejante tragedia dos veces en la misma semana. Por una vez mi amiga accedió a venir de inmediato sin hacer preguntas, algo en mi voz le hizo saber que el asunto era muy serio. Al enterarse de lo ocurrido me miró con ojos dilatados de espanto y agradecí que no hiciera comentario alguno. Y allá fuimos las dos, pasajeras en el des- vencijado coche oficial del detective, envueltos en un silencio de muerte, agarrada de Ana Cecilia como a una tabla de salvación. Al llegar al edificio comencé a temblar como una hoja, mientras el elevador nos conducía con lentitud al apartamento en don- de el cadáver de Ignacio reposaba en el sofá, la mitad del rostro destrozado por el impacto de una bala que se había disparado en la sien derecha con orificio de salida por el pómulo izquierdo. La mano, que aún sujetaba el arma, descansaba sobre la alfombra, en la otra mitad de la cara una expresión de asombro, como quien no está preparado para recibir la muerte. Un hilillo de sangre coagulada colgaba sinuoso de la mejilla artrastrándose por el sofá hasta llegar a la alfombra. En la mesita, una botella de whiskey vacía terminaba de contar la historia. Cuando logré controlarme firmé unos cuantos documentos que me entregaron bajo la mirada inquisitiva del detective que no se apartaba de la misiva que apretaba con fuerza sin abrir. La cabeza me ardía de forma enloquecedora y un sabor amargo mortificaba el paladar.

-Lo siento, doctora, tengo que llevarme la nota como parte del expediente que estamos iniciando en este otro caso, es mi deber.

Lo dijo con firmeza, me percaté que no confiaba en mí, el tono severo de su voz trataba de recordarme el asunto de Lilian y para un detective como Sanjur era demasiada coincidencia que dos muertes violentas estuviesen relacionadas con la misma persona en tan corto tiempo. Abrí la nota muy despacio, las manos como enredadas temblaban, mientras Ana Cecilia trataba de calmarme con su brazo sobre mis hombros. En el papel alcancé a leer a través de las lágrimas unas pocas líneas, la letra de trazos estirados y elegantes que conocía tan bien.

"Dani, perdóname por haberte defraudado, soy un cobarde. Tú tenías razón cuando me pedías que cambiara, ahora es demasiado tarde y no tengo fuerzas para seguir con lo que me espera. Todo lo que dejo es para mi hijo Albert. Encárgate que así sea. Un último abrazo".

Abajo el familiar garabato signaba la misiva. Solamente cuatro líneas para disculpar el violento final de toda una vida. Se la devolví al detective que acogió mi silencio con algo de recelo.

-Me imagino que usted tampoco tiene idea de la causa de este otro asunto- recalcó sarcástico, para hacerme saber que no confiaba en mi.

No estaba dispuesta a dar explicaciones, que lo averiguaran ellos mismos, y aún así, iba a insistir en la discreción del caso, era importante que el público creyera que el suicidio de Ignacio había sido causado por una depresión. No tenía porqué saberse la verdad, no quería que arrastraran a mi amigo por el lodo de la maledicencia pública. Ilusa de mi, como si algo así pudiera mantenerse en reserva en una ciudad como esta, donde a tantos ciudadanos les fascina propagar historias sórdidas.

-Detective, esa nota me pertenece, señala un asunto legal que debo resolver lo antes posible. Se trata del testamento del señor Vargas.

-No se preocupe, se le devolverá lo antes posible.

-Necesito una copia hoy mismo- insistí.

-Está bien, doctora, se la haré llegar en cuanto regrese a mi oficina.

-Gracias, y le recuerdo que también me debe el reporte final de la autopsia de Lilian.

-Ah, sí, el informe de la autopsia, no nos ha llegado todavía, no hay que apresurar a los forenses, se molestan mucho- contestó evasivo mientras ojeaba la misiva.

Y supe que como yo, tampoco estaba dispuesto a revelar toda la verdad que conocía.

Sanjur ya estaba al tanto del resultado de la autopsia, si no fuese así, jamás habría entregado el cadáver a la familia.

-Al hijo del occiso, ¿sabe en dónde podemos ubicarlo? Será necesario para la disposición del cadáver. Por lo que entiendo el señor Vargas vivía solo.

-Yo me encargaré de los arreglos que sean necesarios, el hijo vive en los Estados Unidos, quizás se le haga difícil llegar a tiempo. Es mejor que used notifique al hermano, yo no lo conozco.

No quiere informarle que hace mucho que Ignacio se ocupa muy poco de ese hijo, el único que tuvo con la primera esposa una norteamericana que al divorciarse regresó a vivir con su familia. Después la relación fue esporádica, sabía que Ignacio lo había visitado algunas veces y pagaba todos sus gastos de escuela y alimentación, pero no en qué ciudad vivía. Tendrá que buscarlo registrando sus documentos y contesta las preguntas del detective con evasivas. De los hijos que haya tenido después, no sabe nada, Ignacio se mantuvo en sus trece de no reconocer a los vástagos que otras mujeres quisieron achacarle. Aún recuerda el gesto de niño malvado que ponía al contar alguna trapisonda, con un /lo que no saben es que hace mucho que estoy operado. Las muy zorras, las mujeres se creen muy listas y yo de tonto no tengo un pelo.

Nunca le creyó lo de la vasectomía, era una excusa más, los hombres así no se operan. Manipulan a sus parejas ocasionales con floridos piropos y atenciones románticas que enseguida sucumben al acoso acuciadas por la soledad en ese loco espacio del amor en donde la razón flaquea en la intimidad, cuando no se piensa en más nada e imperan los sentidos, olvidadas las consecuencias, hasta que se atrapan en una red casi imposible de romper para uno de los dos. Era tan fácil enamorarse de un hombre como Ignacio. ¿Cuántas habían sido? Ya no importaba, él no estaba más. En un espeso silencio, el detective las devuelve a casa, Ana Cecilia no suelta su mano como para darle fortaleza y esta vez nota que el carro tiene un tufo a sudor agrio y restos de comida desechados bajo los asientos. En el apartamento las espera Pedro Carlos que con un largo abrazo intenta darle consuelo a un dolor que tiene atravesado como una daga en el corazón, le arden los ojos resecos, la lengua pegada al paladar le impide hablar. En una esquina todavía gimotea Delia, que se atreve a ofrecerles algo de tomar.

-Sí, tráigale a la doctora un ¿whiskey con soda?- pregunta Ana Cecilia.

-No, un café negro grande, por favor Delia.

-Yo me apunto al whiskey y doble- interrumpe Pedro Carlos ignorando la mirada de reproche de Ana Cecilia.

-Ahora me vas a decir qué pasó con Ignacio, Dani. Sospecho que sabes qué lo llevó al suicidio- insiste Ana Cecilia.

-Ya no importa la causa, está muerto.

-No me vengas con evasivas, dime la verdad.

-Bueno si es tan importante para ti averiguar la causa te lo diré. Ignacio fue a donar sangre para un amigo y salió positivo del VIH y bueno, se le vino el mundo encima, estaba muy deprimido.

-¿No me digas que era bisexual?- la voz denota asombro.

-No, Ana Cecilia y creo que fue por eso que se quitó la vida, un hombre tan machista, tan lleno de sí mismo, por lo que otros pudieran pensar de su sexualidad, como tú, que inmediatamente llegaste a la conclusión equivocada, como si solamente fueran los homosexuales las víctimas de esta plaga. ¿Es que no sabes que todos corremos el riesgo de contagiarnos por una causa u otra? Tú que eres cirujana lo debes saber demasiado bien. En realidad ¿qué carajo importa lo que era o cómo fue que se infectó? Está muerto, no encontró quien lo ayudara, está muerto y era mi amigo.

Por primera vez en esa larga semana de desgracias las lágrimas afloran a sus ojos con fuerza, es demasiado lo que ha ocurrido, quisiera estar a solas, tenderse en su cama, envolverse en un silencio piadoso sin pensar en más nada. Agradece que Ana Cecilia y Pedro Carlos la contemplen compasivos sin hacer comentarios, parecen entender por lo que está pasando.

-Ya son casi las siete, tengo que enfrentarme a nuestra interlocutora cibernética para no pederla - anuncia de repente Pedro Carlos dirigiéndose al estudio.

No tiene fuerzas para seguir buscando a la misteriosa amiga de Lilian, será mejor que de eso se encargue el detective, pero ya se escucha el rápido tecleo de la computadora y Pedro Carlos con un grito animado anuncia que ha establecido contacto.

Lo deja hacer sin acercarse. Ana Cecilia la conduce a la terraza en donde una fresca brisa anuncia el cambio de mareas y en el horizonte una luna llena comienza a despegar refulgente de su refugio en el mar. El café le deja un sabor amargo en el paladar que de alguna manera despeja sus pensamientos.

-Te haría bien coger unas cuantas semanas de vacaciones y alejarte un poco de todo esto, Dani, Es tan desagradable por lo que estás pasando.

-No puedo ir a ninguna parte, Helena está muy enferma y además debo resolver lo de Ignacio. Tengo que ubicar a su hijo en los Estados Unidos.

-¿Qué le ocurre a tu madre?

Le explica lo que está sucediendo, las palabras salen enrevesadas, quizás ella misma no entienda del todo ese rápido desgaste de la mente que está acabando con Helena.

-Lo siento mucho Dani. Tuvimos dos tíos que fallecieron con lo mismo y mi madre vive aterrada, por mucho que he tratado de convencerla que el asunto no es hereditario para calmarla. En realidad se sabe muy poco. Si en algo te puedo ayudar déjame saber, conozco auxiliares de enfermería que se especializan en cuidar a ese tipo de enfermos en sus hogares.

Trata de evitar la mirada de asombro de su amiga al enterarse que las tías están a cargo de Helena. Ella conoce las antiguas desavenencias con las tías, la historia completa de Helena. A sus espaldas Pedro Carlos anuncia triunfante que ya chateó con toda la red y ubicó a Cuqui que intervino, seguirán en contacto al día siguiente.

-Le conté que pensaba envenenar al perro de mi padrastro y después escaparme cuando me quedara solo en casa con una empleada que tiene el sueño pesado. Ella insinuó que podría visitarla pronto para discutir el asunto, era mejor que no hiciera nada por ahora. Pero aún no se compromete a decirme dónde vive. Cerró abruptamente diciendo que tenía que chatear con otros amigos.

-Ya es hora de informarle a la policía de todo lo que han averiguado, no pueden tomarse esa responsabilidad. Esto ha llegado demasiado lejos. Además cuando esa fulana, Cuqui o como se llame vea a Pedro Carlos no lo dejará entrar. Hace tiempo que no aparenta ser un niño...

Daniela se da cuenta que Ana Cecilia está molesta y quizás tenga razón, pero es tarde para dar marcha atrás. La policía con su manera agresiva de interrogación le costaría bastante lograr que los chicos hablen para llegar a la verdad si es que logra entrevistar a alguno. Además hay otros jóvenes involucrados que pueden estar en peligro, es una situación que tiene que manejar con mucho cuidado y se promete que esta vez, no va a fallar.

-Propongo reclutar a mi sobrino Carlitos. Es de la edad correcta, muy inteligente y puede ayudarnos a infiltrar el reino de nuestra Cuqui- interviene Pedro Carlos.

-De ninguna manera vas a meter en este peligroso enredo a tu sobrino- interviene indignada Ana Cecilia.

-Tienes razón, no podemos involucrar a nadie más en este asunto. En realidad a mí me corresponde intentar un contacto directo con esa joven.

Pero antes de tomar alguna decisión, necesita saber la causa de muerte de Lilian, a lo mejor Cuqui no tiene nada que ver con esa tragedia y fue solamente una relación casual. Sería irresponsable llegar a conclusiones erróneas. Se siente demasiado cansada, y los despide sin dar a conocer los detalles que la atormentan, a pesar de las protestas de Ana Cecilia que insiste en quedarse para hacerle compañía, los niños están con los abuelos. Le cuesta convencerla que no es necesario, estará mejor a solas. Pedro Carlos no dice nada pero en su mirada denota una cierta complicidad que parece decir que todo quedará entre los dos. Se tiende vestida en la cama y sabe que la espera otra noche sin fin, poblada de fantasmas que parecen perseguirla aún con los ojos muy abiertos. No se puede dejar llevar por la emotividad de todo lo ocurrido, tiene que pensar con una lógica fría, calculando cada paso a seguir, como le recomendaría Bruce, con una actitud de investigadora que la lleve a encontrar la verdad y así evitar otras tragedias. La niña Berta puede estar en peligro, los diabólicos realmente existen y no fue un invento de la imaginación de una adolescente descarriada. Al alcance de un teclado se encuentran todas las maravillas y todos los males y perversidades de las que son capaces los habitantes del planeta. Sabe que en la mañana tendrá que enfrentarse a la prensa delirante de entusiasmo por la muerte de Ignacio, las malas noticias venden diarios y ya todos los medios de comunicación deben haberse enterado. No le extrañaría que apareciese en la primera plana de uno de esos diarios amarillistas una foto a todo color del rostro destrozado de Ignacio.

Delia toca tímidamente la puerta para avisarle que en el lobby hay unos reporteros de la televisora pidiendo una entrevista con urgencia. Ya los sabuesos olieron sangre y van frenéticos detrás de su presa y acabarán por sacar a relucir toda la historia con sus connotaciones sexuales. Los laboratorios presentarán su informe, es su

deber después de semejante tragedia, a la gente le fascina ser parte de la noticia, no importa cuán sórdido sea el
asunto.

-Diles que no puedo atenderlos ahora, diles lo que
te parezca, no quiero ver a nadie, no quiero hablar con nadie, a menos que sea de parte de mis tías. Te agradeceré
que te encargues del teléfono.

-Está bien, doctora. Yo me quedo esta noche, voy
a sacar a Niki a pasear un rato y cuando regrese, estaré
atenta a los mensajes que lleguen, no se preocupe, me
voy a ocupar que la dejen en paz y trate de dormir algo,
no vaya a enfermarse con tanto trajín. Será mejor que des-
conecte su teléfono, usted sabe que esa gente de la prensa
no se da por vencida fácilmente. El señor Ignacio, que en
paz descanse, era un hombre muy conocido.

Intuye por el tono de su voz, que a Delia le agrada
el papel de guardiana de su intimidad. Y la imagina des-
pidiendo a los reporteros con el ademán altanero del que
todo lo sabe y se niega a dar información alguna.

A su lado suena estridente el timbre del teléfono
y de un solo tirón desconecta el aparato de la pared y se
hunde en el lecho buscando ansiosa la presencia del sueño reparador sin conseguirlo. Es sábado por la noche.

XV

De mañana, oye el teléfono de la cocina sonar una y otra vez, Delia debe estar lidiando con los reporteros que no se dan por vencidos fácilmente y agradece que no la moleste. A su debido tiempo hará algún comunicado en referencia a la muerte de Ignacio, una engorrosa formalidad que de ninguna manera va a reflejar sus verdaderos sentimientos. Se siente responsable, quizás por lo que dejó de decir, por su falta de compasión, por todo lo demás que no quiere recordar. Pero lo realmente penoso para su conciencia es sopesar que es culpable por no haberlo obligado a quedarse con ella ese día fatal cuando vino desesperado en busca de ayuda. Le fue más conveniente delegar la responsabilidad en el muchacho.

Llama a la casa para saber cómo amaneció Helena y es Magdalena la que contesta e informa que las tías la han llevado a misa. Es lo único que faltaba, piensa, Helena nunca fue piadosa, al contrario, le parece verla con el ceño fruncido cuando las tías insistían que tenía que acompañarlas a todas las misas y rezos que ofertaron durante la enfermedad de Fernandito, era su deber. Las reuniones que organiza en casa con distintos grupos religiosos es su manera de llamar la atención ni más ni menos, nada de religiosidad en el asunto ¿Pero de eso a ir a misa de buena gana? No lo cree probable.

Un café negro es lo único que acepta de manos de Delia. Nota los periódicos de la mañana que reposan en la mesa de la cocina, pero no se anima a ojearlos, deben estar festinando el asunto de Ignacio con el tono adecuado de fingida compasión cuando en realidad el suicidio de un personaje tan conocido, es una jugosa noticia para los tabloides. Se escapa del edificio por el elevador de servicio, para esquivar a los reporteros que la esperan en la entrada principal empeñados en conseguir una entrevista de todos modos. Está segura de encontrar a Helena sumida en una crisis peor que la del día anterior, pero se asombra al verla regresar de la iglesia con las tías muy calmada, con una sonrisa distante mientras la conducen a su habitación.

-Está mucho mejor, esta mañana despertó y pidió café y tostadas con mermelada y comió con apetito. Y claro como es domingo, le preguntamos si quería ir a la iglesia. No creas que la forzamos ni nada por el estilo. Ella dijo que sí, que le parecía bien, la vestimos y bueno, escuchó la homilía con mucha atención, parecía estar muy serena. Ya lo ves, tu madre va mejorando, a lo mejor lo que la aqueja tiene otro diagnóstico- le susurra la tía Miren como disculpándose.

-Pero el doctor insistió que debía descansar, que no podía andar por ahí.

-Tú sabes como son los médicos, todo lo que no entienden lo arreglan con reposo en cama. Tu madre va a mejorar si no la tratamos como una inválida. La pobre con lo que ha sufrido- interviene la tía Ángeles dispuesta a hacerse oír.

Reconozco que perdí la compostura. La rabia acumulada por un montón de años se desbordó en pocos instantes, todo lo que hacían mis tías me parecía una gran hipocresía. Era absurdo que pretendieran hacer de samaritanas cuando estaba segura que guardaban -al igual que yo- el rencor que Helena se merecía. No tenían porqué disimular delante de mí en nombre de la caridad cristiana. Dije cosas que me debía haber guardado por pudor. Era papá el que merecía nuestro amor y compasión, ella había violado todas las normas aceptables. Estaba enferma, sí, y la cuidaría hasta el fin de sus días, pero estaba muy lejos

*de sentir amor. Hacía mucho que Helena había cesado de ser
mi madre. Las tías me escucharon escandalizadas, tratando de
interrumpir mi perorata sin éxito. -Ya basta, Dani, no sabes lo
que dices, no entiendes nada - exclamó la tía Miren exaltada. -
¿Y qué es lo que no entiendo?-No es fácil decirlo, ella hizo muchas cosas raras para llamar la atención, para hacer recapacitar
a Fernando que era un hombre testarudo, bueno, ellos tenían
problemas delicados, muy delicados. Imaginaste sucesos que en
realidad no eran lo que parecían ser al igual que nosotras, pero
él nos dejó una carta con Helena dando todas las explicaciones de lo que había ocurrido entre ellos. Pensábamos que tú habías recibido una también. Ella nos la entregó al año de muerto,
como fue su voluntad.*

*   ¿A qué embuste había recurrido Helena para hacerse
perdonar por las tías? El hombre vestido de negro y el abandono
sucedieron, no había imaginado nada. Helena se las arreglaba
nuevamente para ser protagonista de una historia que nunca
había ocurrido. Las miradas escandalizadas de las tías me obli-
garon a guardar silencio, no tenía caso enredarme en discusiones estériles. Ellas se habían dejado atrapar por las mentiras de
Helena y era mejor así considerando las circunstancias actua-
les. En ese instante, de la nada comenzó a atormentarme algo
que casi había olvidado, las cartas de papá a Helena. Quizá allí
estaba la verdad, una verdad que si era distinta a la que yo conocía ya no importaba, era demasiado tarde. No podía recuperar
a mi padre. Helena estaba en buenas manos, tenía demasiados
problemas y era el momento adecuado para regresar al apartamento. Me despedí agradeciéndole a las tías lo que hacían por
Helena decidida a no revivir el pasado en voz alta nunca más.
No imaginaba lo que me esperaba el resto de ese día.*

En la puerta del edificio reconoce al detective Sanjur que espera recostado en su carro y nota detrás un carro de la policía con su corola de luces que no deja de par-
padear como anunciando una desgracia. ¿Y ahora qué?
se pregunta. Le extraña que Delia no le haya avisado que

tiene visitantes, pero se percata que el celular está apagado. Bueno, no le queda más remedio que enfrentarse a otra necedad de Sanjur, no está dispuesta a darle más explicaciones, ni acudir nuevamente a su oficina. Entra al garage sin detenerse y sabe que el detective la ha visto. En el apartamento, Delia la espera con los ojos dilatados por una excitación que la impele a hablar de inmediato.

-Ay doctora, que bueno que está de vuelta. Traté de llamarla a su celular y no contestaba. El detective llegó hace como una hora y creo que algo terrible ha ocurrido, trajeron a un señor que no para de llorar. Es algo que tiene que ver con lo de la niña Lilian. Me tomé la libertad de sentarlo en la sala. El detective prefirió esperarla abajo, ya le envié el elevador para que suba.

Con un suspiro de impotencia Daniela entra a la sala dispuesta a enfrentarse al Señor Ariosto y se sorprende al encontrar un perfecto desconocido. Un hombrecito rechoncho, con una pronunciada calvicie que trata de disimular peinando el escaso cabello de un lado a otro de la cabeza como una cortina en hilachas. Tiene los ojos hinchados y una expresión de miedo retratada en el rostro que extrañamente le recuerda a alguien conocido sin poder definir de quién se trata. Antes que pueda presentarse el detective Sanjur está a su lado.

-Doctora, permítame, este es el señor Rigoberto Rangel. Su hija Berta estudia en el mismo colegio de Lilian Ariosto.

Estrecha la mano regordeta que le extiende lo mira sin acabar de entender lo que está ocurriendo y de repente, el rostro de la niña acude a su memoria, la semejanza con el padre es extraordinaria.

-El señor Rangel ayer tarde le informó a las autoridades que su hija había desaparecido de su casa en la mañana. Cuando no obtuvo respuesta de parte nuestra, hoy se le ocurrió ir a hablar con la directora de la escuela que le informó que el viernes usted había solicitado entrevistarse con alguna amiga de Lilian y Berta fue la escogida.

-Si, así es- atina a decir tratando de absorber de un golpe toda la intrigante situación que se presenta.

-Nadie llamó del colegio para informarme de esa entrevista lo que me pareció muy irregular y así se lo hice saber a la directora. - interviene lloroso Rangel.

-Doctora, va a tener que decirnos con qué autoridad y de qué habló usted con la niña Berta y quiero enfatizar que esta es una visita oficial- concluye Sanjur con un tono muy cercano a la amenaza.

A su lado se materializa una mujer con pinta de secretaria que libreta en mano se apresta a tomar sus declaraciones.

-Detective, es mejor que cojamos las cosas con calma, primero debo saber qué pasó con Berta y a menos que usted y su ayudante se retiren no voy a hacer declaraciones. No hay ninguna ley que me impida hacer averiguaciones en este asunto.

Nota el gesto de desagrado pero no se deja amedrentar, finalmente el detective acepta dejarla a solas por unos minutos con el Señor Rangel, que no ha vuelto a abrir la boca. Lo invita a sentarse, le ofrece un café que no acepta.

-Dígame, Señor Rangel ¿qué fue lo que pasó con su hija Berta? Es importante que me dé todos los detalles lo que ocurrió ese día antes de su desaparición.

-No sé, no sé qué le pasó. Su madre llamó a la casa el viernes, ella se ha vuelto a casar y quería llevarse a los hijos el fin de semana a la playa. Cuando llegó a buscarlos el sábado por la mañana, Berta no estaba allí y cansada de esperarla, se fue con el niño que estaba muy entusiasmado con el paseo.

-Permítame llevarlo unos pasos atrás. ¿Cuál es la relación de ustedes como familia? Perdone que lo interrogue sobre asuntos tan personales, pero es importante para esclarecer la situación actual.

Nota el gesto como de vergüenza que le impide hablar claramente, la voz sale entrecortada, titubea, las manos tiemblan con vida propia.

Sí, es difícil contar ciertas cosas, pero si usted cree que en algo ayudarán a localizar a mi hija, estoy dispuesto. Mi mujer se fue con otro hace dos años y quedé solo al cuidado de Berta que entonces tenía doce años y su hermano siete. Le aseguro que no es nada fácil, hago lo mejor que puedo, yo soy contable en una compañía y trabajo largas horas. Mi madre a veces viene a ayudar con las tareas escolares y la casa, la empleada que he podido contratar solo trabaja dos veces por semana. Berta se ha visto muy afectada por la situación que no acaba de comprender y sobre todo rechaza todo contacto con su madre. Yo pensé que era mejor que viera a sus hijos de vez en cuando, creo que me equivoqué...

-Exactamente, ¿Qué más pasó el viernes?

-Como le dije antes. Mayra mi ex, llamó para invitar a los niños a su casa de playa, el niño se entusiasmó mucho según me contó mi madre, pero Berta simplemente afirmó que no pensaba ir. Cuando ella llegó a buscarlos el sábado, la niña salió disparada por la puerta de atrás y Mayra cansada de esperarla, se llevó a Carlitos. Mi madre que tampoco gusta de mi ex, pensó que era una situación temporal y no se preocupó. Yo llegué algo después y cansado de esperar fui a la policía ayer tarde a reportar su desaparición. Cuando no tuvimos respuesta alguna, se me ocurrió buscar a la directora en su casa, para indagar acerca de las amigas de mi hija. Ella enseguida me informó que usted había estado cuestionando a Berta. ¿Sobre qué se trataba su visita?

-Su hija era muy amiga de otra niña que estaba en serios problemas, solamente le hice unas cuantas peguntas.

-¿Logró averiguar algo?

-Si, Berta me ayudó bastante con las investigaciones que llevaba a cabo.

-Mi hija es muy servicial, siempre dispuesta a ayudar a otros. Cuanto animalito enfermo o perdido encuentra por el barrio insiste en cuidarlo.

-Ya veo. ¿Su hija nunca antes se había escapado?

-No doctora, nunca, vuelvo a enfatizar que mi hija es muy dócil.

- Su hija tiene una computadora ¿verdad?

-Sí, es su única distracción cuando está en casa. Pasa las horas metida en Internet, me pareció una buena forma de hacerla olvidar el trauma que todos vivimos con lo de su madre...

Se siente inquieta, un oscuro presentimiento le augura que Berta peligra, pero ¿cómo puede hacerle entender a Sanjur que el asunto debe ser tratado con mucho cuidado? Le parece que es el tipo de policía que favorece allanamientos y arrestos antes de hacer preguntas, no se decide si debe contarle lo que sabe de Cuqui y la red de adolescentes con problemas que a lo mejor siguen sus consejos. No, no va a soltar lo que sabe, tiene que buscar una respuesta sin ayuda oficial.

Cuando el detective regresa le informa que lo único que averiguó es que Berta y Lilian eran amigas y se comunicaban por Internet a diario, nada más. Nunca se han visto fuera del colegio, no entiende lo que puede haberle ocurrido a la niña. Evade la mirada cargada de sospechas que le dirige el detective, no le importa lo que esté pensando. Los despide con la promesa que informará de inmediato si logra enterarse de algo más. El Señor Sanjur con una mirada triste le entrega una tarjeta personal con todos sus teléfonos. Espera a que salgan del apartamento y de inmediato se comunica con Pedro Carlos.

-Ven, tenemos que encontrar a Cuqui cuanto antes. La situación se ha complicado bastante.

-Para allá voy enseguida, Dani.

Eso es lo que le agrada de Pedro Carlos, no pregunta qué está pasando, no pone objeciones, está dispuesto a lo que sea. Quizás ese es el problema entre esos dos, a Ana Cecilia hay que convencerla, exige muchas explicaciones, siempre está algo a la defensiva. Esa inseguridad de cierta manera está minando su relación de pareja. Ahora lo que importa es encontrar a Cuqui y averiguar lo que sabe de Berta, sospecha que puede estar involucrada en su desaparición. Mientras espera a su amigo comienza la búsqueda. La computadora responde con un estallido de colores e inicia el chateo con desconocidos que describen trivialidades, otros que preguntan por amigos, Pedro Carlos llega a tiempo para rescatarla de la frustración que siente, al no poder contestar la jerga a la que se enfrenta sin poder dar una respuesta coherente. Le da las explicaciones del caso que absorbe en silencio, entendiendo la urgencia del asunto. Dos horas más tarde sin perder la concentración, los ojos fijos en la pantalla, los dedos ágiles sobre el teclado, se da por vencido.

-No contesta, Dani. He chateado con medio mundo, algunos parecen ser de la cofradía de niñitos perversos o diabólicos como se quieran llamar, otros intervienen por curiosidad. Le he dado la dirección a toda clase de locos, pero hay una posibilidad real de encontrarla con la ayuda de la policía.

-No, lo echarían a perder todo.

-Como decidas, pero no veo otra solución.

-Quizás la respuesta está en la otra computadora, la de Berta. Puede tener algún mensaje, un lugar, algo. Berta me dijo que nunca había tenido contacto personal con Cuqui.

-¿Y qué pretendes? ¿Confiscar otra computadora? Vamos Dani, eso es una locura.

-No podemos involucrar a la policía en esto todavía, necesito más información. A lo mejor allí tenemos la respuesta que necesitamos. Hay que encontrar a esa persona que se hace llamar Cuqui.

-No me parece sensato lo que pretendes.

Pero no lo escucha, ocupada en llamar al Señor Rangel, su tarjeta le arde en las manos, le cuesta muy poco convencerlo que es imperativo que revise la computadora de su hija con un experto para quizás encontrar respuesta a su desaparición. Y en pocos momentos van los dos en silencio rumbo a la dirección que el padre de Berta le ha señalado en un suburbio en las afueras de la ciudad. La casa está situada en un barrio en el que alguna vez todas las viviendas fueron construidas exactamente igual, pero a través del tiempo, cada cual ha ido adquiriendo la personalidad de sus dueños. Una ornada cerca de hierro aquí, allá se observa otra de madera rústica, en la siguiente el estrecho césped ha sido pavimentado para aparcar los carros, otra se distingue por estar rodeada de un esculpido seto de papos, pintura de los más diversos colores adorna las fachadas. En los patios de atrás se divisan árboles de varias especies, mangos, ficus, almendros, palmas. Llegan al final de una de las calles sin salida en donde encuentran el número cuarenta y tres. El chalet muestra señales de deterioro. En el frente entre la poca hierba asoma la maleza y el lodo, todo el lugar tiene un aire de descuido. El Señor Rangel contesta de inmediato el llamado a su puerta. Su aspecto es aún más atribulado que esa mañana. Grandes círculos negros rodean los ojos enrojecidos que parpadean constantemente. Viste una camiseta gris, desgarrada en un costado y unos pantalones cortos que enseñan sus delgadas piernas algo retorcidas. El lugar huele a comida vieja, a moho, a falta de limpieza.

En la sala el único mobiliario consiste en dos sillones y un sofá forrados de un color crema con manchas oscuras por toda la superficie, dos pequeñas mesas y un televisor trasmitiendo un programa de deportes. En los rincones Daniela nota libros escolares, zapatos y ropa tirados al descuido. En las paredes pintadas de un amarillo algo sucio cuelgan algunas litografías y posters de atletas. El señor Rangel se precipita a apagar de inmediato el televisor, con una mueca de apología en el rostro.

-Perdonen, tenía que hacer algo para distraerme, estoy a punto de volverme loco esperando noticias de mi hija.

-No se preocupe señor Rangel, entendemos. ¿Nos puede enseñar la computadora de Berta?- contesta sin presentarle a Pedro Carlos que permanece en silencio a su lado.

-Rigoberto ¿Ya llegaron?- suena una voz estridente desde el fondo de la casa.

-Si mamá, ya están aquí.

De lo que parece ser la cocina emerge una vieja con un plato de comida en la mano. Viste una larga túnica de un verde brillante, el cuello envuelto en collares de piedras rojas y de las orejas cuelgan enormes argollas dándole un extraño aspecto de gitana. El arrugado rostro resulta casi cómico con las cejas repintadas de negro, los ojos adornados por sombras de un verde profundo similar al vestido, las mejillas al rojo vivo al igual que la boca.

-Ah, la doctora Daniela Miralles, cuánto honor. Yo soy la madre de Rigoberto, Julia Mirón viuda de Rangel, para servirle. No me pierdo un programa suyo y no la voy a dejar ir sin un autógrafo, mis compañeras del bingo se van a morir de envidia cuando se enteren que la he conocido en persona. ¿ Le puedo brindar algo de comer o tomar, café, un refresco?

Le extiende el plato como muestra de lo que ofrece, una mezcla de arroz con frijoles y carne entomatada de aspecto poco apetitoso.

-No señora, muchas gracias, lo que necesitamos de inmediato es ver la computadora de su nieta a ver si nos da una pista de dónde se encuentra.

-Ah ella... Y no creo que haya porqué preocuparse, doctora. Berta está muy malcriada, lo que necesita es bastante rejo, eso funcionó con todos mis hijos, una disciplina estricta a tiempo evita problemas. Ese siempre fue mi moto. El problema de Berta es que Mayra no supo criarla y mi hijo que no tuvo mano fuerte después que esa mujer se fue. Bien que se lo advertí, esa mujer no servía para nada, pero no... él insistió en casarse y ya ve usted las consecuencias. Esa Berta debe estar por ahí con alguna amiga muy divertida por toda la conmoción que está causando. Y lo peor es que Mayra se ha quedado con el muchachito cuando se enteró de la desaparición de Berta. Dice que por si acaso la niña no aparece, es su deber cuidarlo, ¿usted cree en semejante interés maternal a estas alturas? Esa perra es una hipócrita y todavía mi hijo le cree...

Se lleva a la boca una cucharada de comida que mastica con fuerza, sin preocuparle los fragmentos que caen en el suelo y sobre su pecho mientras se dirige al sillón en donde se desploma procediendo a encender el televisor. Rangel con un gesto de resignación les señala la habitación de Berta, un cuarto contiguo a la sala con el mismo aspecto de desaseo que inunda el resto de la casa. La estrecha cama arrimada a la pared con sábanas y almohadas apiladas en desorden, encima un osito de peluche los contempla con ojos tristes. Sobre un pequeño escritorio reposa la computadora similar a la de Lilian que Pedro Carlos se apresura a encender mientras Daniela lo contempla ansiosa. En pocos minutos levanta la cabeza con un gesto triunfal.

-¡Bingo! Ya tengo la dirección. Esta no tenía clave para entrar. Berta le mandó un mensaje de auxilio a Cuqui, necesitaba salir huyendo sin especificar la causa, le dijo que tenía mucho miedo porque algo terrible iba a suceder otra vez, la otra sugirió que fuera a refugiarse en su casa. Salgamos de aquí, no aguanto este lugar.

Afuera los espera Rangel mientras la vieja hipnotizada por el programa de variedades que sigue de cerca no se percata que se retiran, prefieren no llamar su atención.

-¿Encontraron lo que buscaban, doctora?- los interpela el hombre a la salida.

-Bueno, no ha sido mucho, pero lo mantendremos informado si logramos avanzar en las investigaciones, trate de descansar un poco.

-Sí, si, mil gracias, agradezco sus esfuerzos, yo estaré aquí esperando noticias.

Ya en el coche Daniela respira profundamente una y otra vez tratando de librarse de las profundas náuseas provocadas por la pestilencia que se desprende de esa casa.

-¡Pobre muchachita, no tiene mucha ayuda de un padre débil y ocupado en el trabajo, o de esa caricatura de abuela! Es la desagradable historia de casos difíciles como este, el resultado de un hogar desintegrado.

-No te alteres por algo que no puedes remediar y sigamos con las investigaciones. Esto se pone muy bueno. ¿Te das cuenta que Cuqui vive en las Cumbres, cerca de donde encontraron el cuerpo de tu paciente, significativo, verdad?

Al salir de ese lugar no sabía qué decisión debía tomar. La visita me había dejado un amargo sabor en la boca, al contemplar a la abuela que más le interesaba un programa de televisión que la desaparición de la nieta y al pobre señor Rangel, agobiado por la situación caótica de su hogar. Estaba desorien-

tada y a punto de dejar la investigación a otros. Pero Pedro Carlos seguía entusiasmado con la búsqueda; me parece que casi orgulloso por haber dado con la clave final. Fue entonces cuando algo de la realidad de lo que pretendíamos llevar a cabo me golpeó con fuerza. ¿Qué íbamos a hacer al llegar a la casa señalada? ¿Tocar la puerta y exigir admisión al lugar en busca de Berta? Le pedí a Pedro Carlos que se detuviera en una cafetería, necesitaba pensar. Pedí un refresco y Pedro Carlos una cerveza mientras trataba de visualizar cual debería ser nuestra actuación y volqué mis pensamientos hacia Sanjur. Tenía que contar con él, pero con mis propias condiciones. Necesitaba algunas respuestas antes de que yo lo hiciera partícipe de nuestros conocimientos. Ya imaginaba su disgusto, las amenazas, bueno no me importaba. Creo que Pedro Carlos se sintió algo aliviado cuando le dije que había llegado el momento de involucrar a las autoridades en lo que íbamos a hacer. Después de incontables timbrazos la telefonista me informó que el detective Sanjur no se encontraba, pero que podía comunicarme con el oficial de turno. Se me olvidaba que era domingo y alguna vez en la semana el detective tendría que tomar un descanso.

-Aquí el detective Contreras, ¿En qué puedo ayudarla doctora? El detective Sanjur está libre - la voz es joven.

Está a punto de colgar el teléfono, no tiene ganas de lidiar con alguien nuevo pero la mirada algo ansiosa de Pedro Carlos la contiene.

-Detective, ¿está usted familiarizado con el caso de la desaparición de la niña Berta Rangel?

-Toda la oficina está trabajando en ese asunto, doctora.

-Detective, tengo alguna información al respecto.

-¿De qué información se trata?

-No puedo dársela por teléfono y le aseguro que es muy importante. Le voy a solicitar que venga a la parrillada "La flor interiorana" esa que está en el primer kilómetro de la carretera hacia las Cumbres. ¿La conoce?

-Bueno, sí, pero no me parece apropiado. Usted debería venir a la oficina con la información que posee para tomar su declaración por escrito.

-El tiempo apremia, detective, creo saber en dónde se encuentra la niña Berta y me parece que ustedes deberían ser partícipes de este asunto. Si no quiere venir, bueno... seguiré sola. Lo espero en quince minutos y si no llega, procederé por cuenta propia. Pero antes de darle la información que poseo, exijo que me traiga el resultado de la autopsia de Lilian Ariosto. El detective Sanjur quedó en darme una copia y me ha dejado esperando. Tiene mucho que ver con este otro asunto.- miente con facilidad, no quiere escuchar otra negativa y cierra la comunicación.

Pedro Carlos observa preocupado el latido que se ha instalado en la sien de Daniela.

-Lo esperaremos veinte minutos y si no llega, seguimos solos.

El teléfono suena de inmediato y es el detective.

-Doctora, usted cerró el celular antes de esperar respuesta. No me va a ser posible obtener ese expediente en dos minutos, amén de conseguir una orden de allanamiento, todo eso requiere mucho esfuerzo.

-¿Cuánto más tiempo?

-Una hora, quizás menos, el tiempo que necesito para encontrar la información que exige y llegar hasta allá.

-Está bien, una hora, pero ni un minuto más.

Pedro Carlos no deja de admirar la decisión en su gesto. Se está excediendo y Dani no parece comprender la magnitud de lo que se propone ni importarle las consecuencias. ¿Ir los dos solos a ese lugar? Seguramente se enfrentarán a otra adolescente rebelde que ha ideado todo ese asunto para divertirse. ¿O es algo más tenebroso? Está de por medio la muerte inexplicable de Lilian si es que Cuqui tuvo algo que ver con eso. Recuerda preocupado todas las comunicaciones que entabló con el grupo de los llamados diabólicos, ¿travesuras de niños malcriados? No parece.

-Dani, tengo que llamar a Ana Cecilia para explicarle lo que estamos haciendo, si no lo hago jamás nos va a perdonar.

Le extiende el celular, entiende lo que trata de decirle, a él no lo perdonará enseguida, ella es una vieja amiga, a través de los años se han peleado una y mil veces y siempre se las arreglan para hacer las paces, pero los desajustes de un matrimonio no son tan fáciles de componer.

-Nunca he querido tener un celular, me volvería loco a todas horas, no tienes idea lo posesiva que es mi mujer- dice a manera de disculpa.

Se levanta alejándose de la mesa y lo ve gesticular en el teléfono por un buen rato. Regresa y le tiende el celular como si se tratara de un bicho venenoso.

-Bueno, ya cumplí pero te advierto que tu amiga está sumamente enojada porque no la incluimos en nuestras investigaciones. Quisiera venir con nosotros, pero está sola con los niños y le es imposible.

-Pedro Carlos ya te he causado demasiados problemas, por favor, Ana Cecilia tiene razón, sería mejor que regreses. Yo puedo esperar sola al detective y seguir adelante.

-No querida, aquí me quedo, no te vas a llevar toda la gloria del rescate.

El tono jocoso tiene un tinte de amargura, quizás ella debería llamar a Ana Cecilia o a lo mejor su gesto complique aún más la situación.

-Como quieras, pero en verdad me importaría demasiado si decidieras marcharte. Este asunto se ha ido enredando tanto que no tengo idea a dónde iremos a parar, pero en realidad te necesito…

Esperan en silencio, el tiempo parece haberse detenido. El mesero de vez en cuando indica con su presencia que deben pedir algo más o evacuar la mesa. Bueno, tráigame otro refresco dice y Pedro Carlos ordena un café. Cuando ya la espera está minando su paciencia, llega un carro sin marca alguna a toda velocidad. De él desciende un hombre joven ataviado en blujins, zapatillas deportivas y una camisa de cuadros, no puede ser el que esperan, pero para sorpresa suya se acerca extendiendo la mano a manera de saludo y los dos se levantan de inmediato.

-Dra. Miralles, soy el detective Rogelio Contreras, perdone la demora pero no es fácil mover a las autoridades en domingo.

-¿Usted es el detective?- no puede contener su asombro, su aspecto es demasiado distinto al de Sanjur, siempre tan formal y sombrío.

-En el departamento tenemos de todo, Doctora, yo pertenezco a una unidad que se encarga de investigar crímenes cometidos por menores. El atuendo ayuda para que se abran los testigos y digan lo que saben. En realidad me siento mucho más cómodo vestido así, a pesar de las críticas de algunos jefes. Aducen que nos resta autoridad.

De cerca se ve menos joven, el rostro de tez morena propenso a la risa espontánea, ojos que brillan animadamente, inspira simpatía a primera vista. Le presenta a Pedro Carlos y proceden a sentarse.

-¿Me trajo el reporte de la autopsia de Lilian Ariosto?

-Dando y recibiendo doctora, tengo que obtener alguna información de su parte. Al detective Sanjur le molestará bastante cuando se entere que le traje este documento. Dejó una orden diciendo que ese informe era confidencial, pero a mí directamente nunca me llegó esa prohibición- se ríe abiertamente mostrando una dentadura dispareja que le da cierto atractivo.

Se levanta dispuesta a irse sin querer escuchar más, pero Pedro Carlos la sujeta por el brazo con fuerza obligándola a continuar el diálogo.

-Mire detective, creo saber en dónde está la niña Berta y necesito ese informe para saber a qué atenerme respecto a la muerte de Lilian. Puede haber alguna relación entre estos dos hechos. No estoy segura- dice con voz seca.

-Bueno, aquí está y si no quiere leerlo se lo puedo resumir en pocas palabras. Lilian Ariosto murió ahorcada con una fuerte dosis de la droga Éxtasis en el sistema. Ese día había sido golpeada fuertemente en el rostro. Las magulladuras en el área genital externa ocurrieron poco tiempo ante mortem. No hubo penetración en vagina, el himen estaba intacto. El forense opina que quizás fue un suicidio y quisieron disimularlo. Ahora lo que tenemos que averiguar es cómo, cuando y porqué. Obviamente hay otros involucrados en el asunto. Usualmente estos niños suicidas lo llevan a cabo en casa, para de cierta manera castigar a sus padres. Ayer casualmente encontramos a una que supuestamente había desaparecido cuando iba para la escuela hace unos días y la encontraron muerta debajo de su cama, había ingerido un veneno.

Lo dice como si nada, es parte de su trabajo. ¿Suicidio? no puede aceptarlo, Lilian no tenía esas intenciones, ella se hubiera percatado. ¿O tomó demasiado a la ligera todo el asunto pensando que eran mentiras lo de los diabólicos y todo lo demás? Una angustia atroz la sobrecoge por unos instantes, a su alrededor todo se desmorona, Ignacio, Helena, Lilian y ahora esta Berta casi desconocida.

Comienza a hablar despacio, le cuenta al detective lo de la computadora de Lilian, la intensa búsqueda de esa anónima Cuqui que aglutina a tantos jóvenes empeñados en destruir sus vidas quizás impelidos por los problemas que enfrentan en su hogar. Una sola vez la interrumpe.

-Sanjur sospechaba lo de la computadora, porque cuando inspeccionó el cuarto de Lilian, allí quedaban los cables sueltos y el aparato faltaba. El padre se negó a decir en dónde estaba, pero Sanjur está convencido que usted tenía que ver con el asunto. Creo que estaba gestionando una orden de allanamiento de su apartamento.

-No hemos cometido ningún delito, el padre de Lilian me trajo la computadora a mi oficina, creo que era su derecho.

-Nadie la va a culpar de esconder pruebas, este es un caso muy especial. Sospechamos que debe tener otras ramificaciones que no hemos descubierto, pero el director de la Policía tiene a Sanjur contra la pared por esa muerte. Y ahora con la desaparición de la otra niña, la presión es fuerte en todo el departamento.

-Entiendo. Nosotros inspeccionamos la computadora de Berta y encontramos que tiene los mismos contactos de Internet que Lilian. Sabemos en dónde vive Cuqui, porque a ella recurrió para huir de la casa. Para allá íbamos cuando nos pareció prudente incluir a la policía.

-Buen trabajo, doctora, la felicito, debería cooperar con nosotros en otros casos.

No está segura si el tono es de admiración o burla. No le importa, no hay vuelta atrás. Pedro Carlos paga el consumo y salen del establecimiento seguidos por la mirada curiosa del mesero.

-Será mejor que fuésemos todos en el mismo carro- sugiere el detective tratando de controlar su impaciencia ante la actitud de Daniela.

-No, prefiero ir en el mío, usted sígame, tengo una idea exacta de la dirección, las instrucciones que encontramos son muy detalladas- insiste Daniela, sin preocuparle lo más mínimo el disgusto que adivina en el detective.

"Bájate del bus en las Cumbres a la altura del asta de la bandera en donde hay en una pequeña plazoleta, los conductores saben bien en dónde está. De allí camina a la derecha tres cuadras y luego a la izquierda en una calle sin salida. Es la casa de dos pisos pintada de verde oscuro al final de la calle. En la verja de entrada hay un timbre que debes sonar cuatro veces, te esperamos".

Esa parte del mensaje es lo que más le preocupa, "te esperamos" ¿quiénes? A medida que se acercan al área le parece que el corazón le palpita de forma irregular, le sudan las manos. A su lado Pedro Carlos en silencio los ojos fijos en la carretera, en el rostro una mueca de desamparo la conmueve. Solamente ha pensado en sus problemas, sin sopesar que a su amigo le espera una seria confrontación con Ana Cecilia, quizás una de tantas, Pero bueno, ¿es que alguien es totalmente feliz en el matrimonio? Disminuye la velocidad al llegar al asta de la bandera en la pequeña plazoleta que señala el inicio de las Cumbres. Se desvía hacia la derecha, van contando las cuadras, una, dos, tres, calles pobladas por casas rodeadas de extensos jardines y árboles frondosos, un giro a la izquierda y al final se encuentra una de dos pisos de grandes proporciones. Tiene la fachada pintada de un verde oscuro, como tratando de pasar desapercibida en medio de la frondosa vegetación que la rodea más allá de la ornada cerca de hierro. Detiene el coche sin saber cómo proceder. Detrás de ellos, el detective se baja del suyo con una mirada de determinación en el rostro.

-Doctora, es hora que deje a los profesionales tomar el control de este asunto- el tono es adusto, la sonrisa ausente.

Casi inmediatamente llega otro carro policial, el amenazador arco iris girando en el techo, y de él se apea Sanjur, con una mueca en el rostro. Estupefacta Daniela lo mira sin acabar de entender.

-La venimos siguiendo, doctora. Lo siento mucho pero era necesario.

-Tenía que notificar a mis superiores de su llamada, usted puede comprender cual es mi deber... -le dice Contreras sin mirarla de frente.

Se siente traicionada y la a vez comprende la lógica del asunto. Se toma unos minutos de silencio para reorganizar sus pensamientos decidida a mantener el control de la situación.

-Está bien, pero exijo que no irrumpan en esa casa como si fueran la caballería al rescate, tenemos que evitar otra tragedia. Sugiero que el detective Contreras, que aparenta tener menos edad toque el timbre, pregunte por Cuqui y que tome como referencia a Berta. Que diga que ella lo está esperando o algo así a ver la reacción que tenemos.

El tono es firme, la mirada desafiante, Sanjur medita unos momentos antes de contestar.

-Está bien, lo haremos como sugiere pero si hay alguna demora, entramos con todo.

Contreras mira a su jefe, asombrado de que haya aceptado la sugerencia de Daniela y obedece su comando en silencio. Se arremanga la camisa que extrae del blujin. De la nada saca una gorra que se coloca al revés dándole un aspecto de jovencito rebelde. La transformación es extraordinaria, lo hace muy bien. Sanjur mociona al policía en el carro que se aleje un poco y lo mismo a Daniela que entiende, no pueden ser vistos aunque la gruesa vegetación que rodea la casa impide la visión más allá de la verja de entrada. Contreras pulsa el intercomunicador cuatro veces y espera. En pocos segundos una voz lo interpela.

-¿Quién es y qué desea?

-Es Rogelio, Berta me dijo que me esperaba aquí.

Un largo silencio acoge sus palabras.

-Berta ahora mismo está durmiendo y no dijo que esperaba a nadie.

Daniela se acerca con cautela y le susurra al detective.

-Dígale que es su novio por Internet.

-Soy su novio, nos conocimos por Internet y ella me está esperando. Yo sé que se escapó de la casa y no me voy de aquí hasta que pueda verla. Yo también ando escapado y quiero hablar con Cuqui para que nos ayude.

Lo dice con firmeza y después de unos segundos la verja se abre lentamente y allá va Contreras, arrastrando los pies, las manos en los bolsillos con ese andar cadencioso tan de moda entre los jóvenes, como si les pesara el esqueleto. La puerta principal se entreabre y por ella desaparece. Daniela aprieta con fuerza la mano de Pedro Carlos, que ha permanecido en silencio durante todo el intercambio con Sanjur y se da cuenta que está conteniendo la respiración, como si fuese a delatar su presencia. Los minutos pasan lentamente, una angustia asfixiante se apodera de ella, a lo mejor tomaron el rumbo equivocado y Sanjur tenía razón al querer entrar por la fuerza. Nubes oscuras cubren el sol, el ambiente se impregna de humedad y la lluvia comienza de inmediato, no le importa mojarse, la frente le arde y resiste el intento de Pedro Carlos de hacerla esperar dentro del carro. Cuando ya la expectativa está erosionando su confianza, un timbre suena en el carro de la policía dos veces.

-Tenemos que entrar, hay una urgencia- grita Sanjur.

El policía sale del carro y de inmediato brinca la verja provisto de una larga palanca de metal. La puerta de la casa se abre y aparece Contreras.

-Hay que llamar a una ambulancia, Berta se metió en un baño y se cortó las venas cuando me identifiqué- grita alterado.

¿Cómo describir los momentos siguientes? Entramos todos corriendo a la vez guiados por el detective que subió las escaleras de dos en dos. En el segundo piso en una recámara, encontramos a Berta tendida en un baño, aún sujetaba una navaja de afeitar en la mano izquierda, era espeluznante, había sangre por todos lados. La acostamos en un la cama cubierta con una colcha de satín oscuro, me ocupé de ponerle torniquetes con los lazos que adornaban las almohadas, bajarle la cabeza todas las cosas que recordaba de primeros auxilios, a la vez tratando de combatir las lágrimas que se escapaban de mis ojos. Respiraba inquieta como si cada aspiración le costara demasiado, la mirada desorbitada por el miedo, los labios fruncidos. No podía dejarla morir, que es lo que entre dientes nos pedía, que la dejásemos morir. La ambulancia llegó de inmediato, Sanjur venía preparado y hasta ese momento no había visto a nadie en esa casa. Los paramédicos hicieron su trabajo y nos aseguraron que no había porqué preocuparse, la niña estaba estable y fuera de peligro.

Nos reunimos abajo en la sala sin saber qué más hacer, una habitación oscura, los muebles de alto respaldar de sólida madera, muy ornados, cortinas de terciopelo rojo oscuro, la alfombra de un sombrío gris.

Contreras regresó escoltando una delgada morena ataviada con un impecable uniforme de servicio, los ojos inquietos, el temor reflejado en el rostro. Tenía la nariz fina, los labios gruesos, el cabello recogido en un moño que le daba un aire de elegancia. Enseguida intuí que era la cocinera dominicana que le había enseñado cosas a Lilian y sus amigos, esas diversiones que presentía tenían algo que ver con el violento final de su vida.

Esta señora me dejó entrar, explicó el detective y me llevó arriba en donde la niña reposaba en una cama y cuando

me identifiqué saltó y corrió a encerrarse en el baño, no me dio
tiempo a detenerla, tuve que romper la puerta y ya se había cor-
tado. Lo siento, no me dio tiempo... Él me dijo que era su novio,
dijo la mujer, por eso lo llevé a su lado, no soy responsable de lo
que ocurrió, no tengo la culpa. Ella estaba muy asustada y no
quería regresar a su casa.

-Altagracia, ¿qué ocurre? ¿A qué se debe tanto barullo? Me parece haber escuchado la sirena de una ambulancia muy cerca... ¿Qué está pasando?

Una mujer en silla de ruedas eléctrica hace su entrada en la sala desde un pequeño elevador instalado detrás de las escaleras. Aparenta tener unos veinte años o
quizás más, al mirarla de cerca. Es muy delgada. Viste
una especie de túnica blanca que le llega hasta los tobi-
llos, lleva el cabello recogido con una cinta azul, tiene un
rostro atractivo sin ser bonita. Pero lo más impresionante
son sus ojos, de un azul zafiro rodeados de largas pestañas y profundas ojeras. Mira asombrada a su alrededor
como tratando de entender lo que ocurre.

-¿Quiénes son esta gente y porqué han invadido
mi casa? Exijo una explicación de inmediato.

-Detective Sanjur de la policía técnica judicial. Es
usted la que nos debe una explicación, señora. Aquí hemos encontrado escondida una menor que se había escapado de su casa. Usted puede ser objeto de una investigación penal si se niega a cooperar con nosotros- amenaza
el detective.

Me llamo Isabel Wharton, señor Sanjur, yo puedo
recibir en mi casa a quién me parezca. Berta vino aquí
por voluntad propia buscando refugio de un problema en
su hogar, en realidad no tengo que darle explicaciones si
no es en presencia de mis abogados. Puede ahorrarse sus
amenazas. ¿Y dónde está Berta?

-Camino al hospital después de haberse cortado
las venas en uno de sus baños si es que le interesa- contesta Sanjur.

Su mirada de espanto lo dice todo, no se había enterado de lo ocurrido.

-Pero ¿se va a recuperar? Por favor díganme que estará bien.

-Sí, y no gracias a usted.

-Por favor señorita Wharton, disculpe al detective, solamente trata de hacer su trabajo. Esto ha sido un incidente muy desagradable que pudo haber sido evitado. El detective que entró a buscarla no se percató que ella estaba tan asustada... Le pido que nos ayude, necesitamos encontrar a alguien que puede dilucidar un misterio- interrumpe Daniela al notar que la mujer se apresta a dejar el salón, con el rostro cubierto de lágrimas

-¿Y usted quién es?-pegunta con un ademán altanero.

-Yo soy Daniela Miralles, la sicóloga de una joven llamada Lilian Ariosto. Por eso estoy aquí, porque también conozco a Berta.

Nota la mirada de disgusto de Sanjur como diciendo esto es asunto policial, no se meta, pero la ignora, presiente que con sus amenazas no va a lograr nada de Isabel Wharton.

-¿Sicóloga? Vaya, vaya. ¿Y cuál es su diagnóstico de la condición de Lilian? ¿Depresión? ¿Malacrianza? ¿Bipolaridad? Ah.. ese es el asunto de moda... Controlable por medicamentos carísimos. Eso es lo único que ustedes los sicólogos alcanzan a ver. Ahondar en la situación real que se les presenta significa demasiado trabajo, además, descubrir conflictos entre los que pagan la consulta... los padres, secretos, cosas muy feas, no vale la pena. Es mejor un rápido diagnóstico, nada fuera de lo común, nada que pueda significar problemas muy serios, nada. Pobre Lilian, nunca va a encontrar la paz con alguien como usted ciega y sorda supuestamente tratando de ayudarla. Y ahora esta otra, que llegan a buscarla como si se tratara

de una criminal y se indignan porque en su desespera-
ción haya cometido la locura de cortarse las venas. ¿Qué
esperaban? ¿Qué los recibiera con los brazos abiertos dispuesta a irse a casa, arrepentida de haber escapado del
infierno?

Daniela la mira asombrada al darse cuenta que Isabel o no sabe o aparenta no saber que Lilian está muerta,
nadie puede disimular con tanto aplomo. Titubea unos
instantes antes de proseguir con el interrogatorio.

-Entonces, ¿usted conoce a Lilian?

-Aquí llega a veces cuando el mundo se le viene
encima, yo trato de convencerla que regrese a casa y bus-
que ayuda y para eso la consultaron a usted. No creo que
la haya ayudado mucho.

-¿Cuándo fue la última vez que la vio? –irrumpe
Sanjur cansado de esperar.

-No tengo porqué contestar sus preguntas, no he
cometido ningún delito. Me voy a retirar y sugiero que
hagan lo mismo. En el futuro pueden comunicarse conmigo a través de mis abogados.

-Señorita, tenemos una orden de allanamiento de
esta casa, usted le daba albergue a una menor que se había escapado de su hogar. Eso es una felonía, por si no lo
sabe.

Isabel Wharton se retira en silencio dejando a un
irritado Sanjur con la palabra en la boca. Después de un
larguísimo interrogatorio que no fue nada fácil, ya que la
dominicana también se niega a contestar preguntas, lo-
gran averiguar parte de la verdad. Cuqui nunca existió,
fue su error llegar a la conclusión que era una jovencita.
Daniela trataba de recordar las palabras de Lilian, cuando hablaba de una amiga cuyos padres siempre estaban
de viaje, esa amiga era Isabel Wharton la que mantenía
una intensa correspondencia con muchos adolescentes
con problemas en su hogar o la escuela.

La empleada les informa que Isabel tiene veinticinco años aunque aparenta menos. Ha estado confinada a una silla de ruedas desde temprana edad por un accidente que la dejó paralítica y desde entonces sus padres la mantienen aislada en esa casa, alejada de todo contacto. El padre, un norteamericano ejecutivo de una transnacional, viaja constantemente, su base de operación está en Texas. La madre lo acompaña a todas partes y los dos hermanos residen en Houston con los abuelos. A ella la dejaron en la casa materna con los medios que le facilitara todas las comodidades en su difícil situación. Raras veces vienen a visitarla, pareciese que la han abandonado provista de todos los recursos que pueda necesitar.

-Yo la he cuidado por los últimos diez años desde que tuvo el accidente-afirma la asustada mujer.

En el recorrido por la casa encuentran un cuarto con dos computadoras, el reino de Cuqui en todo su apogeo conectadas a la vez a Internet. En otro, toda clase de absurdos aparatos, una especie de horca colgada del techo, un cepo de madera, látigos y máscaras de toda clase en las paredes, estuches con dientes de lobo para ser colocados en los incisivos y brazaletes de púas, parecen los propicios para el escenario de una película medieval, todo con una etiqueta el certificado de origen de horror.movies.com, garantizados de ser copia fiel de los originales. En una enorme pantalla de televisión se suceden escenas de películas antiguas, en secuencia aparece Frankestein el original de Boris Karloff, el lobo humano de Lon Chaney Junior, Bela Lugosi el inmortal Drácula, el vampiro de Bhrams Stokes, la Juana de Arco de Ingrid Bergam mientras es quemada en la pira, el jorobado de Charles Laughton encaramado en Notre Dame de París combatiendo a los que lo asedian y otras imágenes de la misma época, en un caleidoscopio de películas posiblemente importadas del mismo lugar, horrormovies.com. El detective Contreras mira todo aquello sin entender lo que significa, es demasiado joven para conocer a esos personajes, el policía más viejo se rasca la cabeza, los recuerdos afloran lentamente de sus días en esos oscuros cines que visitaban una y otra vez para morirse del susto con esos monstruos.

- Esas películas sí daban miedo de verdad, no como las de ahora que son nada más que sangre y efectos especiales- susurra uno de los agentes.

En otra habitación contigua hay tres mesas dispuestas con juegos de ajedrez, dominó y barajas. Y después de mucho registrar encuentran un montón de películas caseras en un closet que deciden recoger como evidencia. Sanjur insiste en retener a Isabel y a la empleada vigiladas en la casa como sospechosas en el asunto de Lilian, custodiadas por dos policías. Y de paso le exige a Daniela presentarse a su oficina a primera hora del día siguiente para dar una declaración por escrito, pero ella se dirige a su coche sin detenerse a escuchar sus exigencias, alejándose a toda velocidad. De regreso a la ciudad le agradece a Pedro Carlos el largo silencio. Nada más que pensar en lo que han visto en esa casa y que no acaba de entender le produce escalofríos.

A pesar de su desazón insiste en una corta parada en el cuarto de Urgencias del hospital en donde le informan que Berta está fuera de peligro. ¿Por cuánto tiempo? De lejos divisa al padre sentado en el cuarto de espera y se apresura a añejarse, no tiene ganas de enfrentarlo, no sería capaz de ofrecer consuelo alguno, el mal ya está hecho. Al llegar a su apartamento en la entrada despide a Pedro Carlos con un largo abrazo que intenta decirle lo mucho que agradece su compañía a sabiendas de los problemas que le esperan al regresar a casa. Mañana tratará de inmiscuirse en ese otro asunto.

Al entrar por la cocina que está a oscuras, Niki la recibe con alegre ladrido y su estómago le informa que no ha comido en todo el día.

XVI

Se levanta muy temprano. Casi no pudo conciliar el sueño, atormentada por lo sucedido el día anterior
que aún no logra entender. Toda la noche la persiguió la
voz estridente de Isabel Wharton lanzando acusaciones
en su contra /se suponía que usted la iba a ayudar y no
creo que hizo nada, absolutamente nada/. Pero, ¿qué más
pudo hacer? Fue en la última entrevista que creyó entender la situación de conflicto en ese hogar provocada por
la conducta de la madre de Lilian, ¿O lo sospechó desde
el primer día y escogió no darse por enterada? Quizás de-
bió ser más enérgica con los padres de la niña y recomen-
dar que fuese enviada a un internado como hicieron con
el hermano. Por unas horas ha olvidado al señor Ariosto,
le debe una extensa explicación, aunque nada ha sido es-
clarecido. La única realidad que conoce es la muerte de
Lilian, la de Ignacio y su propio desamparo. Helena está
mejor, pero no debe hacerse ilusiones. Ese es el curso de
la enfermedad, una crisis tras otra hasta que llegue el olvido, la desmemoria, la muerte en vida.

-Doctora Miralles, Isabel Wharton se niega a dar
declaraciones si no está usted presente- le informa un
irritado Sanjur por teléfono cuando se apresta a salir a
ver a Helena.

-Pero ¿para qué me quiere Isabel? Ayer no la vi
muy inclinada a hablar con nadie y menos conmigo.

-Ya lo sé, estuve allí y me di cuenta que no estaba muy contenta con usted,   pero tengo la obligación de
interrogarla. Los abogados ya se hicieron presentes, la señorita tiene quien la defienda, son los socios de la mejor

firma de la ciudad que representa sus intereses y los de sus empleados. Y de paso ella exige que usted esté presente antes de dar declaraciones. No es que tenga algo en contra suya Doctora, pero yo no estoy de acuerdo, esto es un asunto policiaco. Nosotros empleamos sicólogos entrenados para convencer a testigos reacios a declarar, pero mis superiores insisten en respetar los deseos de la Wharton. Y debo añadir que usted no ha sido muy abierta con nosotros...

Nota la frustración en su voz, el reproche, le molesta aceptar órdenes que en algo disminuyan su autoridad, está acostumbrado a tratar con mano fuerte a todos los sospechosos de alguna infracción. Para nada le conmueve la situación de invalidez de la joven.

-¿Ya usted le informó a Isabel de la muerte de Lilian? Ella aparentaba no saber absolutamente nada.

-No me trago esa pose de que no sabe nada, estoy convencido de que ese hecho ocurrió en esa casa, alguien conoce la verdad y lo vamos a averiguar. Pero no, no he mencionado el asunto. Tenemos bajo custodia al chofer que trabaja con ella, es el que se encarga de hacer mandados, la limpieza pesada y llevar a la dominicana de compras, aparentemente la señorita Wharton sale muy pocas veces, sus médicos la visitan en casa. Cuando lo interrogamos, el tipo se puso muy nervioso y sospecho que si lo apretamos un poco más vamos a enterarnos de las cosas que ocurrían en ese lugar. También emplean a un jardinero, que viene a trabajar dos veces por semana y no entra en la casa.

-¿Y las películas caseras que encontraron tenían algo importante?

El significativo silencio le indica que Sanjur no está muy dispuesto a compartir la información con ella, pero insiste hasta obtener respuesta.

-Bueno, el laboratorio las está inspeccionando para darnos un reporte, comenzaron ayer mismo y desde luego con énfasis en Lilian a ver si aparece en alguna de esas cintas. El informe inicial que me dieron esta mañana, es que las películas tratan de un poco de chiquillos haciendo payasadas en el cuarto de horrores, jugando a los monstruos frente a la cámara. Parece que muchos jóvenes visitan esa casa. Con todos tenía correspondencia, su correo electrónico está repleto de mensajes que estamos analizando. No es usted la única que se percató de la importancia de las computadoras en este asunto.-el tono sarcástico indica que está al tanto de todo lo que ha ocultado.

-¿A qué hora va a ser la reunión con la señorita Wharton y en dónde se llevará a cabo?

-A las once, doctora y por insistencia de los abogados tendrá lugar en la casa de las Cumbres, lo que me parece francamente irregular, pero no puedo hacer nada al respecto. Aducen que a la joven le cuesta mucho salir de la casa.

-Está bien, allí estaré.

-Si quiere puedo mandar uno de mis subalternos a buscarla.

-No se preocupe, puedo llegar sola, tengo otras cosas que hacer antes.

Todos sus sentidos están en alerta, no puede ocultar su interés, necesita saber la verdad y la clave está en las declaraciones de Isabel. Decide llamar a Pedro Carlos para informarle, es lo justo, ha estado a su lado dándole ánimos durante esa interminable semana de desgracias. En su oficina le informan que no ha llegado y se arriesga a llamarlo a casa, segura que Ana Cecilia sigue molesta. Es ella la que contesta el teléfono.

Pedro Carlos se ha marchado, me dijo muy enojada, recogió sus cosas y se largó anoche, sin importarle los niños ni mis reclamos, se fue. Dice que desea el divorcio, que está harto de la situación. Cualquier cosa que le digo, le suena a crítica y se molesta. Lo que pasa es que no quiere aceptar sus responsabilidades ni mucho menos reconoce sus limitaciones. Pero bueno, imagino que estabas al tanto de todo ¿verdad? Ustedes dos llevan varios días en compañía, de seguro que te hizo partícipe de sus intenciones de irse y no tuviste la cortesía de avisarme. Eso no te lo voy a perdonar nunca, Dani.

Y no supe qué decirle, las palabras responsabilidades y limitaciones resonando en mis oídos, enmudecí y al recoger solamente mi silencio como respuesta a sus reclamos, Ana Cecilia colgó el teléfono con fuerza. Traté de llamarla otra vez para aclarar la situación, mi ignorancia del asunto, preguntarle si tenía idea a dónde se había ido, asegurarle que me parecía solamente una crisis pasajera, tenía que calmarse, pero el aparato permanecía ocupado, de seguro lo había dejado descolgado y su celular estaba fuera del aire. ¿Qué había estado ocurriendo bajo mis narices? Pedro Carlos no me había comentado que la situación fuese tan grave. En realidad con su ayuda me había ocupado de mis asuntos, sin detenerme a averiguar algo más cuando noté su ¿reciente? Adicción al alcohol. Aunque sospeché que algo andaba mal entre esos dos no me preocupé lo suficiente. No hice nada por mis mejores amigos ocupada en resolver los problemas de extraños. Sentí una especie de turbulencia en mi interior, mis desaciertos se multiplicaban. ¿Es que había hecho algo bien en los últimos días? ¿Y porqué no decir meses? Todo lo que creía saber del funcionamiento del cerebro humano, me había entrenado para observar y comprender las variaciones de la conducta del hombre, de eso que llaman alma y sus facultades de las que nadie tiene certeza, o quizás todo sea pura falacia, todos mis estudios de nada me habían servido. Mi zozobra iba creciendo por segundos, quizás no tenía derecho de asistir al interrogatorio de Isabel y mientras sopesaba lo que debía hacer, llamé al hospital en donde me informaron que a la niña Berta le habían dado salida y de repente una tenaz preocupación, un recuerdo cercano comenzó a atormentarme. ¿Qué fue lo que dijo Isabel? Que Berta había escapado del infierno, eso era, del infierno. Si la madre no vivía con ellos hacía tiempo, el infierno ¿estaba en esa casa? ¿Qué clase de infierno? No, tenía que hablar con Isabel de todos modos y de alguna forma en privado sin Sanjur en el medio amenazante, quizás los abogados se encargarían de neutralizar su agresividad.

Llega quince minutos antes de las once y encuentra que los otros protagonistas de la entrevista se le han adelantado. Nota el destartalado coche de Sanjur aparcado frente a la casa, más allá un coche de lujo que asume debe pertenecer a los abogados de Isabel y una camioneta policial, en donde varios agentes esperan con cara de aburridos, lo que le parece un innecesario despliegue de fuerza. A propósito se ha vestido de forma muy casual, zapatos de lona, pantalones de sport y una camisa blanca, el cabello recogido, muy poco maquillaje, no quiere intimidar a Isabel vestida de doctora. Necesita obtener su confianza, recuerda sus días en Atlanta cuando buscaba entrevistar a las familias de los adictos, había que ganar entrada en esos hogares. Nada de batas blancas ni sellos de autoridad, órdenes del Doctor Bruce Lydell que llegaba a los lugares en crisis en blujins, la camiseta y la gorra de su team de baseball favorito y zapatillas y de alguna manera lograba iniciar el diálogo con las partes en conflicto. Bruce. Hasta ahora cuando es demasiado tarde, recuerda todo eso que debía haber tenido presente días atrás.

Ignacio comenzó a cambiar su imagen y ella se dejó llevar. Le enfatizaba que siempre debía aparecer en público ataviada en elegantes trajes de marca, el cabello perfecto, la sicóloga que todo lo sabe. El hábito no hace al monje, repetía, pero ayuda bastante Dani, mira a Cristina y a Oprah, jamás has de verlas con un cabello fuera de lugar. Una era una cubana del montón y logró superarse y la otra una morena algo gordita y poco agraciada, aunque muy talentosa como actriz y míralas ahora. La rubia de moda, la entrevistadora más exitosa de la televisión y la otra una de las mujeres más ricas de Estados Unidos gracias a sus programas de comentarios y ahora con un físico muy atractivo. Claro, guardando las proporciones estamos en este pequeño país, pero más vale ser cabeza de este ratón que cola de león, hay que tener imagen querida, imagen... Le cambió el maquillaje, hasta la manera de caminar, era una estrella de la televisión y en el camino olvidó su vocación y ahora paga las consecuencias. Ignacio yace muerto en la morgue mientras desgarran su cuerpo buscando respuestas que ya no importan. Por unas breves horas ha logrado ignorar el lacerante dolor que tiene metido muy adentro.

En la casa de las Cumbres, la puerta está abierta y la recibe el silencio, pareciese que no hay nadie en la sala que permanece en penumbras.

-Por aquí doctora- es la voz de Sanjur que la llama desde arriba.

En el salón la espera el policía acompañado de dos señores, los abogados de Isabel. Estrecha las manos que le extienden sin reparar en sus nombres. En las paredes del cuarto de horrores la pantalla está en blanco. Más allá, en el cuarto de las computadoras nota que hay dos mujeres policías ocupadas frente a los monitores. Un ancho pasillo los lleva a la habitación en donde los espera Isabel Wharton. No se vuelve a mirarlos, sentada en la silla de ruedas frente a una mesita redonda, come sin apuros, con la dominicana a su lado. Daniela mira asombrada a su alrededor. Están en una habitación llena de sol, a un lado la gran cama cubierta con una colcha de un verde pálido con margaritas en los bordes, el mismo diseño en las cortinas que adornan los amplios ventanales que dan al jardín de atrás, en donde florecen las veraneras en un arrebato de colorido y un viejo almendro se eleva majestuoso dando sombra a un costado. Las paredes decoradas con hermosas reproducciones de paisajes y flores, a un lado una pequeña alcoba rodeada de ventanales cubiertos con delicadas cortinas de encaje, ocupada por la mesita en donde come Isabel sentada en su silla de ruedas. En la otra esquina un centro audiovisual con todos los aparatos y el enorme televisor de pantalla plana, lo último en tecnología. Debe pasar muchas horas en este lugar, piensa. El decorado es tan distinto al resto de la casa, es increíble, parece que pertenece a otro lugar, al hogar normal de una niña consentida y no a la opresiva atmósfera de mansión victoriana o museo medieval que adorna el resto de la casa. La empleada limpia los restos de comida mientras los abogados se acercan a la joven para saludarla. Viste una túnica rosada, adornada con encajes en los puños, el cabello atado por una cinta del mismo color le da un aire de niña, pero los ojos delatan su edad, unos azules ojos ensombrecidos por largas pestañas, altivos, acusadores, como si fuesen ellos los que están bajo investigación y no ella.

-Buenos días Isabel. Estamos aquí para apoyarte. No tienes que contestar alguna pregunta que te moleste. Tus padres han sido notificados y vendrán en cuanto puedan, logramos ubicarlos en Londres. Robert está allí en una reunión de negocios.

-No debieron llamarlos sin preguntarme primero, Licenciado, yo soy mayor de edad y puedo manejar mis asuntos.

-Vamos Isabel, no seas así. Tus padres se preocupan por ti, llaman todos los meses para asegurarse que estás bien ya que te niegas a contestar sus llamadas.

-Hay que guardar las apariencias, licenciado y usted sabe que mi madre se especializa en esas exquisiteces- contesta con voz seca, vacía de emoción alguna que llama la atención y sorprende a Daniela.

–Bueno prosigamos con la entrevista- interviene Sanjur impaciente por demostrar que es la autoridad presente.

-Isabel, yo desearía hablar primero con usted a solas - dice Daniela, tratando de ignorar la mirada furiosa que le dirige Sanjur.

-Uno de nosotros siempre tiene que estar presente cuando la señorita Wharton sea entrevistada-interviene uno de los abogados.

-Permítanme recordarles a todos que esta es una investigación policial. No solamente encontramos en esta casa a una niña que se había escapado de su hogar y trató de suicidarse, pero tenemos fuertes indicios que otra jovencita que fue encontrada muerta cerca de aquí, también visitaba esta casa y eso es lo que hemos venido a averiguar.

-¿Muerta? ¿A quién se refiere usted?- Isabel lo mira sorprendida.

-A Lilian Ariosto que fue encontrada tirada en una cuneta cerca de aquí muerta por asfixia. Tenemos información que ella se comunicaba con usted por Internet al igual que la otra.

Rompió a llorar de una manera tan angustiosa que de inmediato me convencí que ignoraba lo de la muerte de Lilian. Los sollozos se sucedían de forma espasmódica, e iban en crescendo, era impresionante su reacción a la noticia, con el rostro cubierto entre las manos, gemía y lloraba a la vez como un animal herido. Sin conmoverse, Sanjur comenzó a machacarla con preguntas, los abogados indignados exigieron que nos fuésemos de inmediato, obviamente la joven no estaba en condiciones de ser interrogada. De la nada apareció la dominicana con una caja de pañuelos desechables, ocupándose de enjugarle el rostro a la joven que de inmediato dejó de llorar, el rostro seguía escondido

*como si toda esa crisis de llanto estuviese programada de ante-
mano. ¿O no? Y el demonio de la duda comenzó a atormentarme, algo más sabían esas dos.*

*Regresamos a la planta baja, Sanjur obviamente muy
contrariado echaba chispas y señaló que iba a regresar arma-
do de toda clase de órdenes legales para llevar la investigación
a fondo, la casa permanecería bajo custodia hasta que el asunto
se resolviera, las computadoras estaban bajo órdenes policiales y
nadie podía acercarse a ellas. Los abogados se enredaron con él
en toda clase de argumentos, lo amenazaban con demandas por
extralimitación de autoridad.*

*De repente sin pensarlo con un impulso que aún no lo-
gro explicar, cuando nadie se ocupaba de mi persona, subí las
escaleras, no podía salir de esa casa sin descubrir la verdad,
tenía que exorcizar mis demonios. Sospecho que Sanjur se percató de mi movida pero escogió seguir discutiendo con los abogados, por lo menos creo que sabía que no le iba a mentir. Las
policías que trabajaban frente a las computadoras ni se dieron
por enteradas de mi presencia y seguí veloz hasta la recámara
de Isabel. Allí estaba conversando animadamente con la dominicana, los ojos resecos de toda lágrima, parecía estar muy molesta. Cuando notó mi presencia me dirigió una sonrisa despec-
tiva. -y usted ¿qué hace aquí? ¿O es que no entendió el mensaje
de mis abogados?- me dijo con el gesto, de alguien acostumbrado
a imponer su voluntad. No quise darme por vencida, era muy
importante hacerle algunas preguntas, insistí, guardaría discreción si así lo solicitaba. Le pedí a la empleada que nos dejara a
solas y se resistió.*

-Señorita, ¿llamo al Licenciado para que la saque
de aquí?

Isabel parece taladrarla con la mirada, con una
mueca tuerce su boca en un gesto de disgusto hasta que
se decide.

-No, no, vete, Altagracia vete. Déjanos solas.

-Pero Señorita el Licenciado Martínez insistió que no debía dar declaraciones sin él estar presente...

-Vete y no llames a nadie. Siéntese doctora, voy a satisfacer su curiosidad, usted se lo merece. ¿Qué es lo que más le interesa? ¿Este lugar? ¿Mis amistades? Lo menos que quiere escuchar es la consecuencia de sus desaciertos ¿verdad? Esos chiquillos para usted son solamente adolescentes con problemas de conducta, una breve consulta, un diagnóstico apresurado y ya. Lo que hacen después, lo que realmente les ocurre no es asunto suyo. Quizás ordene un medicamento o dos para calmar al paciente, mientras alguien pague la consulta, todo está bien. Yo pasé por todo eso, y míreme hoy, en silla de ruedas tratando de arreglar lo que no tiene remedio.

Daniela la mira sin acabar de entender a qué viene todo ese discurso y resiente la crítica nada velada que le hace.

-Isabel, espero que entiendas que yo no soy policía y no he venido a acusarte por lo que haces en tu casa, solamente quiero saber la verdad sobre Lilian Ariosto. Te aseguro que lo que me digas quedará entre las dos.

-¿Entre las dos? ¿Y pretende que le crea?- rompe a reír con una carcajada que más parece un estallido demente, mientras retuerce las manos en las agarraderas de la silla como poseída.

-Cálmese, cálmese, esta Señora se irá enseguida, voy a llamar al licenciado enseguida, no tiene que hablar con nadie- interviene nerviosa la dominicana que no se ha alejado.

Para Daniela es obvio que la mujer no quiere que Isabel siga hablando.

-Te doy mi palabra, Isabel, puedes contar con mi absoluta discreción. Ella estuvo en esta casa ¿verdad? La trajeron a mi oficina el martes, estaba muy alterada y en la madrugada la encontraron muerta tirada en una cune-

ta muy cerca de aquí. Al principio creyeron que se trataba de un crimen sexual, pero murió por asfixia. Parece
haber sido un suicidio, pero alguien movió su cuerpo e
intentó hacer ver que la habían violado. Estaba toda ma-
gullada por sus partes íntimas.

Otra vez la horrible carcajada sacude el delgado
cuerpo, a Isabel le cuesta un esfuerzo controlarse. Del
bolsillo de la túnica saca un paquete de cigarrillos y enciende uno, la mirada ausente fija en el ventanal. Fuma
despacio, inspira con fuerza, tirando el humo hacia arriba con un gesto dramático, como en las películas de antaño.

-¿Y cómo se enteró de mi existencia, doctora?

-Investigamos la computadora de Lilian, su correo,
logramos conectarnos al chateo, contestaron toda clase
de interlocutores que preguntaban por Cuqui y después
en la de Berta, lo mismo y allí estaba tu dirección. Era demasiada coincidencia. El Señor Ariosto estaba casi seguro que podría obtener una explicación de la muerte de su
hija a través de sus contactos por Internet. Y así nos cen-
tramos en buscar a Cuqui. ¿Es tu seudónimo verdad?

-Si, es un seudónimo que uso en el chateo, pocos
dan su verdadero nombre. Lo importante es comunicarse
con la gente que a uno le interesa,

-Señorita, por favor no tiene que decir nada más.
Voy a llamar al licenciado, todavía está abajo discutiendo
con el policía.

-Déjanos solas, Altagracia, y no te lo voy a repetir
otra vez y cuando salgas, tranca la puerta, no te quiero
pegada a las rendijas.

*Y por fin nos quedamos las dos a solas y por una ex-
traña razón las manos me sudaban y las piernas parecían fla-
quearme y tuve que sentarme dispuesta a escuchar. Perdí la
noción del tiempo atrapada por la historia que contaba Isabel.*

La interrumpí una o dos veces para aclarar ciertas situaciones, no deseaba alterarla más de lo que estaba tratando de controlar mi impaciencia e incredulidad. Me costaba trabajo aceptar lo que decía, era demasiado repulsivo. Mientras hablaba, Isabel se desplazaba de un extremo al otro de la recámara dando vueltas y vueltas en la silla de ruedas en una conocida rutina, la alfombra mostraba huellas de tantos otros recorridos similares, fumaba un cigarrillo tras otro, tirando cenizas por todas partes cuando no lograba alcanzar el cenicero sobre la mesa. Era obvio que la juventud se le escapaba para siempre amarrada a su invalidez y no se resignaba. El resentimiento, el odio que le profesaba a sus padres, una herida que no cerraba, era aterrador. Necesitaba ayuda sicológica, pero yo era la persona menos indicada para darle el apoyo que no aceptaría jamás.

Terminó de hablar, había pasado más de una hora desde el inicio de nuestra conversación. Entonces como cansada me dio la espalda y dijo -Váyase de aquí doctora, y no regrese nunca más. Y recuerde su promesa, mi historia personal queda entre nosotras dos. Puede proceder como quiera con el resto que le he contado, ojalá que logre continuar con la labor que yo comencé, pero imagino que está demasiado ocupada para perder su precioso tiempo con desconocidos. Le advierto que no pienso dar testimonio de nada. Intenté convencerla que no era lo correcto y con esa carcajada casi maligna me despidió con un ¿Y usted cree que todo lo pasado tiene remedio? Todo lo negarán, nadie le cree a los jóvenes. Usted no entiende nada, doctora. Adiós.

Baja las escaleras muy despacio como si le costara un gran esfuerzo cada paso, la cabeza le da vueltas. En el camino no encuentra a nadie, las policías se han marchado, las computadoras están apagadas y la casa permanece envuelta en un silencio de tumba que ha enmudecido hasta los pájaros en el jardín o eso le parece. ¿Qué hora es? No le interesa, es demasiado tarde para todos. Afuera la espera Sanjur apoyado en su coche con una mirada de impaciencia en el rostro.

-Deme alguna noticia distinta doctora, porque lo básico de esta situación lo conocemos en todos sus detalles. No sé qué cuento le habrá echado la señorita allá arriba pero ya tenemos la confesión del chofer. A Lilian Ariosto se le ocurrió suicidarse aquí, como la otra, dice que la encontraron colgada en un baño. Esa noche vinieron otros chicos a jugar a los monstruos y quizás fue uno de ellos el que le dio las pastillas de éxtasis. La empleada la encontró y para que la doña no se enterara del asunto, entre ella y el chofer decidieron sacarla de aquí y tirarla en una cuneta lo que es un delito. Estamos esperando que usted saliera para llevarnos a la dominicana presa, los abogados pueden protestar todo lo que les parezca. Estos sujetos deben ser investigados, aunque el chofer jura que no le hizo nada a la niña, que solamente la desnudó así para que pareciera una violación. Ya veremos. Seguiremos analizando las películas a ver qué aparece. Esto es una cueva de niños malcriados haciendo locuras con el apoyo de la dueña de la casa que tarde o temprano va a tener que responder ante la justicia por sus acciones.

-No es como usted lo presenta, detective. Hay otras situaciones que considerar. Le pido por favor que no se lleve a la empleada, Isabel no puede quedarse sola y por lo que veo no hay más nadie. Sus padres llegan mañana, entonces tendrá usted la potestad para proceder. Ahora tenemos que hacer una visita y le ruego que me acompañe.

-¿A qué se refiere, doctora?

-Vamos, es algo que usted debe estar presente. Si lo desea, puede ir conmigo, si no le acomoda, sígame, por favor.

Sanjur la nota tan decidida, el pálido rostro le indica que algo muy serio está por ocurrir y aunque trata de detenerla y obtener explicaciones, la ve acomodarse en su coche y partir sin darle respuesta alguna. Muy a pesar suyo la sigue maldiciendo entre dientes. Atrás quedan dos policías custodiando la casa, en donde no debe entrar nadie -excepto los abogados- sin su autorización. Van hacia la ciudad, pero a la altura de la vía Tocumen Daniela se desvía hacia la izquierda, por la carretera que conduce al aeropuerto. ¿Hacia dónde se dirige? Debería dejar de seguirla, piensa Sanjur a punto de perder la poca paciencia que le queda. En su opinión este caso se ha ido enredando innecesariamente por culpa de la doctora Miralles y vuelve a maldecir entre dientes. Tiene una semana que no duerme más de tres horas al día, menos mal que ya encontró todas las respuestas que necesita. Está casi seguro que la Wharton saldrá indemne sin un rasguño, tiene abogados, la silla de ruedas y todo el poder que da el dinero. Pero eso no aplica a la dominicana ni al chofer que movieron el cuerpo de Lilian. Esos dos tendrán que pagar por todo lo ocurrido esta infernal semana.

Cuando nota que Daniela ha girado a la derecha adentrándose en una de esas interminables barriadas de casas idénticas, la memoria le recuerda que por ese lugar vive la niña Berta. ¿Ahora qué? se pregunta, ¿Irá a visitarla? Lo que necesita esa niña malcriada y todo el resto que concurre a esa casa a jugar a las idioteces, lo que les falta es disciplina, mano fuerte, el rejo de las abuelas de antes. Bastante cocotazos y rejo que recibió cuando niño y no le hizo daño, la prueba está que hoy tiene un alto puesto en la policía. Recuerda con afecto a la abuela que se encargó de él cuando su madre murió y el padre hacia rato que había desaparecido del hogar. Claro, ahora cuando los niños se comportan mal, salen a relucir los sicólogos, con sus teorías de tolerancia que no han podido frenar la delincuencia, la promiscuidad y la drogadicción juvenil que mantienen a las autoridades en jaque. El mal se extiende como un cáncer en todas las clases sociales, con la diferencia que los pobres van presos y los niños ricos al sicólogo. Lo que hace falta es poner mano fuerte, pero los abogados se encargan de enredarlo todo con esas asociaciones promotoras de leyes permisivas. Es una verdadera vergüenza lo que está ocurriendo hoy en día, piensa irritado por la situación que le toca tan de cerca. El pie presiona el acelerador para no perderle la pista a Daniela que maneja a mayor velocidad que la permitida en esas barriadas.

Cuando finalmente la ve detenerse frente a un chalet bastante deteriorado sale veloz del auto dispuesto a obtener una respuesta.

-Doctora, mi tiempo es muy valioso al igual que el suyo, ¿me puede indicar a qué se debe todo esto?

-Vamos adentro, detective, ya se lo explicaré, no podemos perder tiempo.

El padre de Berta les abre la puerta y los mira sorprendidos, viste la misma camiseta rasgada y los pantalones cortos que enfatizan el abultado vientre. A instancias de Daniela los deja entrar, sin hacer preguntas, la mirada inquieta revela algo de preocupación. Se apresura a apagar el televisor que está sintonizado en un animado juego de basketball.

¿Y cómo está Berta? –pregunta Daniela al sentarse en el sucio sofá mientras Sanjur permanece de pie en silencio.

-Duerme desde que la traje del hospital esta tarde, le dieron un sedante. Tiene cita con el sicólogo el jueves, cuando esté recuperada. Me pidieron que no la enviara a la escuela por unas dos semanas, no me agrada que se vaya a retrasar en los estudios, pero no hay nada que pueda hacer. Y quién sabe cómo la recibirán en el colegio cuando se enteren de lo ocurrido si es que ya no lo saben. No voy a permitir que mi ex se le acerque nunca más, ella es la responsable de lo ocurrido. Si no hubiera insistido en llevársela, Berta no hubiera huido de nosotros. Logré que

Mayra trajera a mi hijo de vuelta y ahora está con mi madre, no quería que se enterara de lo que le había sucedido
a su hermana ni tampoco se lo dije a Mayra, para que no
arme escándalos.

-Señor Rangel, ¿me puede repetir que fue lo que
pasó el día que Berta se escapó?

-Pero doctora, ya se lo expliqué claramente un par
de veces. ¿Qué más quiere saber?

-Creo que se le olvidaron algunos detalles importantes, Señor Rangel. Por ejemplo, el que ella regresó a la
casa cuando vio que su madre se había ido con el niño.

La cara de ansiedad se torna en algo muy cerca de
una mueca de terror, la piel alrededor de los labios se con-
trae con vida propia aparte del rostro, traga una y otra
vez como si estuviese a punto de atorarse, los ojos dilatados en señal de alarma. Sanjur la mira intrigado, en espera de lo que sigue.

-Ella regresó y usted la castigó, como hace cada
vez que comete una infracción, ¿verdad Señor Rangel? Si
no es el rejo que dispensa la abuela con gusto, usted se
encarga. Pero esa vez se le fue la mano o el cuerpo, no fue
suficiente meterle los dedos por sus partes, hurgarle sus
intimidades, tuvo que humillarla sobándole su asqueroso
sexo por toda la cara y metérselo en la boca. Tenía que ser
castigada y fue por eso que salió huyendo despavorida,
dispuesta a suicidarse si la obligaban a regresar a su lado.
Corríjame si me equivoco, ¿o exagero Señor Rangel?

-No sé quién le ha contado esos embustes, mi hija
tiende a exagerar- tartamudea, nervioso. -Salga de mi
casa de inmediato, yo no tengo obligación de contestar
sus preguntas. Nada de eso ocurrió...

-Pero las mías sí, Señor Rangel, pero las mías sí y
su hija también va a ser interrogada por personal medico
especializado- interviene Sanjur, el ceño fruncido, el rostro adusto, no puede creer lo que está escuchando.

Allí lo dejé, frente a Rangel que más parecía un animal acorralado negándose a contestar preguntas, en espera de unidades especializadas en abuso sexual de menores, alguien que se encargara de enderezar la vida de esa pobre niña sacándola del infierno en donde vivía. Regresé a casa cansada después de un día tan largo, atormentada por las historias que me había confiado Isabel Wharton, tenía mucho más por hacer y no sabía por donde empezar. Llegué dispuesta a tomar una ducha, cambiarme de ropa e ir a visitar a Helena, pero en la terraza me esperaba Pedro Carlos envuelto en soledad y completamente sobrio. Lo abracé casi llorando, no necesitaba una tragedia más. Comencé a hablarle sin parar, de alguna manera pude convencerlo que regresara a casa. Creo que mucho influyó mi narración de los sucesos del día, todo lo ocurrido con pelos y señales, la historia de Isabel Wharton y sus amigos, él podía ser discreto. Los hijos necesitan a un padre responsable muy cerca, el matrimonio es duro y hay que aprender a dar y ceder, quizás les convendría una semana aparte de todo, para resolver sus diferencias, ustedes han sido amigos toda una vida, vuelvan a retomar esa amistad que los unió tantos años, insistí. Pedro Carlos me escuchó sombrío y supe que lo había convencido. Llamé de inmediato a Ana Cecilia que me escuchó en silencio. Fui muy elocuente, le recordé viejos tiempos, los valores familiares que ella tanto proclamaba y me dio la impresión que había llorado todo el día y estaba más que anuente a perdonar a su marido. ¿Perdonar o aceptarlo como realmente era? Desordenado, impetuoso, amoroso a veces medio enredado, pero siempre solidario, ese es Pedro Carlos, Ana Cecilia, él te quiere mucho y tú tienes que ceder a veces, bajar el tono de tus críticas, le rogué.

No le iba a ser nada fácil, mi amiga tiene una personalidad muy dominante, a veces bastante intolerante. Cuídate, Dani, me dijo Pedro Carlos antes de irse, tú no eres de hierro y te has echado demasiadas responsabilidades encima a la vez. Debes evaluar con mucho cuidado lo que vas a hacer con una situación tan peligrosa y sobre todo me parece que no debes *acercarte más a la Wharton, el padre de ella es un hombre muy poderoso, lo conozco por referencias. Tú abres la boca en público de todo esta historia y es capaz de hundirte profesionalmente. Además todavía tienes que enfrentar el asunto de Ignacio. Ya algunos tabloides están sugiriendo que puede tratarse de un crimen pasional y toda clase de elucubraciones siniestras.*

Nos despedimos con un abrazo y a pesar del cansancio me alcanzó la poca energía que me quedaba para visitar a Helena que encontré dormida y las tías a su lado como vigilando a una muerta. Según ellas había pasado el día mucho mejor, su memoria despertaba poco a poco, había que tener fe, se iba a recuperar y no tuve el corazón para decirles que era el principio del fin.

La cama me recibió compasiva, entendió mi anhelo de alejarme de todo, las decisiones que debía tomar, y me sumergí en un profundo sueño muy cerca del olvido, por unas pocas horas libre del tormento de voces acusadoras y suspiros de fantasmas.

XVII

Sentada en la terraza desde muy temprano, Daniela contempla la caída en picada vertical de los pelícanos que se zambullen en la creciente marea en busca de sardinas. Es un espectáculo que no se cansa de admirar. Dos tazas de café negro la ayudan a ordenar sus pensamientos. Delia la observa preocupada sin atreverse a hacer comentario alguno al notar el cambio que ha ocurrido en su patrona usualmente tan llena de energía a esas horas, ahora parece apabullada, vencida. No es para menos, dos muertos en una semana y en condiciones tan espantosas. Menos mal que los reporteros se cansaron de esperar y dejaron de llamar. Le ofrece algo de comer que rechaza.

-Doctora, si usted sigue sin alimentos se va a enfermar.

-Alcánzame el teléfono Delia, no te preocupes por mí, unas frutas es lo único que me gustaría dentro de un rato. Ahora tengo que atender una visita.

Se decide de una vez por todas y lo llama, le debe una larga explicación, fue lo convenido. Él contesta el teléfono y accede a venir de inmediato. Allí están los dos, frente a frente en la sala. Ha envejecido aún más en esos pocos días, parece otro. El rostro alargado, las arrugas en la frente muy pronunciadas, los atormentados ojos sin brillo hundidos en las cuencas, los labios torcidos en un gesto de amargura. El vestido oscuro y la corbata negra le dan un aspecto aún más sombrío. Lo invita a sentarse, le ofrece un café que el hombre rehúsa con un gesto de impaciencia e insiste en permanecer de pie.

-Cortemos las amenidades doctora, estoy algo apurado, tengo que ir al trabajo, con lo del funeral y todo lo demás he faltado demasiados días. ¿Me puede explicar cómo murió mi hija?- dice con voz seca.

-¿Es eso lo único que le interesa Señor Ariosto? ¿El cómo murió su hija Lilian y no el porqué?

-¿A qué se refiere, doctora? No entiendo.

-Bueno, esta situación tiene demasiadas aristas para contestarle con una simple respuesta. Puedo informarle en detalle de cómo sucedió esta tragedia y lo que reveló la autopsia. Su hija decidió terminar con su vida en la casa de una amiga bajo la influencia de una droga conocida como éxtasis. Aparentemente ingirió varias pastillas de esa sustancia que a veces provocan un descontrol extremo de la conducta. El porqué de sus actos es otra historia que a lo mejor no quiera escuchar. Usted tiene bastante que ver con esa parte.

-¿Qué está usted insinuando? ¿Quién es esa amiga?- pregunta indignado.

-Por favor siéntese, Señor Ariosto, tengo una larga historia que contarle.

No sabía por dónde comenzar. Aún recordaba la primera vez que Lilian llegó a mi oficina en contra de su voluntad arrastrada por su madre, se había escapado de casa por dos días enteros y el médico que la examinó en Urgencias había sugerido una consulta con algún Sicólogo para evaluar las causas de su extraña conducta. Llegó con los pantalones deshilachados, sucia, desafiante, inventando una mentira, tras de otra, asegurando que alguien en la calle le había dado una droga y a lo mejor había sido violada. Ana Cecilia la examinó esa tarde encontrando que la tal violación no había ocurrido. Después la vi una y otra vez, a medida que la situación de rebeldía se agravaba. La única arma que esgrimía para defenderse del castigo que merecía, era la amenaza de que podía haber sido violada y de alguna manera preocupar a sus padres. El siquiatra que des-

pués la examinó diagnosticó una enfermedad bipolar y recetó unos cuantos medicamentos que Lilian se negaba a ingerir. Yo no estuve de acuerdo con ese diagnóstico, su conducta me parecía más bien una forma de llamar la atención. Ana Cecilia la examinaba después de cada escapatoria, sin encontrar señales de actividad sexual.

Para distraerla, el padre le compró la computadora y puso una línea telefónica conectada a Internet en donde Lilian pasaba las horas sin supervisión alguna, navegando en ese mundo mezcla de conocimientos, fantasías y horrores. En el chateo encontró amigos con las mismas angustias, odios similares, algunos dominados por la impaciencia de los chiquillos que lo tienen todo y no están satisfechos, otros asediados por demonios propios y ajenos, las víctimas de tantos divorcios o lo que es peor, de abuso sexual cometido por parientes cercanos sin tener a nadie en quien confiar o que les crea. A esos amigos cibernéticos les contó las circunstancias de su vida personal, de cómo pegada de las paredes escuchaba las amargas discusiones entre sus padres, e ideó las escapatorias que de alguna manera lograban una tregua en el hogar. Los días felices de su infancia hacía mucho que se habían evaporado. Por unos cuantos meses no volvió a escaparse. Cuando enviaron al hermano lejos de la familia interno a una escuela por su mala conducta, comenzó a odiar a la madre que la dejaba sola para ir de paseo con sus amigas, a quien responsabilizaba por todas las cosas malas que estaban sucediendo, y a idolatrar a un padre que se sacrificaba trabajando con ahínco viajando de un país a otro semana tras semana para encontrar a su regreso el hogar en desorden en manos de la empleada. Por Internet se conectó con Cuqui que al enterarse que pasaba las noches caminando por las calles cuando se escapaba, le ofreció su casa como refugio temporal. Lilian siguió intentando arreglar las cosas en casa con su conducta errática, quizás con la asesoría de algunos de sus nuevos amigos. Después de esa última visita a mi oficina, cuando conocí al señor Ariosto, su mundo acabó por colapsar, su adorado padre

se volvió en contra suya. Al regresar a casa esa tarde comenzó
a acusarla de ser una cualquiera que acabaría embarazada un
día de estos por esas calles, no iba a gastar un centavo más en
sesiones de sicología que no servían para nada. Y desde luego, la
computadora que no se merecía sería vendida, el único remedio
para mejorar su conducta era encerrarla en un internado para
niñas rebeldes como estaba su hermano. Sí, esa era la solución,
un internado de donde saldría una vez al año si acaso.

*   -Usted la golpeó ¿verdad? Estaba furioso y perdió el*
control. La abofeteó una y otra vez, la golpeó en la cabeza, el
pecho y la llenó de insultos. Comprendo su inmensa frustra-
ción, señor Ariosto, pero usted es un adulto y ella era solamente
una adolescente muy emotiva y bastante confundida. Esa no-
che huyó de casa, no de su madre sino de usted. Fue de su pre-
sencia que huyó, esa iba a ser su última escapatoria jurando que
no regresaría nunca más.

*   -Solamente le di un par de bofetones bien merecidos, no*
exagere. Usted tiene que entender, viajo demasiado, no puedo
estar allí todo el tiempo. Es a mi mujer a quien debe culpar, nun-
ca fue capaz de disciplinar a mi hijo y mucho menos a Lilian con
sus constantes ausencias- contestó ofuscado.

*   -Su hija se escapó ofendida, dispuesta a probar que era*
culpable de lo que usted la acusaba. Antes de salir informó a
todos sus amigos cibernéticos lo que iba a hacer de verdad, con-
vertirse en una cualquiera, decidida a tener relaciones sexuales
con algún desconocido y de eso iba a vivir de ese día en adelante.
Jamás regresaría a casa, les aseguró. A ella no la iban a ence-
rrar como a su hermano. No sabemos con quién se encontró e
intentó tener relaciones sexuales, haciendo realidad sus amena-
zas, pero al final parece que se resistió a quien fuese que enton-
ces intentó violarla sin éxito. Las marcas en su cuerpo indican
que se defendió bastante. Quizás fue alguien que conoció en la
cofradía de jóvenes que se auto denomina los diabólicos. Una
banda de adolescentes descarriados, un grupo que parece haber
perdido toda esperanza en el futuro. Suponemos que fue uno

de ellos que le dio las pastillas de éxtasis. Esos muchachos se reúnen en el lugar en donde fue a refugiarse Lilian, huyendo de sus familias, pero esa investigación se la dejo a los policías. Lo que le he dicho viene de viva voz, la mujer que habló con su hija esa última noche, la dueña de la casa en donde fue a refugiarse. Ella me aseguró que intentó disuadirla de sus intenciones cuando Lilian le envió el mensaje a todo el grupo y fue por eso que vino a ese lugar después de lo ocurrido, bastante asustada por la horrible experiencia. Los detalles ya no importan, pero prometí decirle la verdad. Creo que a última hora se asustó y fue por eso que me llamó pidiendo auxilio cuando era demasiado tarde. La policía sigue la pista del posible violador y el que le dio la droga. Cuando los que quedaban allí se dieron cuenta de lo que Lilian había hecho, se fueron huyendo y a lo mejor regresaron a sus hogares, no sabemos. El chofer de la dueña de la casa movió el cuerpo y es el responsable de haberla tirado en una cuneta. Ya la policía trata de localizar a esos jóvenes, para obtener algunas declaraciones. También decidieron incautar la computadora de su hija, pero me aseguraron que le será devuelta en cuanto termine las investigaciones. Usted a lo mejor también tendrá que declarar, pero no se preocupe, lo del maltrato queda entre nosotros dos y la recipiente de las confesiones de su hija, no está dispuesta a dar explicaciones.

-Usted se equivoca, no soy capaz de hacerle daño a mis hijos y mucho menos golpear a Lilian. Le propiné solamente un par de bofetones bien merecidos, lo que estaba haciendo era demasiado. Esa mujer a la que se refiere le ha contado una burda mentira, jamás se me ocurrió insultar y mucho menos golpear a mi hijita. Lo que importa es castigar a los culpables, es inaudito que hayan tirado a mi hija en una cuneta como a un perro y me parece que a usted no le importa demasiado, es más fácil echarme la culpa.

-Yo solamente le estoy informando de los hechos y los resultados de la autopsia que indican que fue golpeada y las úl-

*timas confesiones de su hija. Ya usted sabrá la parte que le co-
rresponde en este asunto.*

*- Doctora, no quiero volver a saber de usted, que es en
parte responsable de todo lo ocurrido y debe reconocerlo. Usted,
que supuestamente es una gran sicóloga, no supo tratar a mi
hija, encontrarle solución al mal que la aquejaba, aconsejarla
mejor y ahora pretende desvirtuar los hechos con sus acusaciones. Debería darle vergüenza... Yo espero que la policía llegue
al fondo de este asunto y castigue a los culpables, me voy a asegurar que así sea.*

*Se fue como había llegado, el ceño fruncido, pero estoy
segura que cargando un gran peso por mucho que lo negase. Era
la segunda vez en dos días que alguien rechazaba mi presencia
cuestionando mis credenciales y de alguna manera, ambos tenían toda la razón, no hice mi trabajo adecuadamente no tomé
la situación de Lilian en serio, me fue más fácil creer que era
una mentirosa en busca de atención.*

*Ya me queda poco por hacer o demasiado, dependiendo
desde qué punto de vista examine la situación. Un cansancio
de muerte una vez más parece doblegar mi cuerpo a pesar que
dormí toda la noche. En una larga y dolorosa semana la vida
de tantos ha hecho colisión con la mía que creía a salvo de es-
pantos refugiada en la torre de cristal desde donde todo lo veía
sin involucrarme demasiado en problemas ajenos. Era mi deber
mantener una actitud profesional, mantenerme imparcial, no
tomar partido. La vida de tantos desconocidos…¿qué puedo
hacer por ellos ahora? No sé a quién recurrir, pero de alguna
manera me siento responsable por el destino de todas esas criaturas que manejaba la red de Cuqui. Las autoridades policiales
se interesan únicamente en la noción que el crimen amerita
un castigo ejemplar y tienen razón. Pero las pequeñas maldades, los abusos sexuales de menores por familiares que nadie
se atreve a aceptar y mucho menos discutir en voz alta, esos
crímenes quedan siempre impunes. Estoy casi segura que muy
poco o nada le ocurrirá al padre de Berta por abusar de su hija,*

acabará por convencer a todos que es una mentirosa, una niña
que por culpa de la madre tiene serios problemas sicológicos y
le creerán, porque dudo que Berta se atreva a acusarlo. Se to-
mará en consideración que el señor Rangel es un ciudadano
correcto, trabajador, que se ha esforzado en cuidar bien de sus
hijos a pesar de la difícil situación que atraviesa. La historia de
los diabólicos permanecerá en secreto, esos chiquillos rebeldes,
frustrados, abusados, esa historia no saldrá a relucir en los periódicos, nadie la creería, son un montón de maleantes, eso es,
niños malcriados que lo que necesitan es rejo.

   Presiento que el padre de Isabel, el poderoso señor
Wharton se encargará de borrar toda asociación de su hija con
esos jóvenes. Ya la deben haber encerrado una vez más en su
cárcel personal, desmantelado esa especie de parque de diversiones que se le ocurrió inventar para distraer de sus problemas
personales, por unas cuantas horas a los amigos cibernéticos.
Era su forma equivocada de ayudarlos sin reparar en las consecuencias. Los clásicos de Hollywood al servicio de una juventud abrumada, desorientada, que ha perdido la niñez. Las
películas caseras encontradas en esa casa, no serán aceptadas
en evidencia de nada, la justicia funciona así, aunque en alguna aparezca Lilian y todo el resto haciendo payasadas o recon-
tando sus miserables vidas o uno que otro hasta drogándose.
Sospecho que el chofer tuvo bastante que ver con esa parte del
asunto. Porque ¿en dónde obtuvieron esos menores las pastillas
de éxtasis? Por años los abogados seguirán extendiendo el caso
hasta que los fiscales por cansancio cesen de buscar culpables
y Lilian quedará en el olvido, e Isabel también. Quizás el chofer y la empleada sean condenados por corto tiempo que puede
remediarse con una multa que Wharton pagará y los enviará
de vuelta a su país de origen prontamente para sacarlos del medio y todo seguirá igual. Todo. Menos el vía crucis que le toca
transitar día tras día a una Isabel Wharton que en su silla de
ruedas tendrá toda una vida para rememorar el abuso sexual al
que fue sometida por su padre desde muy niña y que al borde

de la locura la llevó a tomar sin permiso el auto de la madre que rehusaba escuchar sus quejas, para tratar de estrellarse y así terminar con todo ese martirio. Esa historia no puede contarse, nadie la creería. Su padre, un importante hombre de negocios, un pilar de la sociedad y de la iglesia a la que pertenece, la madre que miraba hacia otro lado acusándola de mentirosa cuando se le ocurría buscar ayuda, y después de la tragedia, el silencio culpable de todos los protagonistas. Los únicos días felices de su niñez que recuerda ocurrieron en esos parques de diversión a donde la madre los llevaba, para hacerle olvidar las acusaciones que rehusaba aceptar como veraces. ¿Y qué será de la niña Berta? No tengo respuesta.

Ahora debo enfrentar mi propia vida. Me toca lidiar con los fantasmas que me acosan, Ignacio, Lilian y lo que queda de Helena. Mi secretaria me informa que ya apareció el hijo de Ignacio acompañado por su madre reclamando herencia. Nada atrae a los deudos tan rápidamente como el olor del dinero. Y en ese funeral las únicas lágrimas derramadas serán las mías, pero no puedo dejar de pensar que él se lo buscó. No puedo evitarlo, en el fondo de mis pensamientos sigo juzgando su conducta. Pero, ¿quién soy yo para juzgar a nadie? No acabo de aprender de mis errores. Es una debilidad de mi parte no intuir lo que en realidad les ocurre a mis pacientes lo que me impide hacer un diagnóstico acertado. O entender los conflictos que atraviesan mis amigos cercanos. Debería apartarme de mi oficina unos meses, para recuperar el equilibrio perdido o quizás para siempre, no estoy segura del camino a tomar. Me siento incapacitada para seguir trabajando como si nada hubiese ocurrido. Bruce, el maestro que me enseñó tantas cosas que he olvidado, podría ayudarme a tomar una decisión, y debo encontrarlo, han pasado demasiados años, pero sé que me ayudaría a salir de esta especie de infierno en donde me encuentro. En un rasgo de lucidez en esta semana de locura me acuerdo de cada detalle de mis días de estudiante, cuando Bruce insistía que los casos que estudiaba no eran ajenos, no eran simplemente números en una cuadrí-

cula que debía rellenar para terminar un estudio, una tesis de grado. Sus rostros y sus historias debían grabarse para siempre en mi memoria. Y el dolor también. Ahora me toca a mí sufrir y no sé cómo enfrentarlo. Necesito ayuda.

El sol se hunde en el horizonte y el mar se adorna con reflejos dorados que coronan la cresta de las olas. Lleva muchas horas sentada en la terraza, la mirada perdida en la lejanía, en el regazo reposan las cartas de Helena. A sus pies, Niki duerme enroscado en una alfombra, satisfecho de tenerla cerca. No se decide a leer las cartas, aunque allí debe estar la solución del misterio Helena-Fernando. Es hora de borrar rencores de conocer la verdad si es diferente a lo que ha creído por tantos años. Papá se encargó de hacerle llegar a las tías una explicación que no esperaban. ¿Y porqué no a ella también? No le parece justo, él sabía lo mucho que había sufrido con la ausencia de Helena hasta que logró despojarse de todo sentimiento y su madre se tornó en una extraña a la cual no la une ningún lazo. Las manos le tiemblan al abrir el primer sobre y una angustiosa nostalgia le aprieta el corazón, al ver una vez más los trazos firmes tan familiares, la letra y el vago perfume de don Fernando. La fecha coincide con el año que terminó la maestría y regresó a casa para encontrar a don Fernando enfermo.

"Queridísima Helena: una vez más te pido que me perdones por los errores que he cometido. Aunque algo tarde, reconozco que todo esto ha sido mi culpa por negarme a buscar tratamiento médico adecuado, pero te juro que todo eso va a cambiar. No tienes idea lo solo que me encuentro, nuestros hijos y tú tan lejos por tantos años. Perdóname por haberte alejado de ellos, fue mi orgullo que me llevó a castigarnos a todos. Lo que pueda haber sucedido durante tu larga ausencia, lo que hayas hecho por mi rechazo no tiene importancia. Regresa cuanto antes, mi amor, te necesito, regresa si alguna vez logras perdonarme".

Sus ojos recorren una y otra vez las primeras líneas, y se da cuenta que es demasiado tarde, no quiere seguir leyendo las otras cartas, que deja caer a sus pies. No desea ni tiene derecho a saber más, pero entiende que de alguna manera se ha equivocado y un hondo pesar la invade por los años perdidos. Dobla la misiva, la inserta en el sobre y se inclina a recoger las cartas que la brisa comienza a arrastrar. Y allí la encuentra, entre las otras, su nombre escrito con fuertes trazos en el sobre, la explicación de papá que Helena jamás le entregó. Por unos minutos se llena de un profundo resentimiento que desecha de inmediato, entiende lo ocurrido.

Nunca le di oportunidad a Helena de acercarse. Al contrario, mantuve una actitud de rechazo desde el primer momento que la volví a ver. Y ella presintió que no aceptaría ninguna explicación, me bastaba con mi propio juicio y condena.

Acaricié el sobre sin atreverme a abrirlo, veía todo lo ocurrido con claridad. Decidida a olvidar rompí la carta en mil pedazos que arrastrados por el viento volaron por los tejados en dirección al mar.

Mañana le devolveré las cartas a mi madre para que las tenga muy cerca, quizás sean su único asidero a la razón que se le escapa. Mañana será otro día y no puedo darme por vencida.